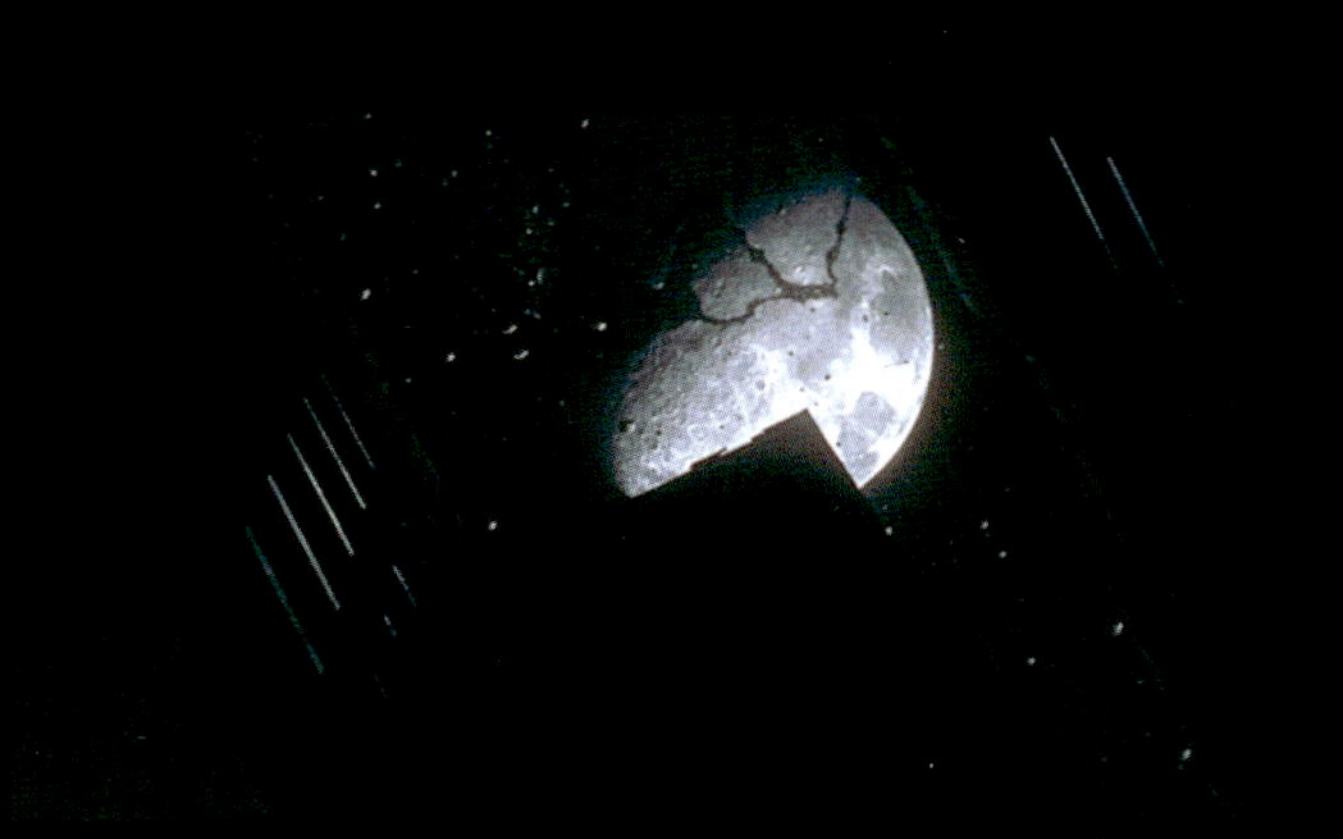

BROOKLYN BRIDGE
BROOKLYN BRIDGE
TIFFANY & CO

タイムマシン

H・G・ウェルズ
石川 年＝訳

角川文庫
12505

目次

タイムマシン

一

タイム・トラヴェラー（そう呼ぶのが適当だろう）が、むずかしい問題を、僕らに説明していた。灰色の目が輝き、いつもの青白い顔が生き生きと紅潮していた。暖炉の火は楽しげに燃え、百合（ゆり）形の銀の燭台にきらめく灯の、やわらかい光りが、僕らのグラスの酒の泡に明滅していた。彼の考案になる椅子は、ただ掛けているというより、僕らを抱擁、愛撫（あいぶ）するかのように掛け心地がよく、食後の、くつろいだ雰囲気で、僕らはきゅうくつな轡（くつわ）をはずされたように、のびのびと心が駆けめぐった。そのとき、彼はこんなふうに問題を提出した――細い人差指をつき立てて――ところが、僕らは、のんびりすわりこんで、この新しい逆説（パラドックス）（と僕らはみなしているが）にそそぐ彼の情熱とその豊かなアイディアに感心していた。

「僕の言うことをよく聞いてくれたまえ。これから僕はほとんど世間の常識になっている二、三の観念を否定することになるんでね。たとえば、幾何学だが、君らが学校で習った奴は、間違った概念の上に立っているんだ」

「僕らに、そこから始めろと要求するのは、少し問題が大きすぎやしないかな」と、議論好きな赤毛のフィルビーが言った。

「僕はなにも、合理的な根拠のないものを、認めろと言ってるんじゃないよ。まあ、君らもすぐに、僕が認めてほしいだけのことは、認めるようになるさ。むろん、君らも知っているだろうが、数学上の線、太さのない線、そんなものは実在しない。こう教えられたろう。数学上の平面だってそうだ。そんなものは、単なる抽象的概念なんだよ」

「そりゃ、そうだ」と、心理学者が言った。

「それに、縦、横、高さだけしかない立方体も、実在しない」

「反対だね」と、フィルビーが「もちろん、そういう立方体はありうるよ。あらゆる実在のものは――」

「大部分の人はそう考えている。しかし、待ちたまえ。瞬間的な立方体が存在しうるかね」

「言うことがわからんが」と、フィルビーが。

「ある時間つづいて存在し得ないような立方体が、本当に実在の立方体でありうるかということだよ」

フィルビーは考えこんだ。

「はっきりしてることだが」と、タイム・トラヴェラーがつづけた。「実在の物体は、みんな、四つの次元にひろがりを持っているはずだ。縦、横、高さ、それと――持続時間さ。しかし、肉体の本質的な弱さのせいで、この事実を見のがしがちだ。肉体の弱さという点はすぐに説明する。ところで、実在する四次元は、三つを空間の三平面、四つ目を時間と呼んでいる。しかしながら、さきの三つの次元と四番目の次元との間に、ありもしない区別をつけたがる。というのは、偶然、われわれの意識というものが、生まれてから死ぬまで、この四番目の次元、つまり時間の流れに沿って、一つの方向へ断続的に移行するからだ」

「そいつは」と、ひとりのごく若い男が、ランプの火で葉巻をつけ直そうと、すぱすぱやりながら「そいつは……たしかに、はっきりしていますね」

「さて、はなはだ不思議なことに、この事実は非常に一般的に見すごされている」と、タイム・トラヴェラーは少し上機嫌になりながら「四次元という言葉の本当の意味はこれなんだが、四次元について話す連中の中には、その正しい意味を知らないものがいる。つまり、四次元というものは、時間を別の角度から見たものにすぎないんだ。時間と空間の三次元の間には、われわれの意識が時間に沿って移行するという点以外には、何らの差がないんだ。だが、おろかな連中は、この観念について、あやまった解釈に固執している。連中が第四の次元についてどんなことを言っているか、聞いたことがあるだろうね」

「知らんね」と、地方の市長が言った。

「ざっと、こんなことなのさ。数学者の主張では、空間には、三つの次元があり、それを、縦、横、高さと呼ぶ、そして空間はつねに、おのおの直角に交わる三つの平面によって限定される、ということになっている。しかし、哲学的に考える連中の中には、なぜことさら三次元に限定しなければならないのか――なぜ、その三次元と直角に交わる、もうひとつの方向があってはいけないのかという疑問をずっと以前から提出してきた――そして、四次元幾何学を構成しようとしている者さえある。現に一か月ばかり前に、サイモン・ニューカム教授（アメリカの天文学者、一八三五―一九〇九）は、ニューヨーク数学協会で、これについて解説している。知ってのとおり、二次元しかない平面の上に、三次元の物体の像を表現することができる。それと同様に、三次元の造型によって、四次元の像を表現することができるだろうというのだ――もし、物体の透視法さえマスターすればね。わかるかね」

「なるほどな」と、地方の市長が、つぶやいて、眉（まゆ）をよせ何やら考えこんでいたが、呪文（じゅもん）をくり返すように口をもぐもぐさせて「うん、どうやらわかりそうだ」と、しばらくしてから、ほんの気まぐれじみた様子で、顔を輝かせた。

「ところで、実は僕は、この四次元幾何学をかなり前から研究していたんだ。僕が到達した結論の中には、奇妙なものもある。たとえば、ここに一人物の肖像画があるとする。八歳のときのもの、十五歳のときのもの、十七歳のときのもの、二十三歳のときのものというふうにね。つまり、それらの肖像画はみんな、明らかに、その男の四次元的存在を年齢的に区切って、三次元的に表現したものと言える。元の四次元的存在は固定されて、変化することのできないものなのにね」と、タイム・トラヴェラーは、今の説明に、みんなが納得するのを待ってつづけた。

「科学者は、時間は空間の一種にしかすぎないことを、十分心得ている。ここに、通俗科学的な図表がある。天気図だ。僕が指でたどるこの線は、気圧計の動きを示すものだ。昨日はひどく高かったが、夜には下がり、それから今朝はまた昇り、徐々にここまで昇っている。むろん、一般に認められている空間の三次元のどの平面の上でも、水銀はこんな線をたどりはしない。そうだろう？　ところが、水銀はたしかにこんな線をたどっているのだ。だから、この線は時間の次元に沿って移行したものと言わなければならない」

「だがね」と、ひとりの医者が、燃えている石炭を穴のあくほど見つめながら「もし、本当に時間が空間の四番目の次元にすぎないのなら、昔から今まで、いつも、何か異質なものと見られてきたのはなぜなんだね？　それに、なぜわれわれは、空間の三つの次元の中で動き回れるように、時間の中で動き回れないのかね？」

タイム・トラヴェラーはにっこりして「君はたしかに、われわれが自由に空間を動き回れると思っているのかね？　なるほど、前後左右は自由に行ける。人間はいつもそうしてきた。われわれが二つの次元を自由に動き回れることは僕も認める。だが、上下はどうなんだ？　重力が僕らをこの地上に縛りつけてるじゃないか」

「必ずしもそうじゃないぜ」と、医者が「気球というものがある」

「だが、気球のできる前は、瞬間的にとび上がるか、地面の高低で、とび上がったりとび下りる以外に、人間は自由に上下運動ができなかったのだ」

「でも、いくらかは上下運動ができたよ」と、医者が言い張った。

「下りる方が、上がる方より、ずっとやさしいね」

「ところが、時間の中では全然動けない。君は現在から抜け出せないんだ」

「ねえ君、そこが君の間違っているところさ。世間の者もみんな、そこで間違うんだ。僕らはいつも現在の時から脱出してるんだ。われわれの精神は非物質的で次元を持たない存在だが、ゆりかごから墓場までを、つねに一定の速度で時の次元に沿って移行しているんだ。もしわれわれの存在が地上五十マイルで始まったと仮定すると、われわれはまっしぐらに下降することになるだろうが、ちょうどそれと同じように、われわれは時の次元の中を下降しているのさ」

「だが、非常にむずかしい点は」と、心理学者が口をはさんだ。「君は空間では、あらゆる方向に自由に動けるが、時間の中ではそうはいかないということだ」

「それが僕の大発見のもとなのさ。しかも、時間の中では動き回れないというのは間違っている。たとえば、ある出来事をきわめてありありと思い出しているとすれば、それが起こった瞬間に戻っていることになるじゃないか。俗にいう、放心状態になって、その出来事の瞬間に、ひとっとびに戻るという奴だ。むろん、どんな短時間でも過去にとどまれる方法はない。野蛮人や動物が地上六フィートのところに、とどまっていられないのと同じことさ。しかし、この点では文明人は野蛮人よりはるかにましだ。気球で、重力にさからって上昇できるからだ。とすれば、遂には時間の次元の中で、停止したり、加速したり、まわれ右をしたり、別の方向へ航行したりすることができるようにならないとはいえないじゃないか」

「おお、そりゃ」と、フィルビーが「まるで――」

「どうしていけないんだ?」と、タイム・トラヴェラーがきいた。

「道理にはずれてるよ」と、フィルビーが。

「どんな道理に?」と、タイム・トラヴェラーが。

「白を黒と言いくるめようとしても」と、フィルビーが「僕を納得させることはできないよ」

「たぶんね」と、タイム・トラヴェラーが「だが、今から、僕が四次元幾何学を研究した成果をお見せしよう。かなり前から、僕はある機械の構想を持っていた――」

「時間を航行する機械でしょう!」と、ごく若い男が叫んだ。

「空間と時間とを、操縦者の思いのままに、どんな方向へでも、自由自在に行ける機械さ」

フィルビーが腹をかかえて笑い出した。

「君は笑うが、僕は実験的に証明した」と、タイム・トラヴェラーが言った。

「そりゃ歴史家にとっては、とても便利だろうな」と、心理学者が指摘した。「たとえば、ヘースティングズの戦（一〇六六年、ノルマンディー公ウィリアムがアングロ・サクソン軍を破った古戦場）の公認記録が正しいかどうか、時をさかのぼって、実際にたしかめることができるだろうからね」

「そりゃとても魅力のあることじゃないか」と、医者が「われわれの祖先は、記時錯誤（年代、月日などを実際より古く書くこと）に対して寛大じゃないからね」

「ホーマーやプラトーの口から、じかに、ギリシャ語が習えるわけだな」と、ごく若い男はつぶやいた。

「そんなことをすれば、君はきっと学位試験の第一次でしくじるさ。ドイツの学者たちが、古典ギリシャ語を大改革しちまったからね」

「じゃあ未来へ行ける」と、ごく若い男が「考えてもごらんなさい！　持ち金を全部投資して、急いで未来へ行っちまう、すると利息が溜り放題だ！」

「ところが、行きついた未来の社会は」と、僕が言った。「完全に共産制度を基盤とする社会だろうね」

「なんとも、乱暴で途方もない理論だな」と、心理学者が口を切った。

「そうさ、そう思えるから、これまで何も言わなかったのさ――」

「実験的に証明したって？」と、僕が叫んだ。「それを証明するつもりなのかね？」

「実験だって！」と、フィルビーも、うんざりしたように叫んだ。

「とにかく、その実験を見せてもらおうじゃないか」と、心理学者が「きっとでたらめだろうがね」

タイム・トラヴェラーはにこにこしてみんなを見まわした。やがて、かすかに微笑を残したまま、ズボンのポケットに深く両手を突っ込み、ゆっくりと部屋を出て行った。長い廊下を自分の研究室へ向かっていく、スリッパの音が、ぱたぱたと聞こえてきた。

心理学者がみんなの顔を見て「彼、何を作り上げたんだろうな」

「何か手品みたいなもんだろうさ」と、医者が言った。そして、フィルビーがバースルムの町で見た手品の話をしかけて、序の口も終らないうちに、タイム・トラヴェラーが戻って来たので、フィルビーの雑談は打ち切りになった。

タイム・トラヴェラーが手にしている物は、きらきらする金属の骨組で、小さな時計よりいくらか大きく、きわめて精巧にできていた。象牙と何か透明な結晶物が使ってあった。さて、ここから詳しく述べる必要がある、というのは、つづいて起こったことが——彼の説明を認めない限り——とうてい理解できないものだったからだ。彼は部屋のあちこちに置いてある八角形の小テーブルのひとつをとり、その二本の脚が炉敷の上にのるようにして、火の前に据えた。それから、椅子を引き寄せて、腰をおろした。テーブルには他に小さな傘つきのランプがのっているだけで、その明るい光が模型の上にくまなく落ちていた。部屋には、おそらく一ダースぐらいの、ろうそくがともっていて、二本は炉棚の真鍮の燭台に、ほかのは壁の燭台に立ててあったから、部屋はまぶしいぐらい明るかった。僕は一番火のそばの低い肘掛椅子に腰掛けていたが、タイム・トラヴェラーと炉の中間に椅子を引き寄せた。フィルビーは、タイム・トラヴェラーの後ろに腰掛けて、肩越しにのぞきこんでいた。医者と、地方の市長が右横から、心理学者が左横から彼の横顔を見つめていた。ごく若い男は心理学者の後ろに立っていた。われわれはみんな目を光らせていた。こんな状態のもとでは、どんな手品が、いかにすばやく、手ぎわよく行なわれたとしても、とてもわれわれの目をごまかすことなどできっこないと思われた。

タイム・トラヴェラーはわれわれを見まわしてから機械に目を移した。

「さあ、どういうことなんだね」と、心理学者がうながした。

「このちっぽけな、しろものは」と、タイム・トラヴェラーはテーブルに肘をついて、その機械の上で両手をすり合わせながら「模型にすぎない。時間を航行する機械を造る計画なんだ。ごらんのとおり、これは少しゆがんで見えるし、この横棒のあたりが妙にちらちらして、ちょっと現実のものでないようだろう」と、その部分を指さし「それに、ここに白いレバーがひとつ、こっちにもうひとつある」

医者が椅子を立って、機械をのぞき込みながら「きれいにできてるね」と、言った。

「造るのに二年かかったよ」と、タイム・トラヴェラーが、すぐ答えた。そして、われわれみんなが医者と同じように見おわったときに言った。

「さあ、よく聞いてもらいたい。このレバーを押すと機械は未来にすべりこんで行くし、こっちのレバーを押すと、逆行して過去へ戻る。この座席にタイム・トラヴェラーが乗るのだ。もうじきこのレバーを押すつもりだが、そうするとこの機械はとび去ってしまう。消えて、未来の時間を通って、見えなくなる。さあ、機械をよく見てくれたまえ。ついでにテーブルもだ。そうして、君らの目で、ごまかしのないことを納得してほしい。この模型を、むだに動かしたあげく、君たちから、ほら吹きだなぞと言われたくないからね」

一分ほど、みんな黙っていた。心理学者が、僕に何か話しかけそうにしたが、気を変えたらしい。やがて、タイム・トラヴェラーがレバーに向かって指をのばしかけたが「いや」と、いきなり言って止めた。

「君の手を借りよう」と、心理学者の方を向き、その手を握って、人差指をのばすように命じた。だから、タイムマシンの模型を無限の旅へ発進させたのは、ほかならぬ、心理学者自身なのだ。目の前でレバーが押された。何のトリックもなかったことを確証する。さっと一陣の風が起こり、ランプの灯がはね上がった。炉棚の上のろうそくの一本が、ふっと消え、突然、その小さな機械がまわり出し、だんだん速度をまして見分けられなくなり、一秒ほどは幻のように、象牙と真鍮がきらきらとかすかに光る渦のようになったかと思うと、どこかへ行ってしまった——消えてなくなったのだ。テーブルの上にはランプのほか、何もなかった。

みんなは、ちょっと、しんとした。やがて、フィルビーが、やられた、と言った。

心理学者が、放心から、はっと覚めて、あわててテーブルの下をのぞきこんだ。それを見て、タイム・トラヴェラーが愉快そうに笑い出した。「さあ、どういうことなんだね」と、さっきの心理学者の口まねをして言うと、立って、炉棚のタバコ壺に近づき、みんなに背を向けてパイプを詰めはじめた。

われわれはたがいに顔を見合わせた。

「ねえ君」と、医者が「こんなこと本気かい。本当に、あの機械が時間の中へ航行して行ったと信じてるのかい？」

「本当さ」と、タイム・トラヴェラーは、かがみこんで、つけ木に火をつけながら言い、ふり向いて、パイプを吸いつけながら、心理学者の顔を見た（心理学者はうろたえていないところを示そうと、さりげなく葉巻を取り出し、端を切らずに火を吸いつけようとしていた）。

「それどころか、僕はこいつの大型の機械を、ほとんど完成してるんだよ――」と、研究所を指さし――「組み立てが済んだら、自分自身で、ひと航行してみるつもりなんだ」

「たしかに、あの機械は、未来へ航行して行ったというのかい」と、フィルビーがきいた。

「未来か過去へね――どっちか、たしかにはわからないんだ」

しばらくして、心理学者が、何か思いついて「どこかへ行ったとすれば、過去の方だろうな」と、言った。

「なぜ」と、タイム・トラヴェラーがきいた。

「僕がそう推定する理由は、あれが空間へ行かずに、未来へ航行したものとすれば、あれはいまも、ずっとここにあるはずじゃないか、つまり今の時間を通りながら航行しているにちがいないからね」

「だがね」と、僕が「あれが過去へ向けて航行しているとすれば、われわれがさっきこの部屋へはいった時に、見えていたはずだろう、先週の木曜日にここへ来たときにも、その前の木曜日にも、といった調子に！」

「重大な反論だね」と、地方市長が、当りさわりのないように言い、タイム・トラヴェラーをふり向いた。

「大した問題じゃないね」と、タイム・トラヴェラーが言って、心理学者に向かって「考えてみたまえ。君なら説明がつくよ。あれは識域下の表象、つまり、稀薄化されている表象さ」

「そうだね」と、心理学者がうなずき、みんなに向かって念を押すように「これは、心理学ではやさしい問題でね。僕がまず考えつくべきだったよ。実に明瞭で、この男の逆説をきれいに説明するたしになる。われわれにこの機械が見えないし感知できないのは、速くまわっている車輪の輻や、空中を飛んでいる弾丸が見えないのと同じ理由なんだ。かりに、あれの時間を航行する速度が、われわれの速度の五十倍か百倍も速いとすると、つまり、われわれが一秒を通過する間に一分を通過するとみると、あの機械の与える印象は、その速さで航行していないときに与える印象の五十分の一か百分の一になることは当然だ。こりゃわかり切ったことだよ」と、手で機械が置いてあった場所を払いながら、笑って「わかるだろう」と言った。

われわれはすわったまま、何も見えないテーブルの上を、しばらく見つめていた。やがて、タイム・トラヴェラーは、君らはどう思うねと、きいた。

「今夜のところは、いかにももっともらしく聞こえるがね」と、医者が「明日の朝まで待ちたまえ。朝の良識が戻ってくるまでね」

「本もののタイムマシンを見たかぁないか」と、タイム・トラヴェラーがきいてから、ランプを取り上げて、先に立って長くがらんとした廊下を、研究室の方へ案内していった。僕はまざまざと思い出せるが、灯りがちらつき、彼の奇妙に大きな頭の輪郭が浮き出し、その影が踊った。従いて行くわれわれは、みんな半信半疑だった。ところが、研究室には、さっきわれわれの目の前で消え去ったあの小さな機械の、ずっと大きな複製があるじゃないか。一部分はニッケル、一部分は象牙、一部分はたしかに、やすりかのこぎりで、鉱物の結晶の塊をけずって造ったものらしかった。機械は完成まぎわで、二、三本のねじくれた結晶の棒が、仕上げをされないまま、設計図と並べて、ベンチに置いてあった。僕はその一本を取り上げて、しげしげと見た。石英らしかった。

「ねえ、君」と、医者が「君は本気なんだね。それとも、これも手品の種か――去年のクリスマスに僕らに見せた幽霊みたいに」

「これに乗って」と、タイム・トラヴェラーはランプをかかげながら「僕は時間の世界を探検するつもりなんだ。本気かって？　僕は生まれてから、こんなに真剣になったことはないよ」

その言葉をどうとっていいか、われわれには、てんでわからなかった。

医者の肩越しにフィルビーと目を合わせると、彼はまじめくさって、片目をつぶってみせた。

二

僕は考えるのだが、あの時は誰もタイムマシンなんか、まともに信じちゃいなかった。というのは、タイム・トラヴェラーは頭が良すぎて信じられないような男のひとりだし、隅から隅まで見すかせない男なのだ。そのあけっぴろげな率直さのかげに、いつも何か不思議な考えや、思いがけぬくふうを隠しているように思える人間だったからだ。たとえば、フィルビーみたいな男が、あの機械をみせて、タイム・トラヴェラーと同じ言葉で説明したとすれば、僕らはあれほど疑い深くはならなかったろう。僕らにはその動機がすぐ見抜けるからだ。フィルビーの考えることなら豚肉屋でも理解することができるからだ。ところが、タイム・トラヴェラーは、一ひねりも二ひねりもある性格だから、信用しがたいのだ。彼ほど利口でない男がやれば称賛されるようなことも、彼の手にかかるとトリックに見えてしまう。とかくものごとをあまり易々とやるのは考えものだ。そんなわけでまじめに考える連中は、彼の言葉をまじめにとればとるほど、その行動に信用がおけなくなるのだった。みんなにしてみれば、自分たちの、世間的にいちおう信用されている判断力を、彼の言いなりに委（まか）せるのは、子ども部屋に、これやすい陶器を飾るように、危っかしいと、なんとなく感じているのだ。それで、あの木曜日から次の木曜日のあいだ、時間航行については、誰も、あまり口にしなかったようだ。だが、そのことが妙な潜在的圧力となって、みんなの心に作用していたことは疑いない。つまり、時間航行はできそうだが、その実現は信じられない、もしできれば、奇妙な時代錯誤（アナクロニズム）とひどい混乱がまき起こるだろうと、心ひそかに考えていたのだ。僕としては、あの模型のトリックに、とりわけ心をひかれていた。金曜日にリンネ協会（一七八八年創立、動植物学協会）で、あの医者と会ったときにも、そのことについて論じ合ったのを覚えている。医者は、あれと同じような機械をドイツのチュービンゲンで見たことがあると言っていたし、ろうそくが消えたのが特に怪しいと主張した。だが、あのトリックが、どんなものだったかは、説明がつかなかった。

　次の木曜日に、僕はまたリッチモンドへ出かけた――どうやら僕はタイム・トラヴェラー訪問のいちばんの常連らしかった――少し遅れて行ってみると、すでに四、五人の連中が客間に集まっていた。医者が片手に一枚の紙片を、もう一方の手に時計を持って暖炉の前に立っていた。僕が目でタイム・トラヴェラーを捜していると――「もう、七時半だ」と、医者が言った。

「そろそろ夕食にした方がよさそうだね」

「どこだね――？」と僕は、主（あるじ）の名を口にした。

「君は来たばかりか？　少々妙なんだが、彼は、やむをえない事情で、遅れてるんだ。もし帰って来なかったら、七時に食事を始めてくれと、僕に書き置きしていったんだ。帰ってからわけを話すというんだ」

「料理がさめちまうのはおしいな」と、有名な日刊紙の編集長が言った。そこで、医者がベルを鳴らした。

先週の食事に列席したのは、医者と僕のほかには心理学者だけだった。他の連中は、さっき述べた編集長のブランクと、某新聞記者と、もうひとり――ひげを生やした、落ち着いたつつましい人物で――僕の知らない人だった。その人物は、ずっと見ていたが、一晩中、一度も口を開かなかった。食卓では、タイム・トラヴェラーの不在が推測の種になったので、僕が冗談半分に、時間を航行しているんだろうと言った。編集者が、その言葉を説明してほしいと言い、心理学者が買って出て、先週われわれが目撃した『巧妙な逆説(パラドックス)とトリック』についてぎこちなく説明した。その説明半ばに、廊下に通じるドアが音もなく静かにあいた。僕はそのドアに向かっていたので、すぐ気がついた。「やあ、来たらしい」と僕が言った。ドアがだんだん開き、タイム・トラヴェラーが目の前に立ち現われた。僕は驚いて、あっと叫んだ。「おや、おや、いったい、どうしたんだ」と、僕の次に彼を見た医者が叫んだ。それで、食卓の一同はドアの方をふり向いた。

タイム・トラヴェラーはさんざんな恰好(かっこう)をしていた。服は、ほこりだらけ、泥まみれで、緑色のものが袖(そで)にこびりついていた。髪はぼさぼさで、急に白くなったように見えた――泥とほこりのせいか、本当に色があせたのかわからなかった。顔は幽霊のように青ざめ、あごに茶色の切り傷があった――傷口は癒(なお)りかけていた。顔つきは、大病のあとのように、やつれて沈んでいた。灯りをまぶしがるように、しばらく、戸口でためらっていた。やがて部屋にはいって来た。そして、底まめのできている浮浪者のように、足を引きずって歩いた。われわれは、黙って彼を見つめて、何か言い出すのを待った。

タイム・トラヴェラーは口もきかずに、苦しそうにテーブルへつき、ぶどう酒をくれと身ぶりした。編集長がグラスにシャンパンを注いで、彼の方へ押しやった。それを飲みほすと、少しは元気が出たようだった。というのは、テーブルを見回し、弱々しく、おなじみの微笑をちらりと浮かべた。

「いったい、何をやっていたんだね」と、医者がきいたが、タイム・トラヴェラーには聞こえないようだった。

「心配しないでくれ給え」と、いくらか口ごもりながら「僕は大丈夫だ」と、ひと息入れて、もっとくれとばかり、グラスを差し出し、そいつを、ぐいと飲みほして「うまい」と言った。目の色が明るくなり、頬がかすかに赤らんだ。ちらりとみんなの顔を見回すと、ものうげにうなずいてから、暖かくここちよい部屋を眺めまわした。やがてまた口を開いたが、その言葉は手さぐりするように、たどたどしかった。

「風呂(ふろ)をつかって、着替えてこよう。それから、来て、事情を説明するよ……その羊肉を少し、とっといてくれたまえ。肉を一口やりたくてたまらないんだ」

彼はテーブル越しに、珍客の編集長を見て、ごきげんようとあいさつした。編集長が何かききかけた。「すぐ話すよ」と、タイム・トラヴェラーが「僕はいま——少しおかしいんだ。すぐ、よくなるよ」

タイム・トラヴェラーはグラスを置いて、階段のドアの方へ歩いて行った。そのとき僕は、彼が足を引きずっているのと、足音がばかにおとなしいのに気づいた。それで、わざわざ立ち上がって、出て行くその足許を見つめた。足には、しみがついて血のにじんでいる靴下しか、はいていなかった。やがてドアがしまったとき、後を追おうかと思ったが、彼が人に騒がれるのが嫌いなのを思い出してやめた。一分ばかり、僕はぽかんとしていた。やがて、「著名な一科学者の驚くべき行状」と、編集長の言うのが聞こえた。記事の見出しを（いつものくせで）考えているらしい。その言葉で、僕の注意は、明るいテーブルに引き戻された。

「こいつはおもしろい」と、記者が「あの恰好で、素人乞食(こじき)でもしてたのかな。わけがわからん」

僕は心理学者と目を見合わせた。見ると、その顔にも、僕と同じ気持が、浮かんでいた。僕はタイム・トラヴェラーが痛そうに足を引きずって階段を登っていく姿を想像した。誰も、彼の足の様子に気がつかないようだった。

最初に、驚きからすっかりさめた人は医者で、彼はベルを鳴らした——タイム・トラヴェラーは召使いが食事中ついているのが嫌いでいつもベルを使っていた——医者は、召使いに暖かい料理を運ばせた。それから、編集長は何かぶつぶつ言いながら、ナイフとフォークを取り上げ、無口な男が、それにつづいた。また食事が始まった。しばらくのあいだ、驚きのため息まじりの、感嘆詞ばかりがとりかわされていたが、やがて、編集長が、好奇心を押え切れなくなった。

「あのひとは、乏しい収入をおぎなうために、物乞(ものご)いをしているとでもいうのかい。それとも、ネブカドネザール（バビロニア王。晩年発狂して草を食う）的一面でもあるのかい」と、きいた。

「タイムマシンの一件だと思うな」と、僕は言い、前の集まりで心理学者が説明した言葉を引用した。新顔の客たちは、明らかに信じられない顔だった。編集長が抗議を並べた。その、時間航行というのは、どんなものだったか。逆説(パラドックス)の中をころげまわっても、あんなにほこりだらけになるはずはないじゃないか。そして、その思いつきが気にいると、すぐ茶化しはじめた。未来の世界には服ブラシがないのかね。

新聞記者も、なんとしても信じるもんかとばかり、編集長と一緒になって、無責任な冗談を、あとからあとから言ってのけた。ふたりとも、新しいタイプの記者で——陽気で、ひとを屁(へ)とも思わない青年たちだった。

「明後日のわが社の特派員報告によれば」と、記者が言いかけ——いや、叫びかけた——その時、タイム・トラヴェラーが戻って来た。いつものイヴニングを着て、顔がやつれているほかは、さっき僕を驚かした変化は、どこにもとどめていなかった。

「ねえ君」と、編集長は、はしゃいで「ここにいる連中は、君が来週の中ごろの世界を航行して来たんだと言ってるぜ。ちびのローズベリー(一八四七—一九二九。イギリスの政治家で文筆家。この当時、首相)がやったことを、すっかり話してくれたまえ。一篇につき、いくら払えばいいですか」

タイム・トラヴェラーは一口もきかずに、いつもの席についた。そして、いつもどおりに、穏やかに微笑して「羊肉をください」と、言い「久しぶりに、またフォークを肉にさせるなんて、うれしいなあ」

「話だよ!」と、編集長が叫んだ。

「話なんて、よしてくれ!」と、タイム・トラヴェラーが「僕は腹ぺこなんだ。蛋白質(たんぱくしつ)を消化して、動脈に流しこむまでは、断じてひとことをしゃべらんよ。ありがとう。塩もたのむ」

「一言だけたのむ」と、僕が「時間航行をしていたのかい」

「うん」と、タイム・トラヴェラーは、口いっぱいにほおばって、うなずいた。

「口述一行について一シリング払うよ」と、編集長が言った。

タイム・トラヴェラーはグラスを無口な男の方へ押しやり、爪でコッコッはじいた。それで、じっと顔を見守っていた無口な男が、ぴくっとして、ぶどう酒を注いだ。それからの食事の空気は、なんとなく気まずいものだった。僕は、きいてみたい、いろいろな質問がたえず唇につき上げてきた。他の連中も同じことだったと思う。新聞記者は緊張をほぐそうとして、ヘッティ・ポッターのゴシップなどを話した。タイム・トラヴェラーは食事に夢中になって、浮浪人のようにがつがつ食べていた。医者は巻タバコをすいながら、目を細めて、タイム・トラヴェラーを見守っていた。無口の男は、かなり、ぎごちない様子で、緊張のあまり、むやみやたらにシャンパンをあおっていた。やがて、タイム・トラヴェラーは皿を押しやり、みんなを見回した。

「どうやら、お詫びをしなければならないようだね」と、言った。「ひどく飢えていたんだ。実に驚くべき時を過ごしたのでね」と、手をのばして葉巻を取り、端を切って「さあ、喫煙室へ行こう。とても長話で、汚れた皿を前にしてちゃ、話しきれない」。そして、通りがかりにベルを鳴らして召使いを呼び、先に立って隣の部屋へはいって行った。

「君は、ブランク君や、ダッシュ君や、チョーズ君に、あの機械のことを話してくれたかね」と、僕に向かって言い、安楽椅子によりかかって、三人の新客の名を口にした。

「だが、あの機械は逆説遊びにすぎないんだろう」と、編集長が言った。

「今夜は、議論はしないよ。話して聞かせるのはいいが、議論はごめんだ。これから」と、彼はつづけた。「僕にどんなことが起こったかを話してきかせてもいい、お望みならね。だが、口をさしはさむのはやめてほしい。僕は、ぜひ話したい。どうしてもね。およそ嘘に聞こえるだろうが、それでもいいさ。いずれにせよ、本当なんだ──一言一言がね。僕は四時に研究室にこもっていた。それ以後……八日過ごした……かつて人類が生活したことのないような日々をね。僕はくたくただが、君たちにこの話をしてしまわないと、眠れそうもない。話がすんだらすぐベッドへ引きあげることにするよ。だが、誰も口をさしはさんじゃいけない。それで、いいかね」

「いいとも」と、編集長が答え、ほかの者も口をそろえて「承知した」

それで、タイム・トラヴェラーは、思いもかけないような物語を語りはじめた。初めのうちは、ぐったりと椅子にもたれて、疲れたように話していた。だが、だんだん元気づいた。彼の話を書きしるしていると、そのすばらしさを伝えるのに──ただあまりにもペンとインクの力の足りなさ──なかんずく僕自身の力の足りなさを──痛感する。きっと、諸君はこれを十分注意して読まれるだろうが、小さなランプの光の輪に照らし出される語り手の白い真剣な顔も見えず、その抑揚のある声も、聞こえない。諸君には、話の進展につれて、刻々に変わる彼の表情も見えないんだ。ところが、その夜の聞き手の大部分の者は、影の中にいた。語り手の顔がよく見えるように、喫煙室のろうそくはともされていなかった。ただ、新聞記者の顔と、無口の男の足、それもひざから下だけがかすかに照らし出されているだけで、室内はほの暗く、語り手だけに光りが集められていた。はじめのうち、われわれは、時々、顔を見合わせたが、しばらくすると、それもやめて、ただ、タイム・トラヴェラーの顔に見入った。

三

「先週の木曜日、君たちのうちの何人かに、タイムマシンの原理を説明し、工作室で未完成な、その実物を見せた。あれは今も、あそこにあるよ。実は、いささか旅やつれしているがね。象牙の棒が一本ひび割れたし、真鍮の手すりが一本曲がったが、他は大丈夫だ。僕はあの機械を金曜日に完成するつもりだったが、金曜日に組み立てがほぼ終るころになって、ニッケル棒の一本が正確に一インチだけ短いことがわかり、それを作り直さなければならなかった。それで、機械は今朝まで完成しなかったのだ。世界最初のタイムマシンが誕生したのは今朝の十時だった。最後の点検をし、全部のねじをもう一度しめ直し、石英の棒にもう一滴、油をくれて、座席に乗りこんだ。そのとき、僕は、ピストルをこめかみに当て、自殺しようとする者が、次はどうなるだろうと不安に駆られるのと、同じような気持がした。僕は片手で発進レバーを握り、もう一方の手で停止レバーをつかんで、発進レバーを押し、そして、ほとんどすぐに停止レバーを押してみた。目がぐるぐる回るような気がした。夢の中で落下するような感じがし、見回すと、研究室がまったく元のままだった。まるで何事もなかったような気がした。それで、しばらくの間、僕は自分の知能にあざむかれたのかと疑った。そのとき僕はふと時計に気づいた。ちょっと前に、たしかに十時一分過ぎぐらいだったのが、なんと、その時は、三時半近くになっているではないか？　何もわからないうちに五時間半も経っていたのだ。

僕は深く息を吸いこみ、歯をくいしばって、両手で発進レバーを握り、もう一度ぐいっと押した。たちまち、研究室はぼやけて暗くなった。ちょうど、家政婦のウォチェットがはいって来て、庭へ通じるドアの方へ歩いて行ったが、明らかに僕の姿は見えないらしかった。彼女が部屋を横切るのに一分ぐらいはかかるはずなのに、まるでロケットみたいな速さでさっととび抜けたように見えた。僕はレバーをいっぱいに押した。ランプが消えるように夜がやって来たと思うと、次の瞬間には、次の日がやって来た。研究室は薄れてぼやけ、だんだん薄れてきた。次の日の夜の暗さがやって来、また昼になり、また夜、また昼と、それがますます速くなった。渦巻くようなかすかなうなりが耳に響き、妙に重苦しい混乱が心にかぶさりかかった。

残念ながら、時間航行の奇妙な感覚はとうてい言葉では伝えられない。きわめて不愉快な感覚だ。まさに、ジェット・コースターに乗ったような感じ——手も足も出せないで、まっしぐらにとんでいく、あれだ。いまにも何かに衝突して、粉々になるのではないかという、恐ろしい予感もした。速度が速まってくると、昼夜の交替がだんだん速くなって、ちょうど黒い翼を振るようだった。ぼやけた研究室の姿も、今やすっかり消え失せて、太陽がすばらしい速さで空を横切り、一分で、ひとっとびに空をとび越した。その一分一分が一日になる勘定だ。研究室をぶち抜いて大空にとび出したらしい。僕は絞首台に乗っているような気が、おぼろげにしたが、すでに、あらゆるものの、動きを感じないほどの速度でとんでいた。のろのろはう、かたつむりさえ、さっと目もとまらずにとび去った。まばたくような光りと闇の交替で、目がひどく痛んだ。やがて、断続的な闇の中で、すばやく月が公転して、新月から満月へ変わるのと、円を描く星々が、かすかに光るのが、ちらりと見えた。いまや、ますます速度が加わったので、夜と昼の区別がなくなり、宇宙はただ灰色の帯にとけこんだ。空はすばらしく深い青色になり、早朝のようなつややかさを帯びた。すっ飛んでいる太陽は炎の流れと化し、宇宙に輝く弧を描いた。月はいよいよ光りのあわい一本の帯となって波動した。もはや星々は見えなくなり、時おり、明るい輪が青空にひらめくだけだった。

地上の景色は、霧がかかったようにぼやけていた。僕はまだいま、この家の建っている丘の斜面にいて、丘の肩が上の方に灰色にかすんで見えた。木々は蒸気が吹き出すような速さで育ち、あるいは茶色に、あるいは緑色に変化していくのが見えた。育ち、枝を広げ、葉をおののかせ、枯れていった。巨大なビルが、ぼんやりと美しくそびえ立つかとみると、夢のように消え去った。地表全体が変わってしまったように思われた——僕の目の下で、とけて流れた。速度計の針はますます高速を記録した。ふと気がつくと、太陽の帯は、一分そこそこで、夏至から冬至へと上下にゆれ、そのために僕は一分間で一年以上をとぶ速度になっていた。一分ごとに白い雪が地球をおそって埋めつくし、雪が消えると、次に、明るい短い春の緑が現われた。

出発当時の不快感は、いまや、うすらぎ、やがて、一種の熱っぽい陽気さに変わった。実は、機械がぎごちなくゆれるのに気がついたが、その理由は説明つかなかった。それも、そんなことにかまっていられないほど、心が混乱していた証拠だ。そんな狂気じみた気持にかられて、僕は未来へ飛び込んで行った。最初、停めることなどほとんど考えなかった。この新奇な感覚のほかは、ほとんど何も気にしなかった。しかし、やがて一連の新しい観念が心に生じた——一種の好奇心と恐怖だった——そしてしまいには、その観念で心がいっぱいになった。未来の人類はどんな不思議な発展をしているのだろう、われわれの未熟な文明の上に、どんなに驚くべき進歩がもたらされているだろう、などと考えていた。僕は、現在のこの世界が、変化しながら、はかなくぼやけていくのを目のあたりに見ているうちに、人類の未来の実体がこの目で見れたらいいと思った。

するうちに、ふと、すばらしく巨大な建物が、目の前にそびえてきた。現代のどの建物よりも巨大だったが、ぼんやりと霞んでいた。やがて、あざやかな緑を敷きつめた丘の斜面が見えた。その緑は冬が来ても枯れなかった。意識は混乱していたが、目の下の地上は非常に穏やかなようだった。そこで、僕はタイムマシンの航行を止めてみようと思いはじめた。

ところが、考えてみると、僕が航行しているこの空間には何か他の物質があるかもしれないし、したがって、どんな危険が起こるかもしれないのだ。だが、僕が超高速で時間を航行している限り、そんなことは問題にならない。僕の存在は、いわゆる稀薄化しているわけだから──障害物の隙間を、蒸気みたいに、すり抜けてしまうはずだからね。ところが、止めることになると、そうはいかない。稀薄化が元に戻り、僕のからだの分子は、ひとつずつ行手にある物質にぶつかることになる。つまり、僕のからだの分子は障害物と密接な関係を生じて、化学変化を起こし──おそらく激しい爆発を起こすのが──とどのつまりだ。そうなると、機械もろとも、あらゆる次元から上下四方八方へけしとぶことになる──『未知の世界』へね。こんな考えが、機械を操作している僕の胸にいくども浮かんだ。しかし、その時は、その時で、やむを得ない危険として、気軽く受け入れる気になった──男ならそのくらいの危険は冒してみるべきだとね。ところが、その危険が避けがたいものとなると、もはや、それほど気軽く考えるわけにもいかなかった。実は、あらゆるものがひどく奇妙だったし、機械が妙にがたぴし気持悪くゆれるし、とりわけ落下しつづけるいやな気分がいつまでもつづくしで、知らぬ間に、僕の神経はすっかり狂ってしまっていた。停まろうとしてももう止まれないんだと思うと、大あわてで、機械を止めることにした。僕はいきり立って馬鹿のように、レバーを引いた。すると、たちまち機械がぐるぐるまわって、僕はまっさかさまに空中に投げ出された。

はためく雷鳴のようなうなりが聞こえた。しばらく気を失っていたらしい。非情な霰がひゅうひゅうと身のまわりをたたき、気がついてみると、僕はやわらかい芝生にころがり、目の前に機械が、ひっくり返っていた。あらゆるものが、まだ灰色に見えたが、僕は耳鳴りが止まっているのに、すぐ気づいた。見回してみると、僕のいるのは、どこかの小さな庭の芝生らしく、まわりをシャクナゲの茂みが囲み、その赤紫の花が霰に打たれて、降るように散っていた。霰は、はね返り、踊り上がり、雲のように機械に降りかかり、煙のように大地をたたいた。すぐに、僕は、ずぶぬれになった。

『ひどい歓迎だな』と、僕は言った。『何年も旅を重ねて、せっかく会いに来たってのに』

やがて、濡れそぼれているのも、気がきかないと思った。立って、見回すと、どうやら白い石で彫ったらしい大きな像が、シャクナゲの茂みの向こうに、激しく降る霰を通して、ぼわっとそびえていた。だが、その他は何も見えなかった。

僕の気持ときたらなんとも言いようがなかった。霰の足が薄くなるにつれて、白い像がややはっきりしてきた。非常に大きくて、白銀色のシラカバが、その肩に、やっととどくほどだった。白大理石造りで、翼のあるスフィンクスみたいな形で、翼は下に垂れるかわりに、左右に拡げて飛び立とうとしているようだった。台座は青銅らしく、厚くて緑青がふいていた。運よく像の顔がこちらを向いていた。見えない目で僕を見つめているようだった。唇には、かすかな笑みを浮かべていた。長い間雨風にさらされていたらしく、表情が崩れて不快な感じを与えた。僕はしばらくその像を見上げて立っていた——三十秒か、三十分か、そこがはっきりしなかった。霰がはげしくなったり、小降りになったりするにしたがって、像は近づいたり遠のいたりするように見えた。やがて、像から目を放してみると、霰の幕がきれぎれに薄れて、空が明るみ、日が出そうになっていた。

もう一度、背をかがめている白い像を見上げていると、急に、僕の時間航行の無鉄砲さが、しみじみと胸にきた。霰の幕が上がったら、その後から、いったい何が現われるだろう。まさか人類が変わることもあるまい。もし、人類の心が、全般的に非情になっていたらどうだろう。この航行の間に、人類が人間性を失い、なんか非人道的になり、非情で暴力的になっていたとしたら、いったいどうなるだろう。僕は、旧世代の野獣のように見られるだろう。からだつきが、みんなに似ているだけによけい恐ろしく、いやらしい生きものとして——怪物として、たちまち殺されてしまうだろう。

そのとき、すでに、他の大きなものの姿が見えていた——巨大な建物で、手のこんだ手すりと、高い円柱があった。それと同時に、嵐がおさまるにつれて、木の茂った丘の斜面が、ぼんやりと見えてきた。僕は恐ろしくて気が狂いそうになった。それで、狂者のようにタイム・マシンに駆けより、夢中になって修理しだした。するうちに太陽の光りの矢が、嵐を通して射込んできた。灰色のもやが払いのけられ、ゆらめく幽霊の衣のように消えていった。頭上はるかな深い夏空の青さの中に、かすかな茶色の雲のきれはしが、無の世界へ、渦巻きながら消えていった。近くの、あの巨大なビルは、嵐にぬれたあとの輝きで、くっきりと、そびえ立ち、積もって、まだ溶けない霰がところどころに白々としていた。僕は異様な世界にひとりきりで放り込まれた自分を感じた。ちょうど、晴れた空を、いつタカがおそいかかるかもしれないとびくびくしながら、ただ一羽で飛ぶ小鳥のような感じだった。こわくて、じっとしていられなくなった。それで、ひと息入れると、すぐ歯をくいしばり、激しく手足を使って、機械を起こしにかかった。必死で頑張ったので、機械が、起き直った。そのはずみに、あごを激しくぶっつけた。片手を座席に、もう一方の手をレバーにかけて、ひどく息をはずませながら、もう一度乗り込もうとして、立っていた。

しかし、タイムマシンさえ直れば、いつでも現実の世界へ引き返せるとわかると、また勇気が湧いてきた。僕は、前より好奇心をたかめ、さっきほどおそれずに、このはるかな未来の世界を眺めまわした。近くの家の高い円窓に、ぜいたくな薄ものを着ているひとかたまりの人影が見えた。向こうでも僕を見つけたらしく、みんなの顔がこっちを向いていた。

やがて近づく話し声がした。白いスフィンクスのわきのしげみ越しに、駆けつける男たちの頭と肩が見えた。そのひとりが、機械と僕のいる小さな芝生に真直ぐ通じる小路に姿を現わした。小柄な生物で――背は四フィートぐらいだろう――紫色の衣をつけ、腰のあたりに革のひもを巻いていた。足には、サンダルか長靴――どちらか区別がつかないが――そんなものを穿いていた。両脚はひざまでむきだしで、頭には何もかぶっていない。それで、ふと気がつくと、空気がとても暖かだった。

その生物は、意外にも、やさしく美しい男性で、どうやら、信じられないほど、ひ弱らしい。赤みを帯びた頰が、結核患者の顔色を思い出させた――滅び行くものは美しきかな、という奴だ。その男を見ると、すぐ僕は安全だという自信を取り戻して、機械から手を放した。

四

次の瞬間、僕は、この未来世界の、美しくひ弱な人間と向き合って立っていた。未来人は、つかつかと僕に近づいて来て、目で笑いかけた。驚いたことに、彼の態度にはおそれているようなところは少しもなかった。それから、従いてきた他の二人を振り向いて、非常にやさしくなめらかな妙な言葉で話しかけた。

他にもどんどん集まってきて、この優美な人間どもは、たちまち、八人か十人ほどの群れになって僕をとりまいた。中のひとりが僕に問いかけた。妙なことだが、僕はふと、自分の声が、この連中にとっては、さぞ荒っぽく太く聞こえるだろうと考えた。それで頭を振り、耳をつまんで、また頭を振った。相手は、こわごわ、一歩ふみ出して、僕の手にさわった。やがて、他の連中が、やわらかな小さな手で、僕の肩や背にさわるのがわかった。連中は僕が実在のものなのを確かめたいのだ。何も警戒心をおこさせるものはなかった。実際、この美しい小さな連中には、安心感をさそうものがあった。——優美で穏やかで、何か子どものような気楽さがあった。そのうえ、連中はあまりにもひ弱に見えるので、もしかかってきても一打ぐらいならいっぺんに、九柱戯の柱のように、なぎ倒せると思った。だが、連中のピンク色の小さな手が、タイムマシンにさわったとき、僕はいきなり叱りつける身ぶりをした。さいわい、手おくれにならなかったが、僕は、それまでうっかりしていた危険に気づいて、機械の棒に手をかけ、ねじをゆるめて小さな発進レバーをはずし、ポケットに入れた。それから、また向き直って、どうしたら話ができるかと、その方法を考えてみた。

やがて、連中の姿をいっそう間近かに見ると、そのドレスデン陶器の人形のような美しさの中に、さらにいくつかの特色があるのに気づいた。連中の髪は、きれいにそろった巻毛で、その先が、首と頬のところで尖(とが)っていた。顔にはうぶ毛さえまったくなく、耳は実に小型だった。口は小さく、唇は真赤でやや薄く、小さなあごは尖っていた。目は大きく穏やかで――これは自分勝手な感じ方かもしれないが――でも、こっちが思うほど、僕に対する興味を示していないような気がした。

連中が僕と意思を通じようともせずに、ただにこにこと僕をとりかこみ、たがいに、やさしい鳩みたいな声でクウクウ話し合っているので、僕の方から、話しかけた。まず、タイムマシンと自分とを指さしてみせた。それから、どうやって時間を言い表わそうかと、しばらく迷ったあげく、太陽を指さしてみた。すると、すぐに、紫と白の格子縞(こうしじま)の服を着た妙に美しい小人が、僕の身ぶりを真似て、驚いたことには、ゴロゴロと雷の音を真似た。

僕はしばらくあっけにとられていた。小人の身ぶりの意味は、実にはっきりしていたのにね。ふと、この連中は馬鹿ではあるまいかという疑問が心に浮かんだ。それが、どんなに僕を驚かしたか、君らにはわからないだろうな。いいかい、僕はいつも、八十万二千年後ころの人類は、知識、芸術など、あらゆる面で、われわれの信じられないほど進歩しているだろうと期待していたんだ。それなのに、連中のひとりが、僕の問いに答えたところをみると、その知能程度がわれわれの五歳児ぐらいを示していたんだからね――つまり、彼のきくのは、僕が雷に乗って、太陽から来たのかということらしいんだ。そう思うと、それまで、連中の衣服や、ひ弱なからだつきや、弱々しい顔立ちを批判するのを、さしひかえていた気持が、ゆるんだ。失望が、どっと心におしよせた。しばらくの間、タイムマシンを造ったのも、無駄だったと思った。

僕は、うなずいて太陽を指さし、連中をおびえさせるほど、なまなましく雷鳴を真似してみせた。みんなは二、三歩ほどたじろいで、おじぎした。やがて、ひとりが笑いながら近づき、美しい花輪を僕の首にかけた。まだ見たこともない花だった。他の者はこの思いつきをにぎやかにはやしたてた。急にみんなは、あちこち走り回って花をつみ、笑いながら僕に投げかけたので、しまいに僕は花で息がつまりそうになった。見たことのない者には想像もつくまいが、その花のせんさいな美しさは、無数の歳月をかけて作り出したものらしかった。やがて誰かが、連中のおもちゃである僕を、すぐ近くの建物で展示しようと言い出したらしく、さっきからずっと、ほほえみを浮かべて僕の驚きを見下していた白大理石のスフィンクスのわきを通って、すりへった石の巨大な建物の方へ、僕を案内していった。連中とともに歩きながら、未来人がきわめて気むずかしく知的だろうと予想して疑わなかった自分を思い出すと、おかしくてたまらなかった。

その建物は入口が大きく、実に巨大なものだった。当然、僕が最も気にしたのは、小人の群れがますます大きくなること、建物の大きな入口が、目の前に、怪しげな神秘的な口をひらいていることだった。連中の頭越しに眺めた未来世界の第一印象は、美しい茂みと、花々の乱れる野原と、長い間手も入れないのに雑草が生えていない庭園というところぐらいだった。妙な白い花の、丈の高い穂がたくさん見えたが、そのろうのように青白い花びらの直径は一フィートほどもありそうだった。それらは、さまざまな灌木《かんぼく》の茂みのあいだに、自生して、散らばっていた。ことわっておくが、これはまだよく検べたわけじゃない。タイムマシンはシャクナゲにかこまれた芝生に放って置いた。

建物の入口のアーチには、こまかく彫刻がほどこされていたが、むろん、間近かに観察するひまなどなかった。だが、アーチをくぐるときに、なんだか、古代フェニキア模様が使われているような気がした。驚いたことに、それらは、ひどく崩れて風化していた。さらにあざやかな衣服をつけた何人かの連中が、入口で僕を迎え、一緒に中へはいった。僕ときたら、うす汚れた十九世紀の衣服をつけていて、かなりグロテスクな姿だった。それが花輪でかざられたうえ、あざやかな柔らかい色の衣服をまとい、白い手足を輝かせながら、音楽のような声で、笑ったり、話している未来人たちにとり囲まれていたんだからね。

大きな入口をくぐると、壁の茶色な、かなり広いホールに出た。天井は暗く、窓は、一部には色ガラスがはめられ、一部には何もはめられていなかったが、そこから弱い光りがさしていた。床は、何か非常に硬い白い金属のブロックでたたんであった。金属板ではなくスラブ――つまりブロックなんだ。それがひどくすりへっているので、こりゃ、何世代もの人の往来のせいだなと思った。特に往来のはげしいところは深くえぐれていたからね。奥行と直角に、床から一フィートほどの高さの、石塊をみがきあげたテーブルが、たくさん並んでいて、その上に、果物がもりあげてあった。異常に発達した木イチゴやオレンジみたいに思えるものもあったが、大部分の果物はみたこともないものだった。

テーブルの間にはたくさんのクッションが散らばっていた。僕を案内した連中はそれに腰をおろして、僕にもそうするようにと合図した。そして作法ぬきの気軽さで、果物を手にして食べ始め、皮や芯を、テーブルのわきの丸い穴に投げ込むのだった。僕もためらわずに連中のするとおりにした。のどもかわいていたし腹もすいていたからね。その間も、ひまひまにホールを見まわした。

僕をいちばん驚かしたのは、その荒れはてた様子だった。ステンドグラスの窓は、みんな幾何学模様だったが、あちこちこわされていたし、その下の方にたれ下がっているカーテンには、ほこりが厚く積もっていた。そばの大理石のテーブルの角が、かけているのも目をひいた。しかしながら、全体の感じは、たしかに豪華でにぎやかだった。おそらく、何百人もの連中がホールで食事をしていたのだろう。そして、その大部分が、できるだけ僕の近くにすわり、面白そうに僕を眺めていた。連中の小さい目が、食べている果物越しに、光っていた。みんな一様に、やわらかくて丈夫な、絹地のような衣服をまとっていた。

ところで、連中の食事は、どうやら、果物だけらしい。これらのはるかな未来人たちは厳格な菜食主義者だった。僕も連中と一緒に暮らしている間は、肉類を食べたいとは思いながらも、果物だけですまさなければならなかった。事実、あとでわかったことだが、馬も牛も羊も犬も、太古の魚竜のように絶滅の道をたどったらしい。だが果物は非常においしかった。殊に、僕がいた間、出盛りだったらしい——殻が三つに分かれて、ふかふかな果物ときたら——すばらしい味で、僕はそれを主食にした。最初、そんな妙な果物や見なれない花々にまごついたが、やがて、それらの重要さがわかりかけた。

ところで、今、僕は、はるかな未来世界での、果物食について話しているが、それは、そのくらいにしておこう。僕は食欲が少しおさまるとすぐに、僕にとって初対面のこの連中の言葉を覚えようと夢中になった。明らかに、それが次の仕事なのだ。手始めには果物が役に立つと思って、そのひとつをとり上げ、一連の質問の声と身ぶりを始めた。僕の言うことをわからせるのは、とても骨が折れた。初めのうちは、僕の努力に、連中は目をむいたり、腹をかかえて笑い崩れたりした。だが、やがて、ひときわ髪の美しい小人が、僕の意図をつかんだらしく、その果物の名をいくども言った。連中はそのことでたがいに長い間、わやわやがやがややっていた。そして、僕がはじめて、連中の言葉の微妙な発音を口にすると、それが、ひどく興味をひいたらしい。ともかく、僕は小学生にかこまれた先生みたいに、根気よくやり、やがて、少なくとも二十ぐらいの名詞を、きき出して、覚えることができた。それから、指示代名詞の「あれ」「これ」「それ」などを覚え、動詞の「食べる」という言葉さえ覚えた。しかし、かなりひまがかかる仕事で、小人たちは、すぐにあきて、僕の質問から逃げたがった。それで、僕はやむを得ず方針を変えて、連中の気が向いたときに、少しずつ習うことにした。僕は連中が仕事らしいものはほとんど何もしないのに、かなり前から気づいていた。あんなに怠け者で、あんなに疲れやすい連中にあったことはない。

やがて僕は、小人連中に奇妙な点があるのに気づいた。それは連中が、物ごとに対して関心が薄いということだ。連中は子どものように、わっと喊声をあげて僕にかけ集まったが、じきに調べるのを止めて、子どもみたいに他のおもちゃの方へ行ってしまうのだった。食事と会話の手ほどきが終ったときには、気がついてみると、初めに僕を取り巻いていた連中は、ほとんどいなくなっていた。妙なことだが、僕の方でも、あっというまに、小人たちのことを眼中におかなくなっていた。空腹がおさまるとすぐに、門をくぐって、また日当りのいい外へ出た。

ったのだ。

僕は次々と、未来世界の連中に出会った。連中はしばらくついて来て、話しかけたり、笑いかけたり、にこにこして親しさを示そうとするが、じきに離れていって、僕を自由にさせるのだった。

僕が大ホールから出てみると、外は夕べの静けさにくるまれ、暖かい夕日の光りが、あたりを照らしていた。最初は面食らった。あらゆるものが、僕らの現実の世界と、がらりと違っているのだ――花までもね。僕が出て来た大きな建物は広い川の谷の斜面に建っていた。その川はテムズ川らしいが、今の川筋より一マイルほど移動していた。僕は丘の頂上にのぼろうと思った。一マイル半ほどありそうだが、そこからなら、西暦八十万二千七百一年の地球がもっと広範囲に見渡せるからだ。この年月日は、説明を要するが、僕の機械のダイヤルに記録されていたものだ。

歩きながら、僕は、この未来の世界で目にした、荒廃した栄華の状態――実に荒れていた――を説明するたしになるものをつかもうと、あらゆる様子に目を見張っていた。たとえば丘を少し登ると、アルミニュウムの塊でつなぎ合わせた花崗岩(かこうがん)が積み上げられていた。切り立った石壁が迷路のように長々とつづき、ところどころ崩れていて、その真中に美しい塔(パゴダ)のような形をした植物が、びっしり茂っていた――イラクサの一種らしい――だが、葉にすばらしい茶色の斑(ふ)があって、とげはなかった。その迷路はたしかに巨大な建物の廃虚らしいが、何の目的で建てられたものかわからなかった。あとになって、僕が奇妙な経験をすることになったのは、この場所なのだ――だから、もっと奇妙な発見へのお近づきというわけだが――この件については、適当なときに話すこととしよう。

高台でしばらく休息して、ふと気がついて、眺めまわすと、小さな家は一軒も見えなかった。どうやら個人住宅、いや家庭などというものさえ、消滅してしまったらしい。緑樹帯のあちこちに宮殿のような建物があったが、イギリスの風景を特色づけている個人住宅や小屋などはどこにも見えなかった。

『共産制度か』と、僕はつぶやいた。

それにつづいて他の考えが浮かんだ。従いて来た六人ほどの小人を振り向いてみた。そのとたんに、みんなが同じ型の衣服をつけ、同じようにやさしいひげのない顔をし、同じように少女っぽいふっくらした手足をしているのに気づいた。僕が、そんなことに、もっと前に気づかなかったなんて、不思議に思えるかもしれない。しかし、何もかも初めて見るものだったんだからね。今、はっきり、その事実に目がとまったのだ。衣服も、からだつきも、身のこなしも、男女両性の違いをなすものは、全部取り払われてしまっていて、未来世界の連中は男も女も同じようなのだ。子どもたちも僕の目には、親たちをそっくり小型にしたもののように見えた。そのとき僕が判断したのは、未来世界の子どもたちは、少なくとも肉体的に、きわめて早熟だということだった。あとから、この判断は、多くの例で証明された。

未来人たちが安易で保障された生活をしているのを見て感じたのだが、男女両性が、非常に似通っているということは、結局、当然考えられることなのだ。なぜなら、男の強さ、女のやさしさだとか、家族制度、職業の分化、などは、肉体的な力にたよっていた時代の生存競争の必要から生じたものにすぎないからだ。人口のバランスがとれて豊かな国では、子どもを多く生むことは、国家への功績どころか、罪悪になる。暴力におそわれることはめったになく、子どもたちの生命が保障されている土地では、おおぜいの家族をかかえる必要など、ほとんどない——事実不必要だ。だから、子どもを育てるために生じる男女両性の特殊化などは、消えてなくなるのだ。現代でさえ、この傾向は始まりかけているが、この未来世界では、それが完成していた。言っておくが、これはそのときの僕の観察なのだ。後日、それがいかに実際とかけはなれた未熟な観察だったかがわかったがね。

こんなことを考えているうちに、円屋根のついた井戸のような、こぎれいな建物が目についた。井戸みたいな時代おくれのものがまだあるのか、と軽率に考えて、また、さっきからの観察の糸をたぐっていた。丘の頂にかけては大きな建物はなかった。僕の歩く速さは、小人たちに比べて明らかに驚異的だったので、やがて、連中をとり残し、はじめて、ひとりきりになれた。妙に自由で冒険的な気分になり、ぐんぐん丘の頂へ登って行った。

頂には、なにか僕の知らない黄色い金属でつくった座席がひとつあった。ところどころに桃色のさびが浮き、やわらかい苔で半ば覆われ、肘かけには、鋳物をやすりで仕立てたグリフィンの首の模造品がつけてあった（グリフィンは、ここではロンドンのバー寺院あとにある記念碑の鷲の首であろう）。僕は腰をおろして、長い一日のあとの夕日に照らされている未来世界を、はるばると眺めまわした。それは、いつも見なれている景色のように、ここちよく美しい眺めだった。太陽はすでに地平線に沈み、西空が金色に燃え、地平線すれすれに、赤と紫の横筋が走っていた。目の下のテムズ川の谷間には、水面がみがいたはがねの帯のように流れていた。前に話した、緑樹帯の中に散在している大宮殿のような建物の、あるものは廃虚で、あるものは、まだ人が住んでいた。荒れた庭のような地上には、あちこちに白や銀色の像が立ち、また、円屋根かオベリスクが突立っている垂直の、鋭い線も見えた。垣もなく、所有権の印もなく、農作が行なわれている様子もなかった。土地全体が庭になっているのだ。

あたりを眺めながら、それまで見たことに解釈を下しはじめたが、その夕方、おのずと、僕の心に形成された解釈というのは、こんなものだった（後日、僕は、真実の半分しかつかまなかったし——真実の一面をちらりと見たにすぎなかったのだ、と悟った）。

どうやら僕のぶつかったのは、人類の衰退期だったらしい。赤い落日を見ていると、人類の落日を連想させた。現在われわれは社会を向上させようと努力しているが、その結果は、こんな奇妙なものになるかもしれないということが、やっとわかりはじめた。しかも、考えてみれば、それも当然招いた結果かもしれない。人間の力は必要から生じ、生活の安定は弱さを助長するものだ。生活条件を改善する作業——生活をますます安定させる真の文明化の過程——その作業が着実に行なわれていつか頂点に達してしまったのかもしれない。人間は力をあわせて、次々と自然に対して勝利をおさめていった。現在夢にすぎないことが、具体的な計画にのせられ、遂行される。そしてその結果、僕の見た未来世界のような人類の衰退を招くことになるのかもしれない。

結局、現在の衛生施設や農業は、まだまだ初歩の段階なのだ。現代の科学は、まだ、人類の病気のごく一部を攻撃しているにすぎない。とはいえ、絶えず着実にその作戦を拡大していくだろう。われわれの農業や園芸にしても、なるほどあちこちで雑草をやっつけているが、たかだか二十種ほどの有用植物を栽培するぐらいのことで、他の大部分の植物は、まだ精一杯雑草と生存競争をつづけているという始末だ。

なるほど、われわれは気に入った動植物の改良もしている――だが、その種類は実に少ない――それも、優良種を択んで育生するという気の長いやり方だ。しかも、桃の改良に手をつけたと思えば、次は種なしぶどう、次は大輪の花の咲く花卉、次は優秀な牛というふうに無方針なのだ。品種改良が手間どり、いい成績をあげないのも、目標があいまいで、方法は手探りだし、知識もせまく限られているからだ。それに、自然も、われわれの不器用な手にかかっては、はにかんで、さっさと動いてはくれないからだ。しかしいつかはこういうことも、もっともっとうまく運ぶようになるだろう。時には逆行があっても、それが文明の全体の流れの向きなのだ。全世界は知的になり、教育され、協力する。そして、万事が、自然征服へ向かって、ますます速く進んでいくだろう。遂には、われわれは動植物の生命の均衡を、うまく、注意深く再調整して、人類の必要に適うようにしてしまうだろう。

未来世界では、たしかに、こういうような調整が長い間行なわれて、しかも成功したにちがいないのだ。僕が機械に乗って、はるばると時間の世界を航行していたあいだにだよ。未来世界の空には蚊も虻もいず、地には雑草も茸類もなく、どこもここも甘い果物や美しい花々に満ち、色あざやかな蝶があちこちに飛んでいた。不必要な動植物を除く理想的な薬品が作られたのだろう。病気という病気は根絶してしまったらしい。滞在中に一度も伝染病らしいものにぶつからなかった。この点はあとからまた話すことになりそうだが、こうした変化によって、老化現象までまったく防止されてしまったらしい。

社会の向上進歩も立派に成功をおさめていた。連中は、すばらしい場所をねぐらにし、美服をまとい、しかも、連中が仕事をしているのを一度も見なかった。闘争というものは、社会的にも経済的にもまるでないらしかった。われわれの社会を構成している、商店だの広告だの輸送だのという、商業的要素は、みんな消滅していた。あの輝かしい日暮れに、僕が未来世界を、天国のような社会だと思い込んだのも当然なのだ。きっと、人口過剰の問題にぶつかり、人口の増加を圧(おさ)えることに成功したらしい。

　しかし、このように、条件が変化すると、その変化に対する適応性を招くのは避けられない。生物学が間違いだらけでないとすれば、人類の知力と行動力の源泉は、困窮とそれにもとづく自由への欲求にあることは否定できない。生存競争の条件のもとでは、活動的で強力で賢いものが生き残り、弱い者は追いつめられてしまう。だから生存競争に勝つために、有能な人々が、誠実に協力し、自己を抑制し、忍耐し、決断的に行動するようになる。そして、家族制度、家族愛、激しい嫉妬(しっと)、子孫への愛情、親の献身、そういうものはみんな、さし迫った危険から子孫を守るために正義とみられて支持される。さて、未来国には、どこに、そんなさし迫った危険があるんだろう。全然ありゃしない。だから夫婦間の嫉妬や、激しい母性愛や、その他あらゆる種類の激情を好まなくなり、それを憎む感情がだんだん強まるはずだ。そんな激情は未来世界では、もう不必要、不愉快な野蛮な遺物で、過不足なく洗練された快適な生活にはふさわしくないものなのだ。

　未来人たちが、ひ弱で思ったより知能が低く、たくさんの巨大な廃虚に囲まれて無気力に生活しているのを見ると、自然を完全に征服すると人類はこういうことになるのではあるまいかと疑わずにはいられなかった。きっと、長い間の自然との戦いのあとに平静が訪れたのだろう。人類は、かつて、強く、精力的で、賢く、その全精力を使って、生活条件を改善した。そして、今、改善された条件に対する反作用が現われているのだろう。

完全に快適で安定した新しい生活条件のもとでは、現在われわれの力となっている勤勉な精力は不必要なものになるだろう。現在でさえ、かつて生き残るために必要だった、ある種の能力や欲求が、とかく失敗のもとになっている。たとえば、肉体的な勇気や、闘争心は文明人にとっては——大して役に立たず——邪魔ものでさえある。そして、肉体的に均衡がとれ、生活が安定している状態のもとでは、強さも知能も体力も大して武器にはならない。思うに、未来世界では、無数の年月の間、戦争の危険も、個々の暴力も、野獣の危険も、組織的に対抗すべき疾病も、骨を折って働く必要もなかったのであろう。そんな社会では、現在われわれが弱者と呼ぶべき者も強者とともに保護されるから、もはや、実際には弱者ではなくなる。いや、むしろ弱者の方が強者より、生活条件に適応性があるわけだ。というのは、強者はその精力のはけ口に苦しむことになるからだ。僕が見た美しい巨大な建物の荒廃も、完全に調和した生活条件のもとでは、その目的を失ったからで、かつては人類の精力の最後のたかまりの産物だったにちがいない——おそらく、最後の平和が訪れたときの、人類の勝利の記念碑だったのだろう。安定した社会では、精力はいつもそのような運命になる。精力芸術や快楽主義にのがれ、やがて、無気力と退廃がとって代わるようになるのだ。

そして、芸術的衝動さえ、ついには消滅してしまうらしい——僕の見た未来世界では、ほとんど消滅していた。身を花で飾り、太陽のもとで、歌い、踊る——芸術心のうちで、残ったのはそれぐらいで、あとは何もないらしい。それさえ、しまいには滅びて、満ちたりた無気力に落ち込んでしまうだろう。われわれはつねに、苦痛と必要という砥石でみがかれているが、どうやら、未来世界では、そんないやな砥石も、とうとう破壊されてしまったらしいのだ！　僕は暮れなずむ中に立って、こんな単純な解釈で、未来世界の問題をすっかり解明したつもりになっていた。——優美な未来人たちの秘密はすっかり解けたと、思っていた。連中がくふうした人口制限法はうまくいきすぎて、人口は一定しているというより漸減しているようだった。それで、廃虚の多い説明もつくと思っていた。僕の解釈は、ひどく単純明快だろう——間違った理論というものは、得てしてそんなものさ！

五

自然を完全に征服しすぎた人類について、思いをめぐらしていると、銀色の光りあふれる東北の空に、金色の満月がさしのぼり、目の下はるかに動きまわっていた、きれいな服の小人たちの姿が見えなくなった。フクロウが一羽、音もたてずに飛び去り、僕は夜の寒さにふるえた。丘をくだって、寝る場所を捜すことにした。

さっきはいった建物へ行こうと思った。そのとき、眺めまわしている僕の目に、青銅の台座の上の白いスフィンクスの像が映った。月が明るくなるにつれて、像はくっきりしてきた。その向かいのシラカバも見えた。青白い月光のなかで、シャクナゲの茂みは黒く、小さな芝生も僕の目についた。妙な予感で、ぎくっとし、気を鎮めながら『いや』と、強く自分に言った。『あれは、さっきの芝生じゃない』

だが、元の芝生だった。白いスフィンクスの崩れかけた顔が芝生の方を向いているから間違いない。それを確かめたときの僕の気持が想像できるかな。いや、君らにはできやしない。タイムマシンがなくなっていたんだ！

ふいに、顔を鞭でぴしりとやられたような気がした。自分の生きている現代を失い、この妙な未来世界に、ひとり取り残されるのではないかという不安がこみ上げた。それは思うだけでも実際に身の痛む感じだった。首をつかまれ、息がとまりそうな気がした。次の瞬間、僕は恐怖にとらわれて、ひとっとびに丘の斜面をかけ下りていった。一度、つんのめって顔を切った。だが、ひまがおしくて血止めもせずに、とび起きて駆けつづけた。血が頬からあごに、なまぬるくたれた。駆けながら、たえずつぶやいていた。『連中がちょっと動かして、邪魔にならないように、茂みのかげに入れたんだろう』と。そう言いながらも、全力で走った。そのあいだ中、恐ろしすぎる時などによくあるつきつめた気持で、そんな楽観は馬鹿げていると感じ、直感的に、タイムマシンはもう手のとどかない所へ運ばれてしまったのだと思った。息が苦しくなった。丘の頂から芝生までの二マイルを、わずか十分ぐらいで駆け下りたらしい。しかも、僕はもう、そう若くないのだ。僕は走りながら、機械を放っておいた自分のうかつさを大声でののしり、そのおかげで息をきらせ、大声で叫んだが、誰も答えるものはなかった。この月下の世界には、まるで生きものの気配はなかった。

芝生に着いてみると、最悪の事態になっていた。機械は影も形もなかった。黒い茂みにかこまれて、がらんとした芝生を見たとき、僕は寒気がした。僕は狂人のように駆けまわった。どこかのものかげに隠してあるのではないかと思って。そして、いきなり立ちどまり、両手で髪をつかんだ。頭上には、青銅の台座の上のスフィンクスが、白く崩れた顔を月光に輝かしながら、そびえ立っていて、僕の困難をあざ笑うかのようだった。

小人たちが、僕のためにタイムマシンを、どこかへしまってくれたと思えば安心できたろうが、連中は知的にも肉体的にもひ弱で、あれを動かすことができるはずはない。だが、連中は意外な力を持っていて、それで僕の発明品を消滅させてしまったのではないだろうかと、僕はいっそう不安に駆られた。だが、一つだけ僕の安心できる点は、誰か他の時代の人類が、あれとまったく同じものを造り出さない限り、あのタイムマシンを時間の中で動かすことはできないはずなのだ。発進レバーや停止レバーのとりつけは――あとでその方法を見せるが――とりはずしてある時には、誰もあの機械を時間の中で動かせないようにくふうしてあるんだ。だから、機械は空間の中で動かされ、隠されたにちがいない。だが、それなら、どこにあるのだろう？

どうやら僕はひどくあわてていたらしい。思い出せば、スフィンクスの囲りの月に照らされた茂みを、やたらに出入りしながら、駆けまわっていた。何か白い動物が驚いて飛び出した。その暗い中でみると小さい鹿のようだった。それにまた、夜ふけまで僕は茂みを拳でたたきまわったので、指の関節がすりむけ、血まみれになったのを思い出す。それから、心の苦しみにたえかねて、すすり泣いたり、わめいたりしながら大きな石の建物に向かって行った。大きなホールは暗く静かで、人影もなかった。でこぼこな床を足さぐりに進むうちに、つまずいて、クジャク石のテーブルにぶつかり、危くすねを折りそうになった。僕はマッチをすって、さっき話したあのほこりだらけなカーテンの向こうへはいって行った。

するとと、クッションがあちこちにある二番目の大ホールに出た。見ると、二十人ほどの小人がクッションの上で寝ていた。僕の二度目の出現は連中にとって、よほど不思議だったにちがいない。なにしろ、静まりかえっている闇の中からぬっと現われ、ぶつぶつわけのわからぬことをわめきながら、マッチの炎をゆらめかしたのだからね。連中はマッチなど、すっかり忘れてしまっていたんだ。

『タイムマシンはどこだ？』と、怒った子どものようにどなり、両手をクッションにかけて、連中みんなをゆり起こした。連中にとっては大椿事だったにちがいない。笑ったものもいるが大部分は、ひどくおびえた顔になった。連中が起きて僕を取り巻いたとき、はっと気づいた。こんな状況のもとで、こんなことをするなんて、なんたるばかげた行為であろう、連中の心に恐怖感をよみがえらせようとするなんて。というのも、連中の昼間の行動からみて、恐怖感など、とっくの昔に忘れているようだからだ。

いきなり、マッチを投げ捨て、行手の小人をつきのけ、つまずきながら大きな食事用のホールにもう一度引き返して、月光の下に出た。小人たちが恐怖の叫びをあげながら、小さな足で、あちこち逃げ回ったり、つまずくのが聞こえた。僕が、呆然自失しているうちに、いつのまにか月は中央にかかっていた。気が狂いそうだった。タイムマシンが失くなるとはなんたることだ。僕は現代の人類仲間からひとり切り放されて、絶望した――未知の世界で一匹の奇妙な動物になり下がるんだから。僕は夢中で駆けまわり、叫び、わめき、神と運命を呪った。こうして長い絶望の夜がふけるにつれて、ひどく疲れたのを、覚えている。

それでも、機械がありそうな場所を、あちこち、のぞき込んだり、月に照らされた廃虚を捜しまわったり、暗いものかげで変な生物にさわったりした。そして最後には、スフィンクスのそばの地面に倒れて、絶望のあまり、おいおい泣いていた。みじめさしか感じられなかった。

やがて寝入った。目が覚めてみると、真昼で二、三羽の雀が芝生の手のとどきそうなところを、飛び回っていた。

僕は朝のすがすがしい気分で起き直り、どうして此処(ここ)にいるのか、なぜ深い絶望と孤独を感じるのかを、思い出そうと努めた。やがて、事情がはっきりしてきた。明るくてものがよく見える日の光りの下だと、自分の立場をまともに眺めることができた。夜通し狂ったような行動に出たのは、大馬鹿だったとさとり、自分に言いきかせることができた。

『最悪の場合を仮定してみよう』と、つぶやいた。『タイムマシンが完全になくなったとしたら——おそらく破壊されたかもしれない。その場合は、冷静で辛抱強くしなければならない。小人たちのやり方を学んで、機械を消滅した方法をはっきり認識し、材料や道具類を手に入れる手段を考えるのだ。そうすれば、最後には、おそらく、もう一台、タイムマシンを造ることができるだろう』それが唯一の希望だった。はかない希望だが、絶望よりましだった。それに、どっちみち、ここは美しく珍しい世界だった。

だが、どうやら、タイムマシンはどこかへ隠されているらしい。そうだとすれば、いっそう冷静になり、辛抱強く隠し場所を見つけて、力ずくか、うまく欺(だま)して取り戻さなければならないわけだ。僕はよろよろと立ち上がって、水浴場は何処かと見まわした。昨夜の興奮と疲れで、からだが強ばり、ほこりだらけになっていたので、さっぱりしてすがすがしい朝を迎えたかったのだ。さっぱりして、また機械捜しにとりかかってみると、事実、昨夜の興奮はまるで嘘みたいに思われた。小さな芝生のまわりの地面を、注意深く調べた。通りかかった小人たちから、機械の隠し場所をできるだけうまくきき出そうと、いたずらに努力して時間を無駄にした。連中には、さっぱり僕の身ぶりがわからなかった。ある者はただぼんやり見ていたし、ある者は冗談だと思って、笑いこけた。その美しい顔をなぐりつけたくなるのを抑えるのにとても骨が折れた。それは馬鹿げた衝動だったが、恐怖と激怒から生じた心中の悪魔はたけり立って、ますます、僕の心の混乱に乗じてあばれ出そうとしていた。芝生の方がよほど役に立った。芝生にみぞが一筋のこっているのが見つかった。それは、スフィンクスの台座と、到着したときに転覆した機械を引き起こそうと苦労したときについた僕の足跡との中ほどだった。ほかにも機械を動かした跡があり、そばに、小人どものものと思える妙に幅のせまい足跡がついていた。それが、僕の注意を台座にひきつけた。前に言ったと思うが、台座は青銅造りだった。だが、青銅の塊ではなく、深い縁どりのある鏡板で、どの面もみごとに飾られていた。近づいて鏡板をたたいてみると、台座の中はがらんどうらしい。鏡板はふちのところどころが、ずれている。ハンドルも鍵穴(かぎあな)もないが、もしこれがドアなら内側から開くのだろう。これで、手がかりがひとつだけわかったわけだ。するとあとは、タイムマシンがこの台座に隠されていると見当をつけるのは、大して頭を使わなくてもすむことだった。だが、それをどうやって取り戻すか、それはまた別の問題だった。

オレンジ色の服をつけた小人の頭が二つ。茂みを抜け、花ざかりのリンゴの林をくぐってこちらへ近づくのが見えた。僕は振り向いてほほえみかけて手招きした。二人はやって来た。そこで、青銅の台座を指さして、どうしても開けたいのだと伝えようとした。だが、僕の見せる最初の身ぶりで、連中は、ひどく妙な顔をした。いかに妙な顔だったか、説明しようもない。たとえば、しとやかな女性にうんと不作法な身ぶりをして見せたとする——そういうときの彼女の表情に似ているとでも言おうか。ふたりは、まるで、このうえもない辱かしめを受けたかのように、逃げ去った。次に現われたやさしい顔の小人に試してみたが、結果はまったく同じだった。どうやら、その様子をみると、僕自身を、辱かしめているらしいことに気がついた。しかし、なにしろ、僕はタイムマシンが欲しいだけなんだから、もう一度、身ぶり手ぶりをやってみた。その小人が他の連中と同時に逃げ出したとき、僕はかっとなり、三とびで追いつき、襟もとの衣のゆるいところをひっつかんで、スフィンクスの方へひきずりはじめた。そのとき、小人の顔に恐怖と嫌悪の色が浮かんだので、いきなり手を放してしまった。

だが、僕はまだあきらめなかった。拳で青銅の鏡板をばんばんたたいた。中でごそごそする音が聞こえたようだった——正確に言えば、くすくす笑う声らしい——だが、空耳だったにちがいない。僕は川から大きな石を拾って来て、飾りの渦巻がつぶれ、緑青がぽろぽろはげ落ちるまで、たたきつづけた。神経のこまかい小人どもは、恐ろしい音をたててたたいているのを、一マイル四方で聞きつけるにちがいないのだが、それでも、何も得るところはなかった。ふとみると、丘の斜面に集まった小人どもが、じっと僕を見下ろしていた。やがて、からだが熱くなり、疲れたので、僕は腰をおろして、台座を見守った。だが、じりじりして、長く見守ってはいられなかった。僕は気短なヨーロッパ人だから、長時間の番人をするにはむかないらしい。ひとつの問題についてなら何年でも研究できるが、何もしないでは二十四時間待てない性だ——話がそれたがね。

しばらくして立ち上がり、目当もなしに、丘の方へ、茂みを抜けて歩き出した。『辛抱するんだ』と、自分にいいきかせた。『機械を取り戻したかったら、スフィンクスを放っておかなければ駄目だ。もし連中が機械を取り上げる気なら、青銅の鏡板を壊しても何の役にも立たない。取り上げないつもりなら、たのめばすぐ返してくれるだろう。こんな未知のものに囲まれて、あんな謎を解こうとすわってみても、どうにもしようがない。そんなことをしていると狂人になる。この未来世界を直視することだ。その生活法を学び、観察し、その真意を早のみこみしないように気をつけるんだ。ついには、そのすべてを解く鍵がつかめるだろう』

すると、突然、自分のこっけいな立場に思いついた。思えば、この何年間も、未来世界へ来るために、研究をつづけ、努力してきたのに、今は、夢中になってそこから逃げ出そうとしているではないか。僕はみずから、人間がかつてくふうしたこともないほど、複雑、堅牢(けんろう)な罠(わな)におち込んだようなものだ。とはいえ、全部自分のせいだから、なんともいたし方がない。僕は少しやけになってからからと笑い出した。

壮大な宮殿を通り抜けて行くと、小人たちが僕を避けるような気がした。気のせいかもしれないが、青銅の台座をたたいたことと関係があるかもしれなかった。しかし、たしかに避けているようだ。だが、僕は注意して、気がつかないふりをし、連中の後を追うのもつつしんでいた。すると、一、二日のうちに万事が旧(もと)の状態に戻った。僕はできるだけ連中の言葉を勉強し、そのうえ、あちこち探検して歩いた。僕が微妙な点を見落としたのか、連中の言葉が非常に単純なのかわからないが――その言葉は、ほとんど具象名詞と動詞で組み立てられていた。抽象名詞は、あるとしても、非常に少なく、形容詞もほとんど必要がないようだった。文章は大抵簡単で、二語で成り立つから、最も簡単な内容しか、伝えたり、理解するわけにはいかなかった。僕は、タイムマシンとスフィンクスの下の青銅のドアの謎は、できるだけ記憶の隅にとどめておくことにきめた。やがて連中に対する知識がだんだんできれば、自然に解決できるだろうと思ったからだ。しかし、君たちにもわかるだろうが、ある直感にしたがって、この世界に到着した地点から、二、三マイルの範囲内につなぎとめられていた。

僕の見る限り、未来世界はすべて、テムズ川の谷と同じように豊かな眺めを展開していた。どの丘に登っても、テムズ川の谷にあるのと同じような、限りなくさまざまな材料と様式で建てられた、たくさんの立派な建物や、同じような常緑樹の濃い茂みや、同じような花の咲きみちている果樹を見おろすことができた。あちこちに川が銀色に輝き、その向こうでは、土地が高まって、丘々が青い波のようにうねり、その果ては、空の青さに溶け入っていた。ふと、僕の注意をひいた奇妙なものは、いくつかの丸い井戸みたいなもので、非常に深そうに思えた。そのひとつは、丘に登る道のそばにあって、僕が最初に登ったとき通ったところだ。他の井戸と同じように、妙に模様のついた青銅でふちをとり、小さな円屋根で雨を防ぐようになっていた。そんな井戸のへりに腰掛けて、底の闇をのぞき込んだが、水の光は見えなかったし、マッチの炎で照らしてみても反射しなかった。だが、どの井戸からでも、一種の音が聞こえた。どっーどっーどっと、何か大きなエンジンのうなるような音だ。マッチの炎がゆれるので、絶えず空気の流れがその穴に吸い込まれているのがわかった。なお、井戸口へ紙を投げ入れてみると、ゆっくりひらひらと落ちるどころか、さっと吸い込まれて見えなくなった。

しばらくして、これらの井戸が、丘のあちこちに建っている高い塔と関係があるのではないかと思った。というのも塔の上にはときどき、暑い日の海岸でよく見かけるような、空気のゆらめきが見えたからだ。いろいろ考え合わせると、強力な地下の換気装置があるにちがいないという推定に達したが、それらが、なんのためにあるのか想像もつかなかった。最初は、未来人たちの衛生装置に関係があるのだろうと考えてみた。それが当然の結論だが、後でわかってみるとまったく見当はずれだった。

ここで白状するが、この実在の未来世界にいる間、僕は連中の下水装置、井戸、輸送方法などの施設については、ほとんど何も知らなかったのだ。僕が今までに読んだユートピア物語や未来記には、建物や社会施設などについては、こまごまと述べられていた。しかし、そういう細々とした記述も、全世界を想像でとらえる場合には、やすやすと書けるが、僕のように現実に未来世界を訪れた者にとっては、まったく不可能だ。中央アフリカから初めてロンドンへ出て来た黒人が、集落へ戻って、どんなふうにロンドンの話ができるかね！ 鉄道会社や、社会施設や、電信電話や、荷物運送会社や、郵便制度などについて何がわかろう。だが、少なくともわれわれは、そういう事について、よろこんで黒人に説明してやるだろう。そしてたとえわかったとしても、ロンドンへ行かなかった仲間に、どれだけのことを理解させ、信じさせることができるだろうか。そして、現代の白人と黒人との隔たりがいかにせまいものであるか、僕とあの黄金時代の未来世界との隔たりがいかに広いものであるかを考えてみたまえ。僕は目に見えずに、生活の安定に貢献しているものに、深く注意を向けた。しかし、なにか自動的な施設があるらしいという感じだけで、それをほぼ間違いなく君らに説明することはできなさそうだ。

たとえば、埋葬のことだが、火葬場らしいものも墓地らしいものも見当らなかった。だが、おそらくどこか、僕の探検の目がとどかないところに、墓地（または火葬場）があるはずだと思った。そこで、僕はこの問題に取りくむことにしたが、初めのうちは、好奇心を満たすような、めどもたたなかった。その問題に僕は手こずっているうちに、さらに手こずるような次の問題にぶつかった。それは未来人の中には年寄りや病人がまったくいないのだ。

白状すると、僕はさっき、文明の自動化が人類の退廃を招いたという理論をたてて満足していたが、そんな理論は長もちしなかった。しかも、他の理論も思いつかない。まあ、苦労話を聞いてくれたまえ。僕が探検したいくつかの大宮殿は、単なる住居、大食堂、寝室にすぎなかった。機械も施設らしいものも全然なかった。しかも、連中は美しい衣服を着ているし、それらは、時々、新調しなければならないはずだ。しかも、連中のサンダルは、あまり飾りはないが、かなり手のこんだ金物細工だ。どっちにしても、それらは製造しなければなるまい。ところが、連中は生産的な仕事についている様子はまるでなかった。店も、工場もなく、取り引きが行なわれている様子も全然ない。連中はほとんどいつも、おとなしく遊んでいるばかりだ。川で水浴したり、遊び半分に恋をしたり、果物を食べたり、寝たりだ。そのような生活が、どう保たれているのか、見当もつかなかった。

ところで、また、タイムマシンの件だが、何かわからないが、何かの目的で、あれを、白いスフィンクスの中空の台座に持ち込んだにちがいない。なんのために？　それが、どうしても、見当がつかなかった。この水なしの井戸も、上の空気がゆらめく柱も、何なのか見当がつかない。まるで手がかりがないような気がした。どう言ったらいいかな――その感じは。たとえば、非常に明快な英語の文章があちこちにあるのに、それにまじって、全然未知の言葉や文字がある碑文を発見したときの感じとでも言ったらいいかな。いいかい、それが、八十万二千七百一年の、僕が行ってから三日目の未来世界の状況だったんだ！

その日、友だちができた――友だちみたいなものがね。偶然僕が、浅瀬で水浴している小人どもを眺めていたとき、連中のひとりが、足をひきつらせて下流へ流されかけた。本流はかなり流れが急だったが、あまり泳ぎ上手でない者にも、強すぎるほどではない。これで、あの連中の妙なひ弱さがわかるだろうが、なんと、だれひとりとして、目の前でおぼれかかり、弱々しく悲鳴をあげている仲間を助けようとしないんだ。それと気づいた僕は、急いで服を脱ぎすて、少し下流へふみこんで、あわれな女小人をつかまえて陸へ引き上げてやった。ちょっと、手足をさすってやると、女小人はすぐ息をふき返し、元気になったので、僕は満足して、そばを離れた。僕は連中にすっかりあいそうをつかしてしまったので、感謝されるなどとは思いもしなかった。しかし、そりゃ、大間違いだった。

これは朝のうちの出来事だったが、午後になって、僕はその女小人らしいのに出会った。探検からスフィンクスのある基地へ戻る途中だったが、女小人は喜びの叫びをあげて僕を迎え、大きな花輪をくれた――それは明らかに、僕だけのためにこしらえたものらしい。それが、とてもうれしかった。おそらく、僕は孤独だったからだろう。ともかく、その贈り物に感謝する気持を、精いっぱい、身ぶりで示した。じきに、僕らは小さな石のあずまやにはいり、並んで腰掛けてもっぱら微笑で会話を始めた。女小人は僕の手にキスした。僕も彼女の手にキスした。それから、声で話そうと努力して、やっと彼女の名がウィーナというのを知った。その意味はわからなかったが、彼女にふさわしい名だと思った。これが、一週間続いて消えた奇妙な友情の始まりだった——その話をしよう。

　彼女はまさに子どものようだった。いつも僕のそばにいたがり、どこへでも、跟いてこようとした。で、次の僕の探検には、あちこち跟いてまわり、困ったことに、すっかり疲れきってしまい、訴えるように泣き叫ぶ彼女をとうとう置き去りにしなければならなかった。そうしてでも、僕は未来世界の事情を知りつくさなければならなかったのだ。僕が未来世界へ来たのは、女小人と恋愛ごっこをするためじゃないと、自分に言いきかせた。だが、置き去りにされたときの彼女の悲しみはとてもひどく、時には狂者のようになって僕を引きとめようとした。まったくのところ、彼女の純愛は、うれしくもあり、迷惑でもあった。だが、とにかく彼女のいるのは、大きななぐさめだった。彼女が僕にまといつくのは子どもっぽい愛情だとばかり思っていた。置き去りにされたときの彼女の悲しみがどんなものか、それが僕にはっきりわからなかったが、わかったときには手遅れだった。また、彼女が僕にとってどんな存在かを、はっきり悟ったときには、もう間に合わなかった。というのは、彼女は僕が好きらしく、僕のことを気にかけている気持をおぼつかなく示すのだったが、この小さな人形みたいな彼女がいるだけで、僕は白いスフィンクスの近くへ戻ってくると家へ帰りついたという気になるからだった。それに、僕は丘を越えて帰ってくるとすぐ、金色と白の衣服をまとった彼女の小さな姿を捜し求めるようにもなっていたからだ。

　未来世界から恐怖心がなくなっていないということも、彼女を通じて知った。彼女は日中は、まったく恐れを知らないようだった。僕に対しては妙な信頼感を持っていて、あるとき、ふざけていて、こわい顔をしておどかしたことがあるが、彼女はただ面白がって笑うだけだった。

しかし、闇や、ものかげや、黒い色のものをひどく怖れた。彼女にとって闇はただひとつの恐いものだった。その恐怖心があまり激しいので、僕は不思議に思って観察した。そして、特に気がついたのは、小人たちは、暗くなると、大きな家に寄り集まって、一緒に寝るということだった。寝ているところへ灯をもたずにはいろうものなら、おびえて大騒ぎする。暗くなってから家の外にいたり、家でひとりで寝ている者をみたことがない。しかし、僕はまだうっかりしていて、闇を恐れる意味がわからなかった。それで、ウィーナが悲しむのもかまわず、おおぜいで一緒に寝るのをやめて、みんなから、離れて寝ようと言い張った。

彼女はひどく悩んだが、とうとう僕に対する奇妙な愛情に負けて僕らが親密だった五日間、特に最後の別れの夜まで、僕の腕を枕に寝るようになった。こりゃ、彼女の話に夢中になって、肝心な本筋が、はずれちゃったね。ありゃたしか彼女を助けた日の前の晩だったが、僕は明け方ごろ目をさました。ひどくいやな夢をみてうなされていた。水におぼれ、イソギンチャクが、ふにゃふにゃな触手で、僕の顔をなでまわす夢だった。はっと目がさめると、目の迷いか、なにか灰色の動物が、部屋を逃げ出そうとしているようだった。僕はもう一度眠ろうとしたが、不安で落ち着けなかった。それは、ぼやけた灰色の時間で、いろいろなものの姿が、闇の中から徐々に現われはじめていた。あらゆるものに色がなく、形だけはっきりしているが、実在のものとは思えないあの時間なのだ。僕は起きて、大ホールへはいり、そこを通り抜けて、宮殿の前の敷石に出た。眠れないついでに、日の出を見ようと思ったのだ。

月が沈みかけ、あわい月の光りと、明け方のほの白さがまじって、青白いうす明りをただよわせていた。茂みは真黒く、地面はくすんだ灰色で空も青白く陰気だった。丘の上に幽霊みたいなものが見えたようだった。いくども目をこらして、斜面を見ると、白っぽい姿が見える。二度ほど、たしかに白っぽい猿みたいな生物が、かなりすばやく丘を駆け上がるのが見えたようだった。そして一度は、廃虚の近くを、そいつらが三匹、何か黒いものをかついで運び去るのがみえた。そいつらはすばやく動いた。そいつらが、どうなったかわからなかった。茂みの中に消えたようにも思えた。なにしろ、早朝のことで、もののけじめがはっきりしなかったんだからね。僕は、君らも知っている例の早朝の感じで、肌寒く、不安だった。僕は目をこすって、いぶかった。

東の空がやや明るみ、朝日がさしのぼり、世界が、またいきいきとした色を取り戻すと、僕は念入りにあたりの景色を眺めまわした。しかし、あの白っぽい姿は影も形もなかった。奴らは、薄明りにだけ現われる生物らしい。『幽霊にちがいない』と、僕はつぶやいた。『いつの時代の幽霊だろう』と言うのは、グラント・アレン（一八四八―一九五〇、科学者で作家）の珍説を思い出して、おかしかったからだ。彼の説によると、もし各時代の死者が幽霊を残すとすると、しまいには、この世界は幽霊で溢（あふ）れると言うのだ。その説のとおりだと、八十万年ばかり後のこの世界では、幽霊も無数にふえているはずだから、一度に四匹ぐらい見かけても大して不思議ではない。だが、そんな冗談で気がすむ問題ではないから、その朝は、ずっと、あの妙なものの姿について考えていた。そのうち、ウィーナを助けた例の出来事が起こったおかげで、幽霊のことなど、すっかり忘れてしまったのだ。僕は幽霊を、あの白い動物と、うっかりとりちがえているのかもしれない。夢中になってタイムマシンを捜しまわった最初のころ、驚かしたあの白い動物と。ところで、ウィーナは僕にとって、幽霊のことを考えているより楽しい存在だった。しかし、やがて、幽霊どもは、もっともっと僕の心を占領する運命にあった。

前に話したと思うが、未来世界の黄金時代の気候は、現在の地球よりもずっと暑い。その理由はうまく説明できない。太陽が熱くなっているからかもしれないし、地球が太陽に、ずっと接近しているからかもしれない。地球が将来、ずっと冷えつづけるということは、一般に推定されている。しかし、小ダーウィン（ダーウィンの息子。天文学者）のそんな推論などに不案内な世間の人々は、遊星が最後には、ひとつずつ親星に落下していくということを忘れている。そんな宇宙の末期現象が起こると、太陽はエネルギーを更新して、もっと灼熱化するだろう。未来世界の気候が暑いのは、太陽に近い遊星のどれかが、落下するという運命に殉じたからかもしれない。理由はどうであれ、未来世界の太陽が、われわれの知っている今日のものより、ずっと熱いということは事実だ。

さて、ある非常に暑い朝――四日目だったと思う――僕が、熱と光を避けようと、巨大な廃虚の中で日かげを捜していると、こんな妙なことが起こった。その廃虚は、僕が寝起きする大きな家の近くにあった。積み重なった石の間を、よじ登ったりおりたりしていると、せまい回廊が見つかった。そのつき当りと両側の窓は落石の山でふさがれていた。外のぎらぎらする光に比べて、初めは見通しのきかないほど暗く見えた。手さぐりではいった。と言うのは、明るいところから、急に暗いところへはいったので、目の前に色の斑点がちらちらして、よく見えなかったからだ。そして僕は不意に、ぎょっとして立ちすくんだ。一対の目が、外の日の光を反射してぎらぎら輝きながら、闇の底で僕をにらんでいた。

野獣への古い本能的な恐怖心がよみがえった。僕は両手を握りしめて、ぎらぎら光る目玉を、じっと見つめていた。背を向けるのが恐ろしかった。そのとき、人間の生存を可能にしたあの防衛本能が湧いてきた。それから、あの夜の闇の中での妙な恐怖が思い出された。すると、恐怖心がある程度、おさまったので、一歩ふみ出して声をかけた。僕の声はしわがれて、しどろもどろだったろう。手をのばすと、何か、やわらかいものに触れた。すぐに、光る目がわきにそれ、何か白っぽいものが、僕のそばを走り過ぎた。肝をつぶして、ふり向くと、妙な小さな猿みたいなものが見えた。そいつは、変な恰好に頭をうなだれ、僕の背後のひなたを駆け抜けていった。花崗岩の塊にぶつかってよろめき、じきに、崩れた石の積み上がった下の黒いかげに隠れてしまった。

むろん、ちらりと見かけただけだが、そいつは、にぶい白色で、妙に大きな赤茶けた目をしていたし、頭にも背にも、ふさふさと毛が生えていた。だが、なにしろ、さっと駆け去ったので、はっきり見とどけるわけにはいかなかった。四つ足で走っていたか、両腕をひくくたらしていただけなのか、それさえ、はっきりは言えない。ひと息つくと、すぐ僕はそいつを追って、二番目の廃石の山へ行った。はじめは見つからなかったが、しばらく濃い暗がりをうろついていると、前にも話したあの井戸のような丸い口が、倒れた柱に半ばふさがれているのにぶつかった。僕はふと思いついた。あいつは、この縦穴にもぐり込んで姿をかくしたのではあるまいか。それで、マッチをすって、のぞき込んだ。小さな白い生きものが、大きな光る目で、じっと僕をにらみながら、うごめき、あとずさりしていた。身ぶるいが出た。クモ男と、そっくりなんだ……そいつは壁をはいおりていく。よく見ると、はしごのような、金属の足がかりと、手すりが、たくさん、縦穴の壁にとりつけてあった。そのとき、マッチの炎が指先まで燃えついて、手を放すと、落ちながら消えた。もう一本すってみたが、そのときには、あの小さな怪物は見えなかった。

どのくらい長い間、すわって井戸をのぞき込んでいたかわからないが、僕が見たあの生物が人間だとは、なかなか、納得がいかなかった。しかし、だんだんに、真実がわかってきた。人類はひとつの種がそのままつづかないで、二つの異なった種に分裂してしまったのだろう。未来世界に住む優美な小人たちだけが、われわれの遠い子孫ではなく、僕がちらりと見かけた、あのうす汚い色あせた夜行動物も、長い年月の間に、われわれから分化した子孫なのだろう。

僕はてっぺんの空気がゆらめくたくさんの柱を、地下の換気装置と判断したのを思い出した。それらの真の重要性はなんだろうと考えはじめた。そして、この狐猿（レミキール）どもは、完全にバランスがとれている社会と思っていたこの未来世界で、いったい、どんな役割をしているのであろうかと、いぶかった。彼らは、なまけもので優美な、未来世界の地上人と、どういう関係をなしているのであろう。それに、縦穴の底には、いったい何が隠されているのだろう。ともかく、僕は井戸のふちに腰掛けて、怖れることは何もないのだ、難問を解くには降りて行くより仕方がないなどと、自分に言いきかせていた。それでも、降りていくのは、なんとしてもこわかった。ためらっていると、美しい地上人が二人、愛の遊戯にふけりながら、ひなたからひかげに走り込んで来た。男が女を追いかけ、走りながら花を投げつけていた。

二人は、ひっくり返った柱に手をかけて井戸を覗（のぞ）き込んでいる僕を見て、途方にくれたようだった。明らかに、井戸のことを口にするのは不作法と思っているらしく、僕がそれを指さして、連中の言葉でなんとかききだそうとすると、二人は目に見えて、いっそう困ってそっぽを向いた。しかし、二人には、マッチがとても面白そうなので、僕は二人を喜ばせるために、何本もすってみせた。そして、もう一度井戸のことをきこうとしたが、やはり駄目だった。それで、ウィーナのもとへ行けば、何かききだせると思って、二人と別れた。だが、僕の心には、すでに革命が起こっていた。それまで僕の推定や観念は新しい修正を求めてどんどん改められていった。今、これらの井戸の目的や、換気塔や、幽霊の謎を解く手がかりをつかんだのだ。いうまでもなく、あの台座の青銅の入口の意味や、タイムマシンの運命を解くヒントも握ったのだ。それに、かねて不審に思っていた未来世界の経済が、どういうふうに成り立っているのかという問題を解く手がかりも、おぼろげながらわかってきた。

これは新しい発見だった。明らかに、この、人類の第二の種族は、地下生活を営んでいるのだ。それは、三つの特殊な事情からわかるのだが、彼らがめったに地上に姿を見せないのは地下生活が長くつづいた結果だろう。第一に、白っぽく色のあせたからだだが、あれは、主として暗闇に住む大部分の動物に共通する点で——たとえば、ケンタッキーの洞穴に住む白い魚がそれだ。第二に、光を反射する能力を持っている、あの大きな目だが、あれは夜行性動物に共通な特徴だ——フクロウや猫を見たまえ。第三の特徴は、日光の下で明らかにとまどうこと、あわててつまずきながら、びくびくとひかげに逃げ込むこと、明るいところでは、妙に首をうなだれていることだ——どれもみんな、網膜がきわめて敏感なことを証拠だてる。

すると、僕の足の下の地面にはいたるところトンネルが走っていて、そのトンネルが地下人の住居になっているにちがいない。丘の斜面の換気孔や井戸——それらは、事実、川の谷を除いて、いたるところにある——は、地下のトンネル網がいかに行きわたっているかを示していいるのだと推論した。そして、もしそうだとすれば、地上人の快適な生活に必要な作業が行なわれているのは、地下世界で、この人工的な地下世界で、地上人の快適な生活に必要な作業が行なわれていると推定するのは、造作ないことじゃないか。その推定はいかにももっともらしいので、僕はすぐに納得した。そして、さらに推理をつづけて、どうして人類が分裂するようになったのかを考えてみた。きっと君らには、僕の理論のあらましが予想できるだろうが、僕としてはその理論が、はるかに真実からかけ離れていることに、すぐ気づいた。

僕らの現代の問題から推してみて、最初はそんな問題など火を見るよりも明らかに解けると思った。つまり、現在の資本家と労働者間の、単なる一時的、社会的差異がしだいに拡大したもの、それが問題を解く鍵だと。たしかに、この解答は君らにはとても奇妙に思われるだろうし——ひどく信じられないだろう——だが、現在でさえ、その方向を示すような諸事情が存在しているのだ。現在、地下の空間もあまり目立たない文明の目的に利用する傾向があるじゃないか。たとえばロンドンの地下鉄だ。新しい電鉄あり、地下道あり、地下工場あり、地下レストランありだ。それらはどんどん増加している。明らかにこの傾向はますます増加して、ついには、生産業はしだいに地上の生活権を失うだろうと思う。つまり、生産業はいよいよ深く地下にもぐり、地下工場はいよいよ拡大されて、労働者がそこで過ごす時間がいよいよ多くなり、そして遂には——？　というわけだ。現在でさえ、イースト・エンド（ロンドンの貧民街）の労働者は、実際に地上の自然から切りはなされた、人工的な条件のもとで生活していないとはいえないじゃないか。

一方、富有な人々の排他的傾向は——たしかに彼らの教養が高まり、がさつな貧民との差が広まったために生じたのだが——既に、自分たちの利益のために、地上の土地のかなりな部分を独占するところまで進んでいる。たとえば、ロンドンだが、いい土地の半分がおそらく、貧民たちの立ち入りをこばんでいるだろう。そしてこのような階級間の差異の拡大は――富有な階級側の高等教育過程の期間と費用の増大と、洗練された生活への欲求と手段の高まりによって生じるのだが――階級間の血の交流を、ますます少なくしている。現在では、まだ階級間の結婚が行なわれているので、人類が社会階層の線に従って分裂するのをさまたげているんだ。だから、しまいには、地上には持てる者のみが住んで、美や快楽や歓喜を追求し、地下には持たざる者のみが住んで、労働者としてますますその労働条件に適応するようになるものと見なければならない。労働者が、ひとたび地下にはいれば、きっと、ほら穴の換気装置の賃借料を支払わねばならず、それもちょっとやそっとの額ではあるまい。そして、もし支払いをこばめば、支払延滞者として、餓死か窒息死しなければなるまい。こうして、貧民のうちでも条件劣悪な者や反抗的な者は死んでしまうだろう。そして、遂には、両階級の均衡が永続し、生き残った者たちは、地下生活の条件によく適応して、地上人たちが幸せなように、それはそれなりに幸せにやるだろう。僕が観察した限りでは、地上人たちの洗練された美しさと地下人の色あせた青白さは、きわめて自然な帰結だと思えた。

僕が夢みていた偉大なる人類の勝利とは、違った形になっているのを感じた。それは、僕が想像していたような道徳的教育や社会的協力のもたらした勝利ではなかった。その代わりに、僕が見たのは、完成された科学と論理的に今日の生産組織を窮極まで追求した労働制によって武装した真の貴族階級だった。そんな勝利は単なる自然の征服ではなく、自然及び仲間の人類に対する征服だ。注意しておかなければならないが、これは、その時の僕の理論だったのだ。

僕には、ユートピア物語に出てくるような便利な案内人がついてはいなかったのだ。僕の解釈は全然違っているかもしれない。だが、今でも一番筋の通ったものだと思っている。ところで、この解釈どおりに、人類がついに均衡のとれた文明に到達したと仮定しても、それは既に盛りが過ぎて、今や退廃に向かっていたらしいのだ。あまりにも安全が保障されすぎた未来世界の地上人どもは、しだいに退化し、体格も体力も知力も全般に縮小してしまったのだ。それは一目ではっきりわかった。地下人たちに、どんなことが起こったのだろうということは、僕にはまだ想像もつかなかった。だが、僕が観察したモーロックたちの——地下人がそう呼ばれているのを、やがて知ったのだが——人間としての変型ぶりは、『エロイ』たちのよりずっと激しいように思えた。

そこでむずかしい問題が生じた。なぜ、モーロックが僕のタイムマシンを奪ったのか。というのは、連中がたしかに奪ったと信じたからだ。もし、エロイたちが支配者なら、なぜ、僕のために機械を取り返せないのだろう、とも考えた。それに、なぜエロイたちは、あんなに暗闇を恐れるのだろう。前にも話したように、僕は地下人のことを、ウィーナにきいてみたが、またしても失望させられた。初めは僕の質問がわからないらしかったが、わかるとすぐ答えるのをこばんだ。ウィーナはその話題にがまんできないように身を震わせた。そして、僕がしつこくきくと、少し手酷しかったのだろうが、ウィーナは、わっと泣きだした。それは未来の世界の黄金時代で初めて見た涙だった。僕自身が泣いたのは別としてね。涙を見たとたんに、僕はモーロックのことでいじめるのをやめて、ウィーナの目から、人間の名残の印である涙をぬぐい去ることに専念した。すると、すぐウィーナは微笑し、僕が憂鬱そうにマッチをするのを見て、手をたたいて喜んだ。

六

君らには妙に思えるだろうが、僕がはっきりと、問題解決の正しい道として、その新発見の手がかりを探ろうと決意するのに二日かかった。僕はモーロックの青白いからだが、ふるえるほどいやだった。奴らはちょうどどうじ虫か、科学博物館のアルコール漬けの動物のように、半分白ら茶けた色をしていた。それに触ると、ひやりと冷たい。おそらく、その嫌悪感は、エロイたちの気持がうつったせいも大いにあるだろうが、エロイたちがモーロックをいやがる気持も、僕にはわかりかけていた。

その次の晩、よく眠れなかった。多分、健康も少しおかしくなっていたのだろう。僕は困惑と疑念に悩まされていた。一、二度、はっきりわけもわからない深い恐怖を感じた。僕は小人たちが月光の中で寝ている大ホールへ忍び込んだ――その晩はウィーナも皆と一緒だった――そして、みんなのそばにいると、気強く感じた。そのとき、僕はふと思いついた。二、三日のうちに月は四分の一以下に欠けて、夜はいっそう暗くなる。そうすると、あのいやらしい地下の生物、白っぽい狐猿、昔の害虫と入れ代わった新しい害虫みたいな奴が、もっとたくさん姿を現わすだろうと。そして、その二日間、僕は仕事をサボっているような不安を感じた。タイムマシンを取り戻すためには、あの神秘的な地下世界へ大胆にもぐりこむ以外にないと確信していたが、それに立ち向かう勇気がなかった。もし仲間がいさえしたら違うんだが、ひとりでは、とても恐ろしい。あの暗い井戸にもぐり込むことを考えるだけで、ぞっとした。君らにはとても僕の気持はわからないだろうが、いつも背後からおびやかされているような感じだった。

この不安と焦燥に駆り立てられるせいで、僕の探検の足は、ますます遠くまでのびた。南西方へ、現在クーム・ウッドと呼ばれている高地へ行き、十九世紀にバンステッドと呼ばれていた方向をはるかに眺めると、それまでに見たこともない異なった特徴のある大きな緑色の建物があるのに気がついた。それまでに見た最大の宮殿や廃虚より大きく、見かけは東洋ふうで、外側は青緑色や薄い緑色で艶々した中国瓦の一種を使っているらしい。外見が違うから用途も違うのだろうと思って、検べてみることにした。しかし、日は暮れそうだし、それを見つけるまでに、何時間も歩き回って疲れていたので、その冒険は翌日まで延ばすことにして、引き返し、かわいいウィーナの歓迎と愛撫を受けた。しかし、翌朝、僕が緑色の瓦の宮殿にあれほど好奇心を燃やしたのは、結局自己欺瞞にしかすぎず、地下へもぐる恐ろしい冒険を一日だけ引き延ばす口実だったのだと悟った。それで、これ以上ぐずぐずしないで、地下界へもぐり込もうと決心し、朝早く発って、廃虚のそばの、花崗岩とアルミニュウムの井戸へ向かった。

かわいいウィーナは走ってついて来た。そして、井戸のそばまで踊りながら来たが、僕が井戸のへりに乗り出して下をのぞきこむと妙に困った顔をした。

『さようなら、かわいいウィーナ』と、言って、抱き上げてキスをし、下へおろし、井戸のへりをまたいで足がかりを捜し始めた。白状するが、かなりあわてていた。ぐずぐずすると勇気が逃げちまいそうだったんだ！　はじめ、ウィーナはびっくりして僕を見つめていた。やがて、なんとも悲しそうに叫ぶと走り寄って、小さな手で僕を引き戻そうとした。どうやら、ウィーナの反対が、決行の勇気をつけたのかもしれない。僕は少々荒っぽくウィーナを振り払うやいなや、井戸の口へもぐり込んだ。井戸のへりにウィーナの悲しそうな顔がのぞいたので、安心させるために、ほほえんでみせた。それから、下を向いて、あやしげな手がかり足がかりを捜さなければならなかった。

二百ヤードほど、足場を降りて行かなければならなかった。降りるには井戸の壁から突き出ている金属の棒を使わなければならず、その棒は、僕よりもずっと小柄で身軽な地下人たちに都合よくあわせてあった。だから、僕はたちまちからだがこわばって疲れてしまった。疲れたばかりか、僕の重さで一本の棒が急に曲がり、もう少しで、下の闇の底に振り落とされるところだった。しばらくのあいだ片手でつり下がり、それにこりて、もう休もうとはしなかった。じきに、背中に腕がしくしく痛み出したが、僕はできるだけ速く、切り立った壁を、はいおりて行った。仰ぎ見ると、井戸の口は小さな青い円板のようで、星がひとつまばたき、かわいいウィーナの顔が、小さな黒い点になって突き出していた。地下の機械の響きが、ますます高まり、激しくなっていた。頭上の青い円板のほかは、あたりは真暗で、もう一度、見上げたが、ウィーナの姿は消えていた。

僕は不安にさいなまれた。もう一度縦穴をはい上がって、地下世界など放っておきたいような気がした。しかし、そんな思いをくり返しながらも、僕は降りつづけた。やっと、右手の一フィートほどのところに、ぼんやりと、狭い横穴が壁に口をあけているのが見えてきたので、ほっとした。はい込んでみると、狭い横穴の入口だったので、僕は横になって休むことができた。ここまで来るのには、生なかの時間ではなかった。腕が痛み、背中がこり、長いこと落ちては大変とひやひやしていたのでふるえがとまらなかった。そのうえに、鼻をつままれてもわからない暗さで、目がいためつけられていた。空気を縦穴に吸いこむ機械の音が、ドッドッ、ブンブンと鳴りつづけていた。

どのくらい長く横たわっていたかわからない。はっと気がつくと、ぐにゃぐにゃの手が顔に触れていた。驚いて闇の中で、とび起き、マッチをつかんで、あわてて火をつけて見ると、白っぽい生物がうずくまっていた。いつか地上の廃虚で見かけた奴とそっくりで、あわてて光りから身を引いた。地下人どもは、僕には真の闇と思われる中に生活しているので、目が驚くほど大きく、敏感になり、ちょうど、深海魚の目とまったく同じように光りを反射する。きっと、奴らは光りのない闇の中でも僕が見えるにちがいないし、マッチの光りさえなければ僕をこわがってはいないようだった。しかし、奴らを見ようとマッチをつけると、奴らはさっと逃げて暗いみぞやトンネルに姿を消し、そこから目を奇妙に光らして僕を見つめるのだった。

僕は奴らを呼ぼうとしたが、言葉が地上人とはまるで違うらしい。それで、自分ひとりで、なんとかするよりてがなかったし、その時でもまだ、探検をやめ逃げ帰りたい気持が胸にあった。しかし、『もうのっぴきならないぞ』と自分に言いきかせて、手さぐりでトンネルを進んだ。機械の音はいよいよ高まっていた。やがて、ふと壁が切れて、大きな、がらんとした所へ出た。マッチをすってみると、広いアーチ型のほら穴に出たことがわかった。マッチの光りの向こうには広い闇が広がっていた。マッチがもえつきる間に、見えるだけ見たあたりの様子は、そんなものだった。

むろん、記憶はあやしいがね。大きな機械らしい形が、ぼわっと浮かび上がり、不気味な黒い影をなげていた。その陰にモーロックたちがマッチの光りをさけているのが、ぼんやりと見えた。ついでに言うが、あたりの空気は息づまるように重苦しく、なまなましい血のにおいが、かすかにただよっていた。少し先の広場の真中に白っぽい金属製の小さなテーブルがあり、肉らしいものがのせてあった。どうやら、モーロックは肉食らしい。そんな異常な場合だったが、あんな赤肉のとれるほど大きな動物が、まだ生き残っていたのだろうかと、いぶかったのを覚えている。だが、そういうものはみんな、かすんでいて、はっきり見えなかった。重苦しいにおい、大きな何かわからないものの形が陰にひそんでいる怪しげな姿、奴らは僕がまた暗闇につつまれるのを待ちかまえているのだ！　やがてマッチがもえつき、指先を焼き、落ちて、赤くちぢれ、闇に消えた。

こんな冒険をするのに、なんて準備不足だったのかと、身にしみて思った。タイムマシンで出発したときには、未来人は、きっと、われわれより、ずっと進んだ道具類を持っているにちがいないと、おろかな仮定をたてていたので、武器も、薬も、タバコも——時々、むしょうにタバコがほしくなった——マッチさえ十分に持ってこなかったのだ。写真機を持ってくればよかった。一瞬のうちに、あの地下の世界を写しとって、あとでゆっくり研究できたのに。だが、その時は、自然が与えてくれた力——手、足、歯以外には何の武器もなく、それで立ち向かわなければならなかったのだ。安全マッチはまだ四本、残っていた。

闇の中に立ち並ぶ機械の中へ分け入るのは危いし、マッチの最後の光りでちらと見ると、マッチ棒のたくわえも尽きかけていた。その時まで、マッチを節約する必要があるなどとは、てんで思ってもみなかった。僕は火をもの珍しがる地上人たちをびっくりさせるために、ほとんど半箱分のマッチを無駄に使ってしまったのだ。さて、話したように、マッチは残り四本になり、暗闇に立っていると、一本の手が僕の手にさわり、細い指が顔をさぐった。実にいやなにおいがぷーんとした。どうやら、僕のまわりを取り巻いているらしい奴らの呼吸の音が聞こえるようだった。僕の手のマッチ箱がそっと抜かれそうになり別の手が後から服を引っぱっているようだった。目に見えない動物どもに、検べられている感じはなんともいえず不愉快だった。奴らの考えや行動が全然わからないのに、ふと気づくと、闇の中で慄然とした。僕はありったけの大声で、どなりつけた。奴らは驚いて引き退ったが、また、すぐ、にじり寄って来た。妙な声で低くしゃべりながら、前より大胆に僕にとりついた。僕は、はげしく奴らを振るい落とし、また、どなりつけた——少々調子っぱずれにね。だが、今度は、前ほどこわがらず、妙な笑い声を立てながら、また寄ってきた。白状するが、実におそろしかったよ。僕はマッチの光りを楯に逃げ出そうと心を決めて、火をつけ、その炎をポケットから取り出した紙片に移して、おぎないながら、うまうまと、狭いトンネルにまで引き返した。トンネルにもぐり込むか込まないうちに、火が消えた。すると、闇の中を、モーロックどもが、木の葉のざわめきのようにからだをすり合わせながら、雨だれのような足音をたてて追って来るのが聞こえた。

たちまち、何本かの手がつかみかかり、奴らは僕を引き戻そうとしているらしかった。僕は、もう一本、マッチをつけて、奴らのまぶしがる顔の前で振った。君には想像もつかんほど、奴らは、実にむかつくような化け物面なんだ——青白くって、あごなしで、大きな、まぶたのない、あの赤みがかった灰色の目ときたらね——奴らは視力をうばわれて、困惑しながらも目をむいているんだ。むろん、ゆっくり観察するひまなんかない。僕はまた後退し、二本目のマッチが消えたので、三本目のをつけた。それが、もえ尽きそうになったとき、やっと縦穴の口にたどりついた。そのふちで倒れた。穴の底の大きな機械の震動で目まいがしたのだ。やがて、縦穴の内側をさぐり、とび出している足がかりを捜そうとしていると、後から足首をつかまれ、ぐいっと強く引き戻された。僕は、最後のマッチをすった。……しかし、それは、あっという間に消えてしまった。だが、僕は足がかりの鉄棒をしっかり握っていたので、激しくひと蹴りして、モーロックの手をはねのけ、急いで縦穴をよじのぼった。奴らは下にいて、まぶしそうに僕を見上げていた。中のひとりだけが、しばらく、僕を追って来て、あやうく、僕の長靴が分捕られそうになった。

いくら登っても限りがないようだった。あと、二、三十フィートのところで、急に、激しい目まいがした。しっかりからだをささえているのに、ひどく骨が折れた。最後の一、二ヤードは死にものぐるいで失神するのをこらえた。何度か頭がぼっとして、落ちていくような気がした。しかし、遂に、かろうじて井戸のへりをのりこえ、目のくらむような日光に照らされている廃虚によろめき出た。そして、うつぶせに倒れた。土のにおいさえ、かぐわしく、すがすがしかった。それから覚えているのは、ウィーナが僕の手と耳にキスし、まわりでエロイたちの声が聞こえたことだ。やがてまた、僕は気を失っていた。

七

さて、実のところ、僕の立場はいっそうまずくなったようだ。これまでは、タイムマシンの夢にうなされるくらいだったが、最後には逃げられるという希望を持っていた。ところが、地下世界を発見したことで、その希望もゆらぎはじめたのだ。それまで僕は、小人たちが子どもっぽい単純さで意地悪しているだけと考えていたし、何か未知の力が加わっているとしても、それに打ち勝つ方法さえわかればいいと思っていた。ところが、まったく新しい要素として、いとうべきモーロックが加わった――非人間的で邪悪な奴がね。本能的に虫がすかない奴だ。前には、僕は穴に落ちた人間が感じそうな気持で、穴のことと、抜け出す方法ばかり考えていた。ところが今は、罠（わな）に落ちた獣の感じで、すぐにも敵がおそいかかって来そうで不安だった。僕のおそれている敵というのは意外なものなんだ。新月の暗闇なんだからね。そんな考えを僕の頭に注ぎ込んだのはウィーナで、初めのころ、意味のわからない言葉で、『暗夜』のことを話してくれたのだ。今では、『暗夜』の到来が、どんな意味なのか、僕にも造作なくわかるようになっていた。月は欠けはじめていて、毎夜、闇の時間がのびていた。そして僕にも、ある程度、地上の小人たちがむやみに闇を恐れる理由がわかってきた。新月のもとで、モーロックどもがする悪事が、どんなものか、おぼろげながら察しがつくような気がした。今や、自分のあの第二の仮説が全然誤りだったことを感じた。地上人たちは、かつては恵まれた貴族階級で、モーロックどもは彼らのために働く機械だったかもしれないが、そんな時期は、とっくに過ぎ去ってしまったのだ。この二種族は、人間の進化の結果生じてきて、今やまったく新しい関係に変化しつつあるか、変化してしまっているのだ。エロイ族はカロリンガ王朝（フランス、八―十世紀）の王たちのように、ただ美しいだけで役に立たない存在になりさがりながらも、お情けで地上の土地を所有している。それも、モーロック族が、幾世代にわたっての地下生活の結果、ついに、地上の日光に耐えられなくなったからなのだ。そして、モーロックどもが、エロイたちの衣服を作ったり、日常生活の必要をみたしたりするのは、おそらく、古い奉仕の習慣の名残だろうと、僕は想像するんだ。それは、立っている馬が足掻をしたり、人間が狩で獣を殺すようなもので、つまり、昔はあったが、今は消滅している生活上の必要性が、骨身にこびりついているからだ。しかし、古い秩序が既に一部分くずれていることは明瞭だ。復讐の女神ネメシスは、エロイにじりじりと忍び寄っていたのだ。大昔、何千世代も前に、未来の人類はその仲間を、安楽な生活と太陽から閉め出したのだ。ところが今や、閉め出された仲間が押し返して来ている——別の生物に変化してだ！　すでに、エロイたちは、古い教訓を、改めて学ばされているのだ。エロイたちは、ふたたび恐怖を知りはじめている。そのとき、ふと、地下世界で見た肉のことを思い出した。なぜ思い出したのか不思議だった。いろいろ考えているうちに自然に思いついたというのではなく、ひとからきかれでもしたかのような思いつき方だった。肉の形を思い出そうとしてみた。何かに似ているような気がしたが、そのときは、何かわからなかった。

　ところで、小人たちが神秘的な恐怖の前で、手も足も出せないとしても、僕はできが違う。僕は、人類の最盛期である現代の人間だ。現代では恐怖が人間を無力にすることもないし、神秘が人間を恐れおののかすこともない。僕は少なくとも自分を守ることにした。時をおかずに、僕は武器を作り、寝る場所の守りをかためる決心をした。そのかくれ家を足場にすれば、いくらか自信をもって、この不思議な世界に立ち向かえると思った。夜毎、気味の悪い生物の目に、身をさらして寝ていることがわかってから、僕は自信を失っていた。それで、自分のベッドが、奴らから安全になるまで、もう眠るまいと思った。奴らが、既に、すっかり僕を調べつくしているにちがいないと思うと、恐ろしさでからだがふるえた。

午後はずっとテムズ川の谷をみて歩いたが、モーロックどもが近づけそうもない場所はなかった。あの井戸から判断すると、どんな建物も木も、モーロックのように上手な登り手にとっては、らくらくこなせるだろう。そのとき、緑の瓦の青磁宮殿の高い塔と、ぴかぴかすべすべと光るあの壁を、ふと思い出した。それで、その日の夕方、ウィーナを子供のように肩にのせて、丘を登り、南西の方へ出かけて行った。距離は七、八マイルだと思っていたが、実際には十八マイル近くもあったにちがいない。最初見たときには、霧のかかった午後だったので、距離が不当に近く見えたのだ。おまけに、片方の靴のかかとがゆるみ、靴底から歩くたびに釘が突き出していた――足に適った古靴で、室内ばきにしていた奴だ――それで、僕は足を引きずっていた。それで、その宮殿が、薄黄色い空に、くっきりと黒く描き出されているのが見える所までたどりついたときには、日はとっぷりと暮れていた。

はじめは、肩で運ばれるのを、大喜びしたウィーナも、しばらくすると、おろしてくれとせがみ、僕のそばを駆け足でついて来て、時々、わき道へとび出し、両手にいっぱい花を摘んできては、僕のポケットに入れた。僕のポケットがウィーナには気になって仕方がないらしかったが、しまいには、花をかざる風変わりな花瓶だと、きめこんだらしい。少なくとも、ポケットをそういう目的に使っていた。そうそう、思い出した！　さっき、上衣をかえていたら、こんなものが――〔タイム・トラヴェラーは、ひと息入れて、ポケットに手を入れ、しおれた花を二つ取り出して、小さなテーブルに置いた。その花は、ゼニアオイに似て、ずっと大きい白い花だった〕

夕べの静けさが天地をつつむころ、僕とウィーナは丘の頂を、ウィンブルドンの方へ進んでいた。ウィーナは疲れて、いつもの、灰色の石の家へ帰りたがった。だが、僕ははるかな青磁宮殿の塔を指さして、ウィーナの恐怖からの隠れ家を捜しに行くのだということをわからせようと努力した。日暮れ前のひととき、あらゆるものが、静まりかえるじゃないか？　林のそよ風さえやむ。僕にとっては、その夕べの静けさが、いつも心待ちのものだった。空は澄み、はるばるひろがり、ずっと下の夕日の沈むあたりに、かすかに横雲がなびくほかは、雲ひとつない。ところが、その夕べばかりは、期待が恐怖の色に染められていた。暮れ行く静けさの中で、神経が異常にとがった。足もとの地面の下のほら穴さえ感じられ、事実、モーロックどもが、その蟻塚（ありづか）をあちこち駆けまわって、暗くなるのを待っているのがありありと目に浮かぶようだった。僕は興奮して、昨日、奴らのほら穴へ侵入したのを宣戦布告と受け取るだろうとさえ想像した。それにしても奴らは、なぜタイムマシンをとったのだろう。

僕らは静けさの中を進んで行った。たそがれは深まって夜となった。遠くの澄んだ青空の色もあせて、次々に星が現われた。地は暗く、林は黒くなった。ウィーナはこわがり、すっかり疲れてしまった。僕は、抱いて、話しかけ、愛撫（あいぶ）してやった。やがて、いっそう暗くなってくると、ウィーナは両手で僕の首にしがみつき、目をとじ、顔を僕の肩に、かたく押しつけた。こうして僕らは長い斜面を谷へおりて行った。暗がりで、僕は危く小川へ踏みこみそうになった。小川を渡って、谷の向かいの斜面を登っていくと、途中、もう寝ているたくさんの家々の前を過ぎ、ひとつの像のそばへきかかった——牧羊神のような像で、首が欠けていた。この辺にも、アカシアが茂っていた。モーロックの姿は、それまで、さっぱり見かけなかったが、まだ宵の口だからで、遅い月が昇る前の、暗さの増す時間には、まだなっていなかった。

次の丘の肩から見ると、前方に、まっ黒な密林が広々と広がっていた。僕はそれを見て、たちすくんだ。森は右も左も、果てしがなかった。疲れをおぼえたので——特に足が疲れて、ひどく痛んだ——立ち止まって、そっとウィーナを肩からおろして、芝生に腰をおろした。もう青磁宮殿は見えなかった。方向を間違えたのかもしれないと思った。僕は深い森をのぞき込んで何か隠れていそうだなと思った。はげしくもつれ合った枝の下からは、星も見えないだろう。たとえ、他には何も危険がひそんでいないとしても——そこまで想像をのばしたくなかったが——木の根につまずいたり、幹にぶつかる危険は十分にあった。

一日じゅう興奮したあとで、僕もすっかり疲れていた。それで、あえて森に立ち向かうのを止めて、ひらけた丘の上で夜を過ごすことにきめた。

いいあんばいに、ウィーナは、ぐっすり眠りこんでいた。僕は彼女を、そっと上衣にくるんでやり、そばに腰をおろして月の出を待った。丘の斜面は静かで、人影もなかったが、向こうの黒い森から、時々、生きものの、ざわめきが聞こえてきた。頭の上に星が輝き、からっと晴れた夜だった。星のまばたきに、一種のなつかしい安堵をおぼえた。しかし、なじみのある古い星座はみんな空から消えていた。人間が百代生まれ代わるぐらいでは、とてもつかめないほど遅々とした星の位置の移動も、ずっと前に終って、今は見なれない星座が並んでいた。しかし、天の川は、まだ昔のままで、古ぼけた星屑の吹き流しのように見えた。南の方に(僕の判断だが)明るい真赤な星があって、それは僕の初めて見るものだった。そして、現在の緑色のシリウス星よりも、ずっと、すばらしかった。そして、これらのちかちかまたたく光りの点の間に、ひときわ輝く大きな遊星が、旧友の顔のように、たのもしく、やさしく照っていた。

天上の星々を眺めていると、自分の苦労や地上生活の重苦しい問題が、急に、みんなちっぽけなものになっていくのを感じた。僕はそれらの星への無限の距離に未知の過去から来て未知の未来へ過ぎ去って行く、そのゆるやかな、必然的な移動とを思った。僕は地球の極が描く巨大な歳差循環を思った。その静かな循環は、僕がタイムマシンで飛びこした長い歳月の間に、たった四十回しか起こらなかったはずだ。そして、そのわずかな循環の間に、僕が知っているこの人類の、あらゆる活動も、あらゆる伝統も、あらゆる複雑な組織も、国家も、言語も、文字も、抱負も、その記憶さえも、ぬぐい去られてしまっていたのだ。それに代わって地球に現われたのは、すぐれた祖先のことを忘れ去ってしまったひ弱な生物エロイと、おぞけをふるうほどいやな白っぽい生物モーロックなのだ。それから、僕は、これら二種族間に存在する大きな恐怖について考えてみた。すると初めて、僕が地下世界で見た、あの赤い肉塊がなんであったかが、はっきりわかり、身ぶるいが出た。だが、それはあまりにも恐ろしすぎるではないか！　僕はそばに眠っているかわいいウィーナを見た。星空の下で、その顔は星のように白く光っていた。僕は急いでその恐ろしい考えを押しのけた。

長い夜の間、僕はできるだけモーロックのことは考えまいとして、新しい星の配列の中から古い星座の名残を捜し出せればいいなあと思いながら時間を消した。空はよく晴れて、あかい雲が少しあるばかりだった。時々うとうとしたらしい。するうちに、不寝番（ねずのばん）をつづけている僕の目に、東の方の空が色あせた火事の反射のようにうっすら明るみ、細くとがった白い月が昇ってきた。そして、すぐあとに、それに追いつき、それを追い越すように、暁がやってきた。事はじめは青白く、やがて桃色に暖かみをましながら。モーロックはまるで近づかなかった。

実、その夜は丘の上に一人のモーロックも見かけなかった。新しい日を迎えて自信がつくと、昨夜の僕の恐怖はほとんど意味がなかったように思えた。立ち上がってみると、ぐらつく靴のせいで、くるぶしがはれ、かかとが痛んだ。それで、ふたたび腰をおろして、靴をぬいで投げ捨てた。

ウィーナをおこして、ふたりで森へはいって行った。今はもう暗くも恐ろしくもなく、緑色で気持がよかった。果物をみつけて空腹をみたした。やがて、ほかの優美な小人たちに会ったが、彼らはまるでこの世は夜なんかないかのように、楽しげに歌ったり踊ったりしていた。その時、またしても僕は、地下で見た肉を思い出した。今は、あれがなんの肉か、はっきりわかった。すると、心の底から、このあわれな小人たちがかわいそうになった。彼らは人類という大河が、涸れかかった最後の弱々しいせせらぎなのだ。明らかに、人類の退化が始まった大昔のころのいつか、モーロック族の食物が乏しくなったにちがいない。おそらく、連中はねずみなどの害獣を食べていたのだろう。現在でさえ人間は、昔より食物のえり好みがずっと少なくなっている――どんな猿よりも少ない。人間の肉を食ってはならないという人類の観念は、深く本能に根ざしているものではない。だから、この人非人な子孫モーロックどもは！――僕はこの問題を冷静な科学精神でとらえようとした。どのみち、モーロックどもは、三、四千年前の、われわれの肉食の祖先たちより、ずっと非人間的で、ずっと遠い存在なのだ。連中は、こういう風習を悲しむような知性を、とっくに失っているのだ。そんな奴らのために、くよくよする必要はないではないか。このエロイたちは、肥えふとらされた牛にすぎない。そして、蟻のようなモーロックどもは、彼らを養って、餌じきにしているのだ――おそらく繁殖もはかっているだろう。しかも、ウィーナは何も知らずに、僕のそばで踊っているのだ！　その事実を、人類の利己主義に対する厳罰だと考えることで、僕におそいかかる恐怖感から身を守ろうとした。人類は、その仲間の労働におぶさって、安楽な生活をすることに満足してきた。『必然的欲求』というのが、その口実であり標言だった。しかし、時みちて『必然的欲求』が逆に自分の身にふりかかってきたのだ。僕はこの朽ちはてた貴族たちに向かってカーライル（トマス・カーライル、一七九五―一八八一、イギリスの文明批評家）流の冷笑を浴びせようとさえした。だが、そんな心の持ち方はできなかった。エロイたちの知力の低下が、いかに激しくとも、あまりにも人間的なので、僕は同情せずにはいられないし、どうしても、彼らの退廃と恐怖とに共感せざるを得ないのだった。

そのときの僕には、これからどうしたらいいかについて、ごく漠然とした考えしかなかった。まず、安全な隠れ家を求めて、金属か石で、殴れるような武器を作ること、これはすぐにも必要だった。次に何か火を起こす方法を見つけたかった。そうすれば火という武器ができるわけで、モーロック族に対して、これ以上有効なもののないのがわかっていたからだ。それから、白いスフィンクスの台座の青銅のドアをこじ開ける道具みたいなものを手に入れたかった。それには、僕は大槌（かけや）を考えていた。僕の判断では、あのドアに押し入り、あかりを持ちこむことさえできれば、きっとタイムマシンが見つかり、脱出できると思われた。モーロックどもが、タイムマシンを遠くまで運び去るほど力があるとは思えなかった。それから、ウィーナは、われわれの時代にタイムマシンで連れてくることにした。そんな計画を考えめぐらせながら、僕たちの住いにしようと思っている青磁宮殿へ向かって進んで行った。

八

正午ちかくに、やっと青磁宮殿にたどりついてみると、荒れて廃虚になりかかっていた。窓にはぎざぎざに割れたガラスが残っているだけだし、表面の青磁の飾板は、さびた金属の枠からはずれていた。宮殿は芝生の丘に、高くそびえていたので、中へはいる前に、僕は北東の方を眺めて驚いた。以前つまり、現在ウォンズワースとバターシーがあるとおぼしい所に、大きな湾か入江が見えるではないか。それで考えたのだが——と言ってもいつまでも考えていたわけじゃないが——いったい、海の生物はどうしちまったんだろう？　どうなるんだろう？　とね。

宮殿の建材を調べてみると、本当に青磁が使われているのがわかったし、その表面に、何か知らない文字が書いてあった。ウィーナにその文字を読んでもらおうと思ったが、無駄だった。僕はわかったのは、ウィーナの頭には文字という観念さえ浮かばないということだけだった。僕はいつも、ウィーナを実際以上に人間らしく見ていたが、それは、彼女の愛情が人間らしかったからであろう。

大きな開き戸をはいってみると——こわれてあいていた——中は、普通の大広間の代わりに、両側に窓がたくさんついている長い陳列室になっていた。ひと目で博物館とわかった。タイルの床には、ほこりが厚く積もり、おびただしいさまざまな陳列品も、すっかり同じ灰色のほこりをかぶっていた。やがて、気がつくと、ホールの真中に奇怪なひょろ長いものが立っていた。それは、たしかに、巨大な骸骨の下部の方らしい。足の曲がり具合で、オオナマケモノに似た絶滅した動物らしいと思った。わきにころがっているその頭骨と上部の骨も、厚いほこりにおおわれ、一か所は屋根の雨もりの滴(しずく)に浸(お)かされて、骨が凹(くぼ)んでいた。陳列室の奥には雷竜(ボロントサウルス)の巨大な胴骨があった。思ったとおり、ここは博物館だったのだ。部屋のわきへ寄ってみると、斜めの棚のようなものがあり、厚いほこりを払うと、現代のわれわれにもおなじみのガラス・ケースが現われた。中身の保存がいいところをみると、中は気密になっていたらしい。

われわれの立っていた廃虚は、どうやらサウス・ケンジントン博物館の未来の姿らしいのだ！　ここは、古生物部門の陳列室らしく、かつては、すばらしい化石類が並んでいたはずだ。けれど、荒廃の過程は避けられなかったのであろう。バクテリヤや害虫を絶滅して、荒廃を一時的に喰(く)いとめ、その力を九十九パーセント弱めることができたかもしれないが、しかし、荒廃はきわめて確実に、きわめて徐々に、これらの宝物の上に、作用したのだ。あちこちに、小人たちが珍しい化石を小さく砕いたり、アシの糸でつないだりした形跡が見えた。そして、ケースがそっくり動かされているのもあって――それをモーロックのしわざと僕はにらんだ。建物の中は、しんとしていた。厚いほこりで、僕たちの足音もたたないのだ。ウィーナは、ケースの斜めのガラスにウニの殻をころがして遊んでいたが、あたりを見まわしている僕のそばへ、ふと、やって来て、静かに手をとって立った。

初めのうちは、知的な時代の、この古い記念碑にすっかり驚いていたので、それが何か役に立つものを提供するなどとはてんで思いつかなかった。タイムマシンに対する気がかりさえ、少し遠のいたようだった。

建物の大きさから判断して、この青磁宮殿には、古生物陳列室のほかに、もっと多くの部屋があると思えた。おそらく歴史資料室も、文献室もあるにちがいない！　少なくとも現在の僕にとっては、その方が、この壮大な古代地質学の廃虚よりずっと興味があった。検べてみると、この部屋と直角に交わる別の短い陳列室があった。それは鉱物室らしく、僕は硫黄の塊をみつけたので火薬を作ろうと思った。だが、硝石も硝酸塩の類もまったく見当らなかった。とうの昔に溶けてしまったのだろう。それでも、硫黄が頭の中にこびりついていて、それからそれへと連想がつづいた。その部屋の他の陳列品は、僕が見たうちでは、一番保存のいい方だったが、少しも興味がなかった。僕が鉱物学の専門家ではなかったからだ。それで、最初にはいった部屋と平行になっている、ひどく崩れた廊下を進んで行った。その部屋は明らかに博物部門だったが、標本はどれも、ずっと前に、見分けがつかないほどになっていた。二、三のしなび黒ずんだものは、もとは剝製の動物だったらしいし、干からびたミイラの壺には、もとはアルコールがはいっていただろう。ばらばらになった植物の標本は茶色のごみになっている。みんなそんなふうになっていた。僕は残念に思った。というのは、人類が改良によって生物界の征服をとげた証拠がたどれたらおもしろかっただろうからね。次に、とびぬけて大きな部屋にはいった。きわめて採光が悪く、床は、僕らのはいった方の端から、かすかな角度で、向こう下がりになっていた。一定の間隔をおいて、天井から白いガラス玉がつり下がっていた――それらの多くは、こわれ、くだけていたが――どうやら、以前は、ここはうまく照明されていたらしい。この部屋は、今までのより僕の領分だった。というのは、僕の両側には、大きな機械類が、るいるいと積み上げられていたからだ。その大部分は、さびついて、ばらばらにとらわれていたが、まったく完全なのも少しはあった。知ってのとおり、僕は機械に目のない方だから、いつまでも、その中をうろついていたかった。おまけに、その大部分がわけのわからないしろもので、使いみちの見当もはっきりつかないんだ。その謎が解ければ、モーロックにたちむかえるような力が手にはいるだろうと思った。

急にウィーナがすり寄って来た。あまり不意だったのでびっくりした。ウィーナがいなかったら、僕は床が傾いているのに気がつかなかったろう（むろん、床が傾いていたのではなく、この博物館が丘の斜面をえぐって建てられていたからだろう）。僕のはいって来た部屋の端は、すっかり地面から浮き上がっていて、かすかな隙間のような空から明りがとられていた。先へ行くにつれて、地面がせり上がって窓をふさぎ、しまいには、それぞれの窓の前に、ロンドンの家屋によくある縦穴みたいな『明りとり』がつくられ、そのてっぺんから、わずかな光りが落ちていた。僕は機械に気をとられて、のろのろ歩いていたが、夢中になりすぎて、光りがしだいに減っていくのに気がつかなかったのだ。そのうちにウィーナの不安がひどくなってはじめて気づいたわけだ。見ると、陳列室のつき当りはまっ暗闇になっている。足をとめて、見まわすと、あたりはほこりもそれほど多くなく、その表面もなんとなく凸凹になっているじゃないか。闇へ向かってずうっと、小さな細い足跡が、たくさん見えた。それを見ると、今にもモーロックが飛び出してきそうな気がした。専門的に機械を見すぎて、時間を無駄にしたらしい。もう午後もおそいのに、まだ、武器も、隠れ家も、火を起こす道具も手に入れていないのを思い出した。そのとき、陳列室の奥のくらがりから、井戸の底で聞いたのと同じような、妙なざわめきと特徴のある小さな足音が聞こえてきた。

僕はウィーナの手をつかんだが、ふと気がついて、手を放し、鉄道信号所みたいな把手（とって）がとび出している機械に走りよった。台をよじのぼって、把手をつかみ、体重をかけて、ぐいと、引っぱった。通路の中央にとり残されたウィーナが急に泣き出した。把手の強さは僕の思ったとおりで、一分ほど引っぱるとぽきりと折れた。その把手を握って、ウィーナのところへ戻り、これなら十分、モーロックの頭蓋骨をたたきつぶしてやれると思った。僕が、モーロックをぶち殺したがるなんて、君らにはひどく非道に思えるだろうな。なにしろ自分たち人間の子孫なんだからね。だが、あんな奴らに人情を感じるなんて、不可能だよ。ウィーナのそばをはなれたくなかったし、もし殺伐な欲望に駆り立てられるとタイム・マシンがどうなるかわからないと気づいたので、部屋の奥へとんで行って、足音の聞こえるあのいやらしいけだものどもを殺すのを思いとどまったのだ。

さて、片手に棍棒、片手にウィーナの手をとって、僕は、そこを出て別のもっと大きい陳列室にはいった。見たとたんに、ぼろぼろの軍旗がたれ下がっている軍隊の礼拝堂を思い出した。部屋の両側には、こげ茶色のぼろがたれ下がっていて、それがぼろぼろになった本なのがすぐわかった。ずっと前にばらばらになったらしく、印刷もかたなしだった。だが、そり返った厚紙や、こわれた留金がそこここにちらばっているので、その退廃ぶりが十分にうかがえた。もし、僕が文学者なら、おそらく、文筆上の野心のむなしさを、しみじみ教えられたろう。だが僕は文学者でないから、一番強く心を打たれたのは、ぼろぼろになった紙の淋しい山が証明してみせる巨大な労力の浪費という点だった。と同時に、正直いえば、イギリス王立学会会報と、それに発表した僕の光学に関する十七編の論文のことだけを考えていた。

それから、広い階段を上がると、元は応用化学部門だったらしい陳列室にぶつかった。ここでは、有効なものを発見する望みなきにあらずだった。一方の角の屋根が崩れているほかは、かなりよく保存されていた。僕は熱心に、こわれていないケースを見てまわり、遂に、完全に気密してあるケースから、一箱のマッチを見つけだした。ふるえる手ですってみると、立派につく、しめってさえいなかった。僕は、うれしくなり、ウィーナの方へ、エロイの言葉で、『踊ろう』と、叫んだ。いまや、恐れているあのいやな生物に対抗する武器が、本当に手にはいったのだ。それで、古ぼけた博物館の、厚くほこりにおおわれた床の上で、大喜びのウィーナを抱いて、できるだけ楽しげに『天国の歌』を口笛で吹きながら、くそまじめに、まぜこぜダンスを踊った。一部は流行のカンカン踊り、一部は、ワン・ステップ。一部はスカート・ダンス（僕の燕尾服でできるだけね）。一部は創作って奴だ。なにしろ僕は、生まれつき創作好きだからね。

さて、今でも思うのだが、その一箱のマッチが無限の歳月に耐えて保存されたということは実に不思議だし、僕にとっては、実に運がよかったもんだ。しかも、もっと不思議なのは、思いがけぬもの、樟脳がみつかったんだ。封蠟をした壺でみつけたのだが、どうやら、偶然に封じ込まれたらしい。はじめ蛞蝓だと思ったので、ガラスを破ってみると、まぎれもない樟脳のにおいがするじゃないか。みんな荒廃してしまった中で、偶然にも、この揮発性物質が、何千世紀もとばずに残っていたなんて、うれしかったな。僕は前に、ベレムナイトからセピアの色素を見つけたことがあったが、そのときのうれしさを思い出した。何百万年も前に絶滅して化石になったイカの墨なんだからね。だが、僕はその樟脳を捨てかけて、ふと、それが激しく光って燃えることを思い出した――実際、すばらしい照明になるよ――それで、ポケットに入れておいた。だが、青銅の台座をぶち破るための道具も、爆薬も見つからなかった。一番役に立ちそうなのは、偶然見つけた鉄の棒だけだったが、それでも僕はご機嫌で、陳列室を出た。あの長かった午後の話を全部聞かせるわけにはいかない。そうするには、僕のやった探検を全部順序よく思い出さなければならず、それは大仕事なんだ。思い出すと、武器の陳列場になっている大部屋で、僕の鉄棒と、斧か剣と、どっちがいいか随分迷ったよ。ともかく、両方持っていくわけにいかなかったし、青銅のドアをこわすには鉄棒が一番有効らしかったからね。その部屋には、おびただしい、銃、ピストル、ライフルがあった。しかし、前にあったらしい薬包も火薬も、みんなくさって、ごみになってしまっていた。大部分のものは、鉄くずに化していたが、中に少しは新しい金属製のがあり、まださびていなかった。部屋の片隅がくすんで、破れていた。おそらく、標本が爆発したのだろうと思った。また、別の部屋には偶像が、どっさり並べてあった――ポリネシア、メキシコ、ギリシャ、フェニキアなど、世界中のがあったと思う。さすがに、興奮にかられて、特に目についた南アメリカ原住民の作った滑石の怪神像の鼻の頭に、自分の名を書いた。

　夕べがせまると、興味が薄らいだ。僕は、陳列室を次々にまわった。ほこりっぽく、静まりかえり、そこここで崩れていた。陳列品も、時には、さびと亜炭の山だったし、時には、少しはましなのもあった。一か所では、錫鉱山の模型にばったりいき合わせて、まったく思いもかけず、気密ケースにダイナマイトの薬包が二本はいっているのを見つけた。僕は思わず叫んだ。『エウレカ！』（アルキメデスが比重を発見したときに叫んだ言葉）そして、喜びにあふれて、ケースを破った。すぐ、怪しいなと思い、ためらってから、小さな横廊下を択んで、気のすむようにしてみようとした。火をつけて、五分、十分、十五分待っても、爆発が起こらなかったときぐらい、がっかりしたことはないよ。見たときに思ったとおり、むろん、ダイナマイトは、ばかになっていたのさ。もし、爆薬が生きていたら、僕はとんでいって、スフィンクスも、青銅のドアも、タイムマシンを発見するチャンス、もろとも、ぶっとばしてしまったろうね（あとでわかるが）。

その後だったと思う、僕とウィーナは宮殿内の小庭に出た。芝生に、果物の木が三本生えていた。僕らは休んで元気をつけた。日暮れになるので、僕は自分たちの立場を考え始めた。夜が近づいているのに、どうしても、気にいる隠れ家が見つからないのだ。しかし、今は、大して苦にならなかった。モーロックを防ぐのに多分一番いい武器を手に入れていたんだからね——マッチさ。ポケットには樟脳もある。万一のときには火が燃せるんだ。僕に出来る一番いい方法は、戸外で、火を燃して身を守りながら、夜を明かすことのように思えた。朝になったら、タイムマシンの取り出しにかかるつもりだった。そのための道具としては、まだ、鉄棒しかなかった。しかし今は、いろいろ知識もふえたので、青銅のドアに対する考え方も変わっていた。それまでは、内側がどうなっているかわからないので、無理に押し破ろうとはしなかった。ドアはそれほど頑丈とも思えなかったから、その鉄棒がまったく役に立たないこともあるまいと期待していた。

九

ふたりが宮殿を出たとき、太陽はまだ沈みきらず地平線の上に少し顔を出していた。僕は白いスフィンクスのところへは、翌朝早く戻るつもりで、日の落ちる前に、その森を抜けようと思った。来るときには、手前で泊った森だ。僕の計画では、その日のうちにできるだけ行って、たき火をたいて、その光で身を守りながら寝るつもりだった。それで、森を抜けながら、見つけしだいに、枯枝や枯草を拾い集めて行ったので、たちまち、僕の両腕は、そんなたきものでいっぱいになった。そんな仕事のために、道は思いのほかはかどらなかった。おまけにウィーナが疲れきっていた。僕も眠気に襲われはじめた。そんなわけで森につく前に、日はとっぷり暮れてしまった。森のふちの木の茂っている丘の手前で、ウィーナは立ちすくみ、目の前の闇におびえた。災難が起こりそうな気がした。それで警戒する気になればよかったのに、逆に、僕は前進したくなった。僕は一日二晩、眠っていなかったので、腹立ちっぽく、いらいらしていた。眠りとともに、モーロックが襲いかかる気がした。

ぐずぐずしているうちに、後ろの暗いやぶのなかに、その闇にぼやけてうずくまっている奴らの姿が三つ見えた。まわりには、灌木と丈の高い草が生い茂っているので、奴らがこっそり近づいて来てもわからない不安があった。その林を抜けるのは一マイルそこそこだと見積もった。そこを抜けて、開けた丘の斜面に行きつけば、まったく安全な寝み場所がみつかるだろうと思った。そこで、マッチと樟脳を使えば、森を抜ける間、道を照らして行けそうだった。しかし、両手でマッチを燃やして行くとなると、当然、薪を捨てなければならないことになる。そこで、しぶしぶ薪をおろした。そのとき、薪に火をつけて、後ろにいる奴らを驚かしてやろうと、ふと思いついた。あとで考えると実に馬鹿げた行動だったが、そのときは、僕らの退却を守る、うまい手だと思った。

君らは考えたことがあるかどうか知らないが、人間がいなくて、温和な気候のところでは、炎は実に稀らしい現象にちがいない。太陽の熱はものを燃やすほど強いことはめったにない。もっとも、熱帯的な地方では、時には、太陽の光が露の玉に焦点を集めて、ものを燃すこともあるがね。いなずまが、木を引き裂いたりこがしたりすることもあるが、それから火が燃え広がることは稀だ。腐敗する植物が発酵の熱でいぶることがあるが、燃え上がることはめったにない。この退廃の未来世界では、地上で火を燃やす技術はずっと前に忘れ去られていた。薪の山をなめる赤い炎が、ウィーナにとっては、まったく新鮮な新しい眺めだった。

ウィーナは駆けよって遊びたがった。引きとめなかったら、火の中へ飛び込みそうだった。僕はウィーナをつかまえ、じたばたするのを抱き上げて、大胆にも、森へはいって行った。しばらくは、炎の光が道を照らしていた。ふり向いてみると、木々の幹をとかして、燃え上がる薪の山から、炎が近くのやぶに広がり、火は弧を描いて丘の草にはい上がっていくのが見えた。僕はそれを見て笑い、目の前の暗い木々に向き直った。中は真暗だった。ウィーナはしっかり僕にしがみついていた。目が暗闇になれてきたので、まだ木の幹をよけるぐらいの明るさはあった。頭の上は真の闇で、ただあちこちに遠い青い夜空が木の間がくれにのぞいているだけだった。僕は手がふさがっているので、マッチをつけるわけにはいかなかった。左手にかわいいウィーナを、右手に鉄棒を持っていたのだ。

かなりの間、聞こえるものは、足もとで折れる小枝の音、頭の上のかすかな風のざわめき、自分の息づかいと、耳の底で脈打つ鼓動だけだった。やがて、例の軽い足音が、まわりに聞こえたようだった。僕はがむしゃらに進んで行った。足音はますます激しくなり、あの地下世界で聞きおぼえのある妙なざわめきや声が聞こえてきた。明らかにモーロックどもが、迫って来ているらしい。事実、次の瞬間、上衣をひっぱられたように感じると、すぐに何かが腕にさわった。ウィーナが、激しくふるえて、身をこわばらした。

いよいよマッチを使う時がきた。しかし、マッチを取り出すには、ウィーナを下におろさなければならない。それで、ウィーナをおろし、ポケットをさぐっていると、いきなり、僕のひざのあたりの闇の中で、取っくみ合いが始まった。ウィーナはまったく口をきかず、モーロックの方も例の妙なクークーいう音を出すだけだった。やわらかい小さな手が、僕の上衣と背をなでまわし、首にさえさわった。やがて、マッチをすり、シュッと火がついたので、その炎を差しつけて見ると、木の間に逃げ込むモーロックどもの白っぽい背が見えた。急いで、ポケットから樟脳(しょうのう)の塊を取り出し、マッチの火が消えかけたらすばやく火を移す用意をした。そしてウィーナを見ると、僕の足につかまり、うつぶせになって、まったく身動きもせずに横たわっていた。はっと驚いて、かがみ込んでみると、ウィーナはほとんど息もたえだえになっていた。僕は樟脳の塊に火をつけて地面に投げ出した。それがシューシュー燃え上がって、モーロックを追い払い、あたりを明るくしたので、僕はひざまずいてウィーナを抱き上げた。背後の森に、モーロックの大群がひしめきざわめいていたんだ!

ウィーナは気を失ったらしい。僕は、彼女をそっと背負って立ち上がり、前進しようとしたが、はっと恐ろしいことに気づいた。ウィーナとマッチの扱いでいくどもぐるぐる身をまわしたので、道がどっちへ向かっているのか、方向がさっぱりわからなくなってしまったのだ。ことによると、青磁宮殿の方へ逆戻りしているのかもしれないのだ。僕は冷汗にまみれていた。

どうしたらいいか、急いで決めなければならない。僕はたき火をたいて、そこで夜を明かすことにした。まだ気を失っているウィーナを草むらにおろして、急いで枯枝や木の葉を集めにかかった。樟脳の塊は、もう燃え尽きそうになっていた。まわりの闇のそこここで、モーロックどもの目が紅玉のように光っていた。

樟脳の火がちらつき、そして消えた。マッチをすって見ると、ウィーナに近よっていた二つの白っぽい姿が、あわてて引き退った。一つは火に目を奪われて、真直ぐ僕の方へとんで来た。奴の首が僕の拳の一撃で砕けるのがわかった。そいつはううっと唸り、少しよろめいて逃げ、ばったり倒れた。僕は新しい樟脳に火をつけて、薪をくべつづけた。ふと気づくと、頭上の木の葉は、ひどく乾いているはずだった。タイムマシンで到着してから、一週間も、まるっきり雨が降らなかったのだからね。それで、落ち枝を拾いまわるかわりに、木にとびついて、枝をひきちぎり始めた。すぐに生木と枯枝の、むせるような煙と火が立ちはじめたので、樟脳を節約できるようになった。それから、僕の鉄棒のわきに横たわっているウィーナのところへ引き返して、蘇生させようと手をつくして見たが、死んだように動かなかった。息をしているかどうかさえ、たしかめられなかった。

ところが、たき火の煙が僕の方に流れて来て、急に息苦しくなった。そのうえ、空気に、樟脳の蒸気もまじっていた。たき火は、一時間ぐらいは、薪をつがなくてもよさそうだった。僕は激しく動いたあとの疲れで、ぐったりと腰をおろした。森までが、わけのわからない眠けをさそうささやきに満ちていた。とろとろっとして、目をあくとあたりは真暗で、モーロックどもが僕にとりついていた。かじりつく奴を投げとばしながら、急いでポケットのマッチを捜したが――なくなっていた。そのとき、奴らは、また僕にとりついてきた。とたんに、事情がのみこめた。僕が眠ってしまった間に、火が消えたのだ。ぞっと、死の恐ろしさがこみ上げてきた。森は木のいぶるにおいでいっぱいだった。僕は首と髪と両腕をつかまれて、引き倒されていた。闇の中で、ぐにゃぐにゃした奴らが僕の上に積み重なっているのを感じるのは、実になんともいえぬ恐怖だった。大きなクモの巣にかかった感じだった。僕はのしかかられて、引き倒された。小さな歯が首筋を噛むのがわかった。僕はころがりまわった。すると、手が鉄棒にさわった。それで元気が出たので、人間ネズミどもをふりとばしながら、しゃにむに立ち上がると、鉄棒を短めに握って、奴らの顔のありそうなあたりを、なぎ払った。手ごたえがあって、奴らの肉や骨がぐしゃりとつぶれ、たちまち僕のからだは自由になった。

　激しい闘いには、妙な歓喜のともなうことがよくあるものだが、そいつが僕にも訪れた。僕もウィーナも、もう駄目だと思った。だが、モーロックどもの血肉で、その代償を払わせてやろうと決意した。僕は一本の木を背にして立ち、鉄棒を目の前に振り回した。森じゅうに、奴らのざわめきと叫びが満ちた。一分ほど過ぎた。奴らの声は興奮して、いよいよたかまり、奴らの動きはますます敏捷になった。しかし手のとどく所へ近づいてくる奴はいなかった。僕は、闇をにらんで立っていた。ふと、希望がわいた。モーロックどもは、おじけづいたのじゃないかな？と。それにつづいて、妙なことが起こった。闇が明るんでくるようなのだ。ごくぼんやりと、まわりのモーロックどもが見え始めた――足許に三つ、なぐり倒されていた――それから、まったく驚いたことに、他の奴らが、どんどん逃げて行くのが見えるではないか。まるで川の流れのように、絶え間なく、僕の後方から前の森へ駆け抜けて行くのだ。奴らの背中は、もう白っぽくなく、赤味を帯びていた。あきれて見ていると小さな赤い火の粉が、枝々のすきまの星空を、ふわっと横切って消えた。それを見て、すぐに事情がわかった。木のこげるにおいも、今はごうごうという唸りになっているが、さっきのあの眠気をさそうような森のささやきも、赤みがかった明るさも、モーロックの逃走も、みんなこのせいなのだ。

背にしていた木からふみ出して、ふり向いてみると、近くの木の黒い柱のような幹をとおして、森火事の炎が見えた。初めにつけた火が、追って来たのだ。その明りで、ウィーナの姿を求めたが、影も形もなかった。ヒューヒュー、バリバリいう音が背後に迫り、新しい木が炎に包まれるたびにドカンと破裂するような音がし、もうぐずぐずしている隙はなかった。僕は鉄棒をつかんだまま、モーロックどもの逃げ道の後を追った。命がけの競走だった。一度など、僕の走って行く右手に、すばやく、炎が先まわりしたので、それをさけて左手に曲がらなければならなかった。だがやっと小さな空地にたどりついた。そのとき、ひとりのモーロックが、ふらふらと僕に向かって来たかと思うと、そばをすり抜けて、真直ぐに、火に飛び込んでしまった。

さて、そこで未来世界で見たあらゆるもののうちで、一番いたましく恐ろしいものに、お目にかかるしだいになった。空地は、火事の反射で真昼のように明るかった。真中に、こげたサンザシにおおわれた、塚か古墳があった。その先には、森火事の別の火の手がまわっていて、すでに赤黄色い炎の舌をちろちろ出していたから、空地は、完全に火の垣をめぐらされていた。塚のあたりには三、四十人のモーロックどもが、光と熱で目がくらみ、もうろうとして、たがいにぶつかり合いながら右へ左へ、うろうろしていた。初めは、そいつらの目の見えないのがわからなかったので、近づいてくるのを恐ろしさいっぱい、片っぱしから鉄棒で殴りつけ、一人を殴り殺し、七、八人を半死半生にした。だが、赤い空を背景にサンザシの下に手さぐりで這いこもうと、悲しげにうめいている奴らの姿を見ると、奴らが炎の光で、目が見えずまったくみじめに、手も足も出ないのがはっきりわかったので、僕はもうそれ以上、奴らをなぐりつけるのを止めた。

しかし、時々、真直ぐに向かって来て、だらしなく恐怖の声をあげる奴がいたが、僕はすばやく身をかわした。一度、どういうわけか炎が消えたことがあった。悪魔どもが、僕をすぐ見つけだしはしないかと心配した。そうなる前に、こっちから仕掛けて、五、六人ぶち殺してやろうかとさえ思ったが、また、明々と火がもえ上がったので、手をひかえた。僕は奴らをさけながら丘のまわりを歩き回って、ウィーナの手がかりを捜した。だが、ウィーナは見当らなかった。

遂に僕は塚のてっぺんに腰をおろして、この妙な驚くべき盲目の生物の群れを眺めていた。手さぐりで右往左往し、たがいに奇妙なざわめきをたてていた。炎が明々と奴らを照らしていた。煙が渦まいて吹き上げ、流れて空を横切った。その赤い天蓋がたまにとぎれると、はるかに別の宇宙のもののように、小さな星が輝いた。二、三人のモーロックが、ふらふらとぶつかってきたので、拳で突きとばしたが、身ぶるいが出るほどいやだった。

その夜は一晩中、悪夢に追いまわされているのだと、自分に言いつづけた。僕は唇を嚙んだりわめいたりして、なんとかして目をさましていようと、一生懸命だった。手で地面を打ち、起き上がり、また腰をおろし、あちこち歩き回り、また腰をおろした。それから、倒れて目をこすり、神の名を呼んで、目をさまさせてくださるように祈った。モーロックが、苦しみ抜いて、首をうなだれて炎に飛び込んでいくのを三度も見た。しかし、とうとう、赤みの薄れた火事の上に、もくもくと流れる黒い煙の上に、白っぽくこげた木々の切り株の上に、めっきり数の減った暗がりの化けものどもの上に、朝の日が白々と射してきた。

僕はまたウィーナの手がかりを捜したが、そこには何もなかった。してみると、奴らがウィーナのあわれな死体を森に置き去りにしたのは明らかだった。ウィーナが、とてもまぬかれることができないような恐ろしい運命から、のがれることができたのを思うと、僕は言い表わしようがないほど、ほっとした。そう思ったとき、あたりにいる無力ないやらしい奴らを、みな殺しにしてやろうと、もう少しで気が動いたが、自分をおさえた。その塚は、前にも言ったように森の中の孤島みたいなものだった。そのてっぺんから、煙の幕をすかして、青磁宮殿が見えたし、そこから判断して白いスフィンクスへ行く方向がわかった。そこで、日が明るくなるにつれて、まだ、うめきながら、あちこちうろついている悪魔の生き残りどもを放って出かけることにした。僕は足に草を巻いて、いぶっている灰や、黒くこげた切り株や、まだ内側に火がくすぶっている木の幹の間を、足を引きずりながら横切ってタイムマシンの隠し場所の方へ向かった。僕は、ひどく疲れていたし、足を引きずっていたので、ゆっくり歩いた。それに、かわいいウィーナの恐ろしい死に方が、腹の底から悲しかったのだ。どうしようもない不幸のように思えた。いま、この昔なじみの部屋にいて考えると、あれは現実にあった悲しみではなく、夢の中のことのように思える。しかし、あの朝は、ウィーナの死が、ふたたび僕をまったくひとりぼっちにしてしまったのだ——おそろしい孤独にね。僕は、ふと、自分のこの家や、炉端や、君らのことを思うとともに、せつなくなるほど、現代の世界へ戻りたいと希求した。
しかし、明るい朝の空の下で、焼け跡を歩いているとき、意外な発見をしたよ。ズボンのポケットに、マッチの軸が五、六本、こぼれていたのだ。箱がなくなる前にこぼれたらしい。

＋

朝の八時か九時ごろ、あの同じ、黄色い金属製の椅子に戻りついた。その椅子から、僕はここへ着いた日の夕方、初めて未来世界を眺めたのだ。僕は、あの夕方、そそっかしい判断をくだしたことを思い出して、自分の厚かましさに苦笑を禁じ得なかった。あの時と同じ美しい景色で、同じ豊かな緑、同じすばらしい宮殿と壮大な廃虚、同じ豊かな堤の間を流れる銀色の川があった。美しい衣装をまとった美しい小人たちが、林のあちこちを歩いていた。僕がウィーナを救ったあの同じ場所で水を浴びている者もいた。それを見ると、急に胸をさされるほどせつなくなった。美しい景色の上の斑点（はんてん）のように、地下世界へ通じる円屋根が点々と立っていた。僕にはいま、地上人のあらゆる美しい生活の底にひそんでいるものが理解できた。彼らの生活は非常に楽しいものだが、それは牧場の牛と同じような楽しさなのだ。牛のように、なんの敵も意識せず、万一のそなえもしない。そして、牛と同じような最期をとげるのだ。

人類の知性が夢みるものは、なんとはかないことかと思うと、僕は悲しかった。人類は自殺してしまったのだ。人類は快適な安易な生活を求め、安定して永続的な調和のとれた社会という標語のもとに、たゆまず努力して、その目的を達した――それがこんな結果を招くとはね。一度は、生活も財産もほとんど完全に保障されるようになったにちがいない。金持は富と安楽とを、労働者は生活と労働とを保証されたにちがいない。むろん、その完璧な社会では失業問題もなく、未解決な社会問題もなかったであろう。そして社会には大きな平穏がもたらされた。

僕らが見のがしがちな自然の法則のひとつは、人間の多面的な知的能力は、生活上の変化、危険、困難によってみがかれるものだということだ。環境と完全に調和した動物は、完全に機械と同じだ。習慣と本能が役に立たなくなったとき、はじめて、自然が知能を動員するのだ。変化も、変化の必要もないところでは、知能も生まれない。さまざまな困難や危険に立ち向かわなければならない動物だけが、知能を与えられるのだ。

そんなわけで、僕の見るところ、未来世界の地上人はひ弱な美しさへと退廃し、地下人は単なる機械的生産機構に堕してしまったのだ。だが、そのように完全な状態も、機械的完全さという点からみてさえ、ひとつの欠点があった――それは絶対的永続を欠くという点だ。明らかに、時が経つにつれて、地下世界への食料供給が、うまくいかなくなったのだ。どんなふうに供給されていたかわからないがね。そこで、二、三千年も棚上げされていた、知能を生む母、必然の欲求が、ふたたび戻ってきて、地下世界で働き始めたのだ。地下世界の連中はいつも機械と接触していた。機械がいかに完全なものであったとしても、習慣以外の知能を少しは必要とするから、おそらく地下人は、いやおうなしに、地上人より創造力を保持させられていたのだろう。たとえ、地上人より他の人間的な性格に劣るところがあったとしてもね。それで、他の肉類が手にはいらなくなると、昔からの習慣が禁じてきたことに戻り、人肉を食いはじめたのだ。僕は八十万二千七百一年の世界で、最後にその事実をはっきり見とどけたのだ。人間のあさはかな知恵で考えることだから、間違った解釈かもしれない。だが、そんなふうに思えたのだから、ありのままに君たちに話すのさ。

過去数日間の、恐怖と興奮と疲労のあとで、心は悲しみに閉ざされてはいたが、この様子と、穏やかな眺めと、暖かい日の光りは、実に快かった。僕は、ひどく疲れて眠かったので、あれこれ考えているうちに、すぐ、うとうとしていた。それに気がついたので心をきめて、芝生に長々とからだをのばし、ゆっくり、快い眠りにおちた。

日暮れの少し前に目をさました。たっぷり寝たので、今度はうとうととして、モーロックにつかまる心配はもうなかった。僕はのびをしてから、白いスフィンクスへ向かって丘をおりはじめた。片手に鉄棒を持ち、もう片方の手でポケットのマッチをおもちゃにしていた。

やがて、まったく思いがけない事にぶつかった。スフィンクスの台座に近づいてみると、青銅の鏡板がはずれていたのだ。みぞを滑り落ちていた。

それを見て、僕はちょっと立ち止まり、はいるのをためらった。それから用心しながら近づいてみると、台座の中に小部屋があって、隅の石をたたんだ上にタイムマシンがのっていた。機械を動かす小さなレバーは僕のポケットにはいっている。それで、結局、白いスフィンクスの台座を攻撃するための細々とした準備も役に立たないことになった。敵はいくじなく降参したのだ。僕は、鉄棒を捨てながら、それが使えないのが、ちょっと残念だった。

僕は入口に身をかがめながら、ふと、あることに思いついた。そうか、少なくとも、今度だけはモーロックの頭の働きがつかめたぞと思った。こみ上げる笑いをおさえながら、青銅のわくをくぐってタイムマシンのところへ行った。驚いたことに、機械は念入りに油をさして、掃除してあった。どうやら、モーロックどもは、なんとか機械の用途を知ろうとして、部分的にでも分解してみたらしい。

さて、機械のそばに立って、調べる段になった。なにしろ、自分の発明品だ、ちょっと手を触れるだけでもうれしいもんだよ。そのとき、予想していたことが起こった。青銅の鏡板が急にせり上がって、ぱちんとわくにはまり込んだ。僕は暗闇にいた――わなにかけられたのだ。思ったとおり、モーロックの奴は、これを考えていたんだ。そう思うと、僕はおかしくなってくすくす笑い出した。

奴らが、つぶやくように笑いながら、つめ寄せてくるのがわかった。僕は、落ち着き払って、マッチをつけようとした。レバーをとりつけて幽霊のように、ふいっと消え去りさえすればよかったのだ。だが、僕はちょっとしたことを見のがしていた。持っていたマッチの軸は、箱にすりつけないと発火しない厄介なやつだったのだ。

一瞬にして僕の落ち着きが、消し飛んだのがわかるだろう。小さな悪党どもは僕につかみかかっていた。一人の手が触れた。僕はレバーで、闇の中の奴らをなぎ払い、機械の座席によじ登ろうとした。すると、次から次へ手がかかってきた。それで、レバーをとられないように奴らのしつこい指と闘いながら、同時に、レバーをとりつける栓を手探りしなければならなかった。まったく、一度は、あやうくとられそうになった。レバーが手から滑り落ちたときには、闇の中で頭突きをくれなければならなかった――モーロックの頭蓋骨（ずがいこつ）がぐしゃりとつぶれるのが聞こえた――僕はレバーを取り戻した。この最後の乱闘は、森の中の闘いよりも、ずっときわどかった。

だが、やっとレバーをとりつけて、ぐいと引いた。とたんに、へばりついていたたくさんの手が滑り落ちた。たちまち闇が消えた。気がつくと、僕は前にも話した、灰色の光りの渦に巻きこまれていた。

十一

時間航行をしていると、不快で目がまわることは、前にも話したね。ところが今度は、急いだので、座席にちゃんとすわらずに、横向きで不安定な乗り方をしていたのだ。測りきれないほどの時間を、僕はびりびりゆれ動く機械にしがみついていて、どう航行しているのかまったくわからなかった。そして、やっと文字板を見て、とんでもない時間の場所へ来てしまったのにびっくりした。ひとつの文字板は一日単位、次のは千日単位、次のは百万日単位、次のは十億日単位の目盛りにしてあった。さて、僕はレバーを後退の方へ引く代わりに、進行の方へ押してしまったのだから、気がついて目盛りを見たときには、千日単位の針が、時間の秒針のような速さで回って——機は未来の方へ航行していた。

航行していると、あたりの様子に奇妙な変化が現われはじめた。濃くなったり薄くなったりする灰色がしだいに暗くなってきた。そのとき——僕はまだ凄い速力で飛んでいたのに——まばたくような昼と夜の交替が見えた。それは普通なら機の速力が鈍ってきた証拠だ。明暗の交替がますますはっきりしてきた。はじめは、これが僕をひどくまごつかせた。やがて、昼と夜の交替がいよいよゆるくなり、太陽が空を横切る速度もにぶり、しまいには夜昼の交替の時間が何世紀にも引きのばされたように思えた。遂に、血のようなたそがれの色がすっぽりと地上をおおい、暮れかかる空を横切る彗星の明るい光りが、時々、その色をかき乱すのだった。帯のように見えていた太陽の光りも、もうかなり前から見えなくなっていた。というのは、太陽が沈まなくなっていたからだ。――太陽は西の空で、ただ上がったりおりたりするだけで、ますます赤く大きくなっていた。月はあとかたもなく消え失せていた。星の運行も、いよいよのろくなり、ゆっくり動く光りの点にかわってきた。そして、最後には、僕が停まる少し前だが、太陽は赤い大きな玉になり、運行をやめて水平線の上に浮かび、広大な円屋根みたいで熱も弱く、時々、消え消えにまたたいていた。一度だけ、しばらくの間、かなり明るく光ったが、すぐにまた、にぶい赤色にもどってしまった。僕は太陽の出没の速度が遅くなったのは、引力の働きが変化したせいだと思った。地球は太陽に一方の面だけを向けている。ちょうど、現在月が地球に片側だけを見せているようにね。僕は、きわめて慎重に機械の速度を落とし始めた。前に急にとめて、さかさまに放り出されたのを思い出したからね。文字板の針の回転が下がって、ついに千日計の方は動かなくなったように見えた。一日計の方も速度が落ちて針はもう、かすんで見えるほどになった。さらに速度が落ちると、ぼんやりと荒れはてた海岸の景色が見えてきた。

僕は静かに機械をとめて、タイムマシンに乗ったままであたりを眺めた。空はもう青くはなかった。東北の空は真黒で、その黒い色の中から、青白い星が明るく、またたきもせずに光っていた。頭の上は深紅色で星も見えず、南東の空はしだいに明るみをまして、燃えるような緋色になっていた。そこには、地平線に一部を切り取られた、巨大な太陽が、赤々と動かずに浮いていた。あたりの岩はみんな毒々しい赤い色で、最初に僕の目についた生命のしるしといえば、非常に濃い緑色の植物だけで、それが岩々の南東に面して突き出している部分を、びっしりおおっていた。その深い緑色は、森の苔や洞穴の地衣類にみるのと同じような色だった。こういった植物は、いつも薄暗い場所に生えるものだ。

　機械は海岸の斜面に着陸していた。海は南西へ伸びて、暗い空の下で真紅の水平線が盛り上がって見えた。打ち寄せる波も、沖の波もなかった。風がそよとも吹かぬからだ。ごくわずかに、とろりとしたうねりが、静かに呼吸のように海面を上下させ、それで永遠の海がまだ生きて動いているのがわかった。それでも時々波の砕ける岸のあたりには厚い塩の層ができていて——燃えるような空を映して桃色に見えた。頭が重苦しいので、ふと気づくと、呼吸がひどく早くなっていた。その感じで、たった一度登山したときの経験を思い出し、空気が現在より稀薄になっているなと、判断した。

　荒涼とした斜面のはるか上の方で、けたたましい啼声がしたので見ると、大きな白い蝶のような生物が、翅を打ち合わせて空へ舞い上がり、円を描いて、遠くの小山の陰に消え去った。その声が実にいやな響きだったので、僕は身ぶるいして、座席にいっそうしがみついた。さらによく、まわりを見まわすと、すぐ近くに、赤茶けた岩塊と思いこんでいたものが、じわじわと僕の方へ寄ってくるではないか。実に、驚くべき大きさのカニのような生物なんだ。まあ、想像してみたまえ。そこのテーブルほどの大きさのカニが、たくさんの足を、ゆっくりもぞもぞと動かし、大きな鋏を振りまわし、御者の鞭のように長い触角をふるわせながら探りまわり、金属でできているような頭の両端から飛び出している目玉を光らせてにらんでいるんだ。凸凹な背中は、みにくいいぼがいっぱいで、ところどころに緑のかさぶたがくっついている。そいつのこみいった口には、たくさんの触手が、ぴらぴらしていて、そいつを動かしながら探っているんだ。

その化けものが近よってくるのを、ぞっとして見ていると、蝿にとまられたように、片頬がむずがゆくなった。手で払い落としたが、すぐまたかゆくなった。そのすぐあと、今度は耳のあたりが、むず痒くなった。手でたたくと、何か糸みたいなものがつかまった。それが、すばやく手をすべり落ちた。ぎょっとして、ふり向くと、すぐ後ろにいるカニの化けものの触角を僕はつかんだのだ。そいつは意地悪そうな目を柄の上でぐるぐる動かし、貪欲そうな口をもぐもぐさせ、海藻のへばりついたいやらしい鋏を振り立てて、僕に襲いかかってきた。僕は急いでレバーに手をかけ、文字板を一か月進めて、押した。それでもやはり同じような海岸つづきで、機が着くと、すぐに化けガニどものいるのが、はっきりわかった。化けガニは何十匹も、薄明りの中の濃い緑色の苔がむした間をぞろぞろはいまわっていた。

あの世界をくるんでいる、すさまじいわびしさは、なんともいいようがない。真赤な東の空、真黒な北の空、塩層のつづく死の海、あの化けものどもが、いやらしくもぞもぞはいまわる岩だらけの海岸、一様に毒々しい緑色の地衣類、胸苦しくなるような空気、すべてが化けものじみた世界なんだ。機を百年ほど進めてみたが、相変わらず同じ真赤な太陽――いくらか大きくなり、もっと動きがおそかったが――同じようなどろんとした海、同じように冷たい空気で、緑の海藻と赤い岩の間を、あのいやらしい化けものガニどもが、はいまわっていた。そして、西の空には、大きな新月のような青白い曲線が見えた。

そんなふうに、僕は、ひととび千年ぐらいの大股で、いくども飛んだり降りたりしながら、地球の運命の不思議さに魅せられて、いろいろ見てきた。太陽は西の空にとまって、しだいに大きくなり、その動きもますますゆるくなり、おとろえた地球から生命が次々に姿を消していった。遂に、三千万年以上も行くと、太陽は巨大な灼熱（しゃくねつ）の屋根のようになって、暗い空の十分の一近くをおおっていた。そこで、もう一度降りてみると、あのたくさんはいまわっていた化けガニどもはすっかり姿を消し、赤い浜には緑の濃い苔や地衣類だけがはびこっていて、他にはなんの生命も見当らなかった。雪が白くまだらにおいていて、寒さが身にしみた。たまには雪がちらつき、北東の方を見ると、鉄色をした星空の下に白々と雪原が広がり、うねうねとつづく丘の頂が桃色に光っていた。波打ちぎわには氷が張り、沖には氷塊がただよっていた。しかし、海は、沈まない太陽の下で、血のように赤く、まだ凍りついてはいなかった。

　どこかに、生き残っている動物の痕跡（こんせき）はないかと見まわしてみた。なんとなく気がかりで、機の座席にすわったままでいたのだ。だが、天にも地にも海にも、動くものは何も見えなかった。岩にこびりついている緑色だけが、わずかに、生命の絶滅していないことを示していた。潮が引いて海の中に浅い砂地が現われた。その砂地で、何か黒いものがとびはねたように思ってよくみると、動かなくなった。僕の目の誤りで、その黒いものは岩にすぎなかった。空の星は、ひどく明るく、ほとんどまたたかないようだった。

　ふと気づくと、西空の太陽の丸い輪郭が形を変えていた。円の一端が凹（へこ）み、その曲線にくぼみができていた。それがだんだん大きくなる。しばらくの間、僕はあっけにとられて、太陽の上におおいかぶさる、その黒いくぼみを見つめていた。やがて、日食が始まったのだと気がついた。月か水星が太陽の面（おもて）を横切るはずだ。むろん、初めは月が通るものと思ったが、だんだんに、僕の目に映ったのは、地球のごく近くを、地球より太陽に近い内側にある遊星が通過するのが見えたのだった。

あたりがだんだん暗くなり、東から冷たい風が強く吹きはじめ、吹雪が激しくなった。海の岸が波立ち、さわぎはじめた。その生命のない音のほかは、まったく沈黙の世界だった。沈黙といってもとても、言い表わしようのない沈黙なのだ。人声、羊の啼声、鳥のさえずり、虫の音、それら、僕らの生活の背景をなす、すべてのざわめきが――みんな消えてしまっているんだ。暗さが深まり、舞う雪も激しくなって、僕の目の前で踊り、寒さがいっそう酷しくなった。しまいには、遠くの白い丘が、次々に、ひとつずつ、すみやかに闇にのまれていった。そよ風もうなりをたてるように強くなった。日食の真黒な本影が、僕の方へ迫ってきた。次の瞬間、見えるのは青白い星だけになってしまった。他のものはみんな、まったく光りのない黒一色になった。空も真黒になった。

この深い暗さが、僕を恐怖におとし入れた。寒さは骨をさすし、呼吸するたびに胸が痛むので、僕はすっかり参った。がたがたふるえ、ひどく目まいがしてきた。やがて、灼熱の弓のような、太陽のふちが空に現われてきた。僕は元気をつけるために、機械からおりた。目まいがして、帰りの航行もおぼつかなかった。不快な混乱した気分で立っていると、またしても、浅瀬を動きまわる生物が見えた――まぎれもなく動く生物なのだ――海の赤い波を背にしてね。それは、フットボールほどの大きさの球いもので、それより少し大きいかもしれないが、触手が何本か、たれ下がっていた。血のしたたるような赤い海のうねりの中で、真黒に見え、ひょいひょい跳ねまわっていた。じきに、僕は気が遠くなりそうになった。だが、遠く離れた土地の恐ろしい薄明りの中に、頼りもなく身を横たえていることが、ひどくこわかったので、ほうほうの体で座席によじ登った。

十二

こんなふうにして、僕は戻って来たのだ。かなり長い時間、機上で失神していたらしい。またたくように見えていた昼と夜の交替が光りに戻り、黄金の陽が輝き、空も青くなった。僕は、ずっと楽に呼吸できるようになった。大地の輪郭が、潮の干満のように変動した。文字板の針が逆転した。とうとう、また、ぼんやりと家々のかげが見えてきた。あの、人類の末期に戻ってきた証拠だ。それらも、さっと消え去り、また別のものが現われた。百万日計の文字板の針がゼロになったとき、すぐに速度を落とした。おなじみの建物が小さく見え始め、千日計の針が起点に戻ると、昼と夜の交替がしだいにのろくなった。やがて、僕の研究室の古壁がまわりに見えてきた。そこで、静かに、機械の速度を落とした。

ちょっとしたことだが、妙に思えるものを見た。前にも出発の模様を話したと思うが、速力をぐんと上げる前に、家政婦のウォチェットさんが、部屋を横切って歩いてくるのが、まるでロケットが飛ぶように見えた。ところで、帰って来てみると、彼女が研究室を横切っているところへ、また、ぶつかった。だが今度は、彼女の行動は、すっかり前の逆なんだ。研究室のつき当りのドアが開き、彼女が静かに後ろ向きにはいってきて、前の時にはいってきたドアの後ろに姿を消した。そのちょっと前に、召使いのヒリヤーを、ちらっと見かけたようだったが、彼は電光のように消え去った。

やがて機械を停めて見ると、僕はまた元のなつかしい研究室にいた。道具も、装置も、僕が出ていったときのままだった。よろめきながら機械から降りて、長椅子に腰をおろした。数分間、激しく震えていた。やがて、それもおさまった。見まわすと、また元の仕事場で、それもまったく元どおりだった。僕はそこで眠りこんで、今まで話したすべてのことは、夢を見ていたのかもしれない。

だが、すべてが正確に元どおりではなかった！　タイムマシンが出発したのは研究室の南東の隅からだが、帰ったいま、それは北西の壁に向いている。君たちがあれを見たときの反対側の壁にね。それは、僕が未来世界で着陸した芝生と、モーロックどもがタイムマシンを隠した白いスフィンクスの台座との距離と、まさに同じなんだよ。

しばらく頭がぼやけていた。やがて、立ち上がり、足を引きずりながら廊下を通ってここに現われたわけだ。かかとがまだ痛むし、からだじゅうほこりまみれのような気がする。ドアのそばのテーブルにペル・メル新聞がのせてあった。日づけはまさに今日だし、時計を見ると八時近くだ。君たちの声も、皿の音も聞こえた。僕は少しためらった――ひどく気分が悪いし、疲れていたからね。やがて、おいしそうな肉のにおいがするので、ドアをあけてやってきたのさ。あとは君らの知ってるとおりだ。からだを洗い、食事をとって、君たちに話して聞かせてるんだ」

「この話がみんな、君たちには」とタイム・トラヴェラーはひと息入れて「おそらく、全然信じられないだろうな。だが僕にとっては、今夜こうして、なつかしい部屋で、親しい君たちの顔を見ながら、こんな稀(めず)らしい探検談を話して聞かせているのが、とても、信じられないことなんだ」

タイム・トラヴェラーは医者の顔を見て「わかってるよ。君に信じてもらえるとは思わないよ。嘘にしておきたまえ——それとも予言としといてもいい。僕が研究室でその夢をみたのだと言ってもいいし、人類の未来の運命を予想するあまり、こんな作り話をでっち上げたのだと考えてもいい。僕がこの話が真実だと主張するのも、単に興味を高めるための技巧だととってもいい。これが作り話だとしても、この話を、君たちは、どう思うね」

タイム・トラヴェラーは、なれた手つきで、パイプを取り上げ、炉格子の鉄わくを、神経質に、こつこつとたたきはじめた。少しの間、みんなしんとしていた。やがて、椅子が軋(きし)り、靴で敷物をこする音がしはじめた。僕はタイム・トラヴェラーの顔から目を移して聞き手の顔を見まわした。みんな陰の方にいて、目の前に炉の火が小さくゆれていた。医者は、夢中になって、亭主の顔色を見ているようだった。編集長は自分の葉巻の先をじっと見つめていた——六本目の葉巻だった。他の連中は、僕の覚えている限りでは、身動きもしなかった。編集長が立って、ため息をして「君が小説家でなくて、本当に気の毒だな」と言い、タイム・トラヴェラーの肩に手をかけた。

「君も信じないのかい」

「まあね——」

「そうだと思ったよ」

タイム・トラヴェラーは僕らの方を向いて「マッチはどこかね」と言い、マッチの火をつけ、パイプを吸いつけてから吹き消した。

「実を言うと——自分でも信じられないぐらいなんだ——だがね——……」

タイム・トラヴェラーは目を落として、何か自問するかのように、小さなテーブルの上のしなびた白い花を見つめた。それから、パイプを持っている手を反えすと、指のつけ根の半分癒りかけている傷痕を、じっと見つめた。

医者が立って、ランプのそばへ行き、しおれた花を調べて「雌しべが変わってるな」と言った。心理学者も前へ乗り出し、手をのばしてその花を一本取って見た。

「驚いたな、もう一時十五分前じゃないか。どうやって家へ帰ろう？」と、新聞記者が言った。

「駅前に、辻馬車がたんとあるさ」と、心理学者が言った。

「こりゃ変わった花だ」と、医者が「植物学上、どんな分類にはいるのか、さっぱりわからない。もらってもいいかね」

タイム・トラヴェラーが、しばらくためらってから、不意に大声で「むろん、いけないよ」

「本当に、どこからとってきたのかね？」と、医者がきいた。

タイム・トラヴェラーは額に手を当てていた。そして、逃げ出しそうな考えを引きとめるかのような口ぶりで話した。

「それは、ウィーナがポケットに入れてくれたものなんだ。僕が時間航行の旅をしている時にね」と、室内を見まわして「これが現実のことでないなんてことがあるもんか。この部屋も、君たちも、この日常的な雰囲気も、はっきり覚えていて、忘れられないほどだ。僕はタイムマシンも、その模型も作らなかったとでも言うのかい。みんな夢にしかすぎないとでも言うのかい。人世は夢、時としては、貴重なはかない夢だと言うが——しかし、そんな言葉に当てはまらない夢だって、なくっちゃたまらないよ。これは正気ではないかもしれないな。でも、いったいどこから、あんな夢が来たんだろう。……タイムマシンを見てこなくちゃならない。本当にあるか、どうかをね」

タイム・トラヴェラーは、すばやくランプを取り上げ、それを持って、赤い炎をちらつかせながらドアを抜けて廊下へ出た。みんなで従いて行った。ランプのゆらめく光りに照らされて、タイムマシンは、たしかにあった。ずんぐりと不恰好で、横を向いていた。真鍮と黒檀と象牙と、透明に光る石英でできたものだ。触ってみると堅い――僕は手をのばして、その手すりに触ってみた――象牙には茶色のしみや汚れがついていたし、機の下の部分には草や苔が少しこびりついていたし、片方の手すりがひどく曲がっていた。

タイム・トラヴェラーは、ランプを床に置いて、いたんだ手すりを撫でながら「さあ、これではっきりした」と言った。「君たちに話したことは本当だったんだ。君たちを、こんな寒いところへ連れて来てすまなかったね」と、ランプを取り上げ、そして、みんなひどく黙り込んだまま喫煙室に戻って来た。

タイム・トラヴェラーは僕らをホールに送って出て、編集長が外套を着るのに手をかした。医者が彼の顔をじっと見て、ためらいがちに、過労じゃないかと言うと、彼は大声で笑った。彼が玄関口に立って、腰をかがめて、おやすみと言ったのを、僕は、はっきり覚えている。

僕は編集長と同じ馬車に乗った。彼はタイム・トラヴェラーの話を『見えすいた嘘』と思っていた。僕自身は、どっちとも決めかねていた。話はとっぴで信じられないようなことだが、その話し方は非常に真面目で本当らしかった。僕は一晩中、話のことを考えて、ほとんど眠れなかった。それで、その次の日に行って、タイム・トラヴェラーに、もう一度会うことにした。

訪ねてみると、研究室にいるということなので、僕は出入自由の仲なので、すぐ行ってみた。ところが、研究室はからっぽだった。僕はタイムマシンをしばらく眺めてから、手をのばして操縦レバーに触ってみた。すると、いきなり、そのずんぐりして不恰好な機械は、風にゆれる枝のようにゆらいだ。その敏感さにひどく驚いて、妙なことに、子どものころいつも、ものをいじってはいけないと叱られたことを、ふと、思い出した。僕は廊下を通ってもどって来た。そして、喫煙室でタイム・トラヴェラーと会った。彼は住居の方から出て来たところだった。片手に小型カメラを、片手に旅行袋をぶら下げていた。顔が合うと、にっこり笑って、握手代わりに肘(ひじ)を出しながら「ひどく忙しいんだ」と、彼が「なにしろ機械(あいつ)があるもんだからね」

「だが、あれはいたずらじゃなかったのかい」と、僕が「君は本当に時間航行をやったのかい」

「本当さ、間違いなしに飛んだんだ」

そう言って、まともに僕の目を見つめた。そして、ちょっとためらってから、きょろきょろと部屋を見まわして「僕は三十分ばかり欲しいんだよ。君が来てくれたわけがわかる。よく来てくれたね。雑誌でもみてててくれないか。もし昼食まで待っていてくれれば、時間航行のことを、すっかり教えるよ。何から何までね。ちょっとだけ君を置き去りにしてもいいかい」

僕は承知した。その時には彼の言葉の真意が汲(く)みとれなかった。彼は、うなずいて廊下を去って行った。研究室のドアがぴしゃりと閉まるのを聞いて、僕は椅子に腰をおろし、日刊紙を取り上げた。昼食前に、あの男は何をするつもりなんだろう。その時、ふと広告をみて、午後二時に出版社のリチャードソンと会う約束があったのを思い出した。時計を見ると、その約束にぎりぎりの時間しかないことがわかった。僕は立ち上がると廊下を歩いて、タイム・トラヴェラーに、そのことをことわりに行った。

研究室のドアの把手に手をかけたとたん、叫び声が聞こえた。妙に尻切れとんぼで、あとに、かちっという音と、どさっという音がつづいた。急いでドアを開けると、さっと一陣の渦まく風が僕をつつみ、部屋の中から、こわれたガラスが床にちらばる音がした。タイム・トラヴェラーの姿はなかった。黒と真鍮色の物体が激しく回転する中に、幽霊のようにぼやけた姿がすわっているのが、しばらく見えていたようだった——その姿はまったく透明で、渦の向こうの長椅子も、その上の設計図の所もはっきり透けて見えた。だが、その幻のような姿は、僕が目をこすっている間に消え失せてしまった。タイムマシンもなくなっていた。研究室の向こうの一角は、舞い上がったほこりが落ちてくるばかりで、まったくのからっぽだった。天井の明りとりの窓ガラスが一枚、風の力で吸いこまれたらしかった。

僕はなんとも言えぬ驚きに打たれた。何か異常なことが起こったのはわかったが、それが何かは、さっぱり見当がつかなかった。あきれて立っていると、庭に通じるドアがあいて、召使いの男が顔を出した。

ふたりは顔を見合わせた。そのとき、僕はふと思いついて「旦那様は、外へ出て行かれたかね」と、きいた。

「いいえ、お客様、どなたもこちらからお出にはなりませんでした。旦那様がこちらにいらっしゃると存じまして」

それですべてがわかった。出版社のリチャードソンをがっかりさせるとは思ったが、僕はそこで、タイム・トラヴェラーを待つことにした。おそらく前よりも奇怪な話と、写真や標本も持ってくるかもしれないと心当てにしながら。だが、今では、一生待たなければならないのではないかと心配しはじめている。タイム・トラヴェラーは三年前に姿を消したきりだ。そして、今では誰でも知っているように、タイム・トラヴェラーは、それきり戻って来ないのだ。

結び

僕らはただ驚くばかりだ。タイム・トラヴェラーは戻って来ることがあるだろうか。今度は彼は過去の世界に逆戻りして旧石器時代の血に飢えた毛むくじゃらな未開人の中に降りたのかもしれないし、白亜紀の深海にはまったかもしれないし、ジュラ紀の大トカゲや奇怪な爬虫類（はちゅうるい）のまっただなかに落ち込んだかもしれない。今ごろは——今という言葉を使っていいなら——長頸竜（プレジオザウルス）のうろつく魚卵状石灰岩（オーアリティック）（ジュラ紀の地表層）のサンゴ礁か、三畳紀の淋（さび）しい塩湖のほとりを、さまよい歩いているかもしれない。あるいはまた、未来に向かって、この前よりもっと近い未来世界のひとつに行ったのかもしれない。そこでは、人類はまだ現在の人類とさほど変わらないが、現在もわれわれが抱えている多くの謎が解かれ、面倒な問題が解決されているかもしれない。それは人類が大人になった時代だ。僕に言わせれば、現代は、まだ実験不足で、理論も断片的で、たがいにてんでんばらばらで、これではとても、人類が成熟期に達したとは思えやしない！　ただし、これは僕の考えだ。彼の意見は、僕も知っているが——それは、タイムマシンが作られるかなり前に、この問題を二人で論じ合ったことがあったからだが——彼は人類の進歩を悲観的にしか考えていなかった。そして、文明の蓄積は、愚かな建造物にすぎず、いつかは崩壊して、その建造者を退廃せしめずにはおかないものだと言っていた。もしそうなら、僕らは、それに気づかないふりをして生きていくより他はない。だが、僕はそうは考えない、人類の未来はまだまだ暗黒であり、空白だと思う——つまり、広大な未知の世界だと思う。タイム・トラヴェラーの思い出話が僕らに教える点はほんの二、三の思いつきの面にしかすぎない。だが、うれしいことに僕の手許には、タイム・トラヴェラーのポケットにはいっていた、あの不思議な白い花が二つある——今はすっかりしおれて茶色になり、ぺちゃんこでぼろぼろになりそうだが——この花こそ、たとえ人類の英知と力が失われるような日が来ようとも、感謝の念やたがいに慕い合う情(こころ)だけは、なお人間の心臓のどこかに生き残るということの証拠なのだ。

盗まれた細菌

「これも、また」と細菌学者が、ガラス盤を顕微鏡の下にさし込みながら「立派なコレラ菌の標本です――コレラの病原菌です」

青白い顔の男が顕微鏡をのぞきこんだ。みるからに、そんなことには不慣れで、しなやかな白っぽい片手であいている方の目を押えてのぞき「ほとんど、見えません」と、言った。

「このねじを動かしなさい」と、細菌学者が「きっと、顕微鏡の焦点がはずれているのでしょう。視力はみんなまちまちですからね。こっちか、あっちへ、ちょっと回してごらんなさい」

「ああ、見えました」と、客が「やはり、そんなによくは見えませんがね。細かい、ピンク色の線か糸みたいですね。しかも、こんなちっぽけな分子が、こんな原子が、とてつもなく増えて、大都市を絶滅させるなんて！　実に不思議だ！」

客は立って、顕微鏡からガラス盤をはずし、手に持って窓のところへ行き「ほとんど見えない」と、標本をすかし見て、こわごわ「こいつらは――生きてるんですか。今でも、危険性があるんですか」

「その菌は染色をされて、死んでいます」と、細菌学者が「僕としては、全宇宙のコレラ菌を一匹残らず殺して、染色してやりたいもんですよ」

「きっと」と、青白い男が、かすかにほほえみながら「あなたは、こんなものを生きたまま持ちまわっても気になさらんでしょうね――菌が活動力をもっている状態でも」

「とんでもない、止むを得ずですよ」と、細菌学者が「たとえば、これですがね――」と、部屋を横切り、口が密閉してある五、六本の試験管のうちの一本を取り上げて「これは生菌です。

菌です」

青白い男の顔に、かすかな満足の色がちらりと浮かんだ。「あなたの所有物の中で、手を触れると一番恐ろしいものですね」と、相手は両眼を皿のようにして、その小さな試験管を、むさぼるように見ていた。細菌学者は相手の表情に、病的な喜びの色があるのを見てとった。その日の午後、旧友の紹介状を持って訪ねて来たこの男が、自分たちとあまりにも対照的な性格なので、細菌学者はおもしろがっていた。髪は黒くて縮れがなく、目は深い灰色で、やつれた顔つき、神経質な身のこなし、発作的でしかも鋭い関心の示し方、それらは、いつも一緒に仕事している普通の科学者たちの、冷静で慎重な態度を見なれている細菌学者にとっては、目新しいものだった。死を招くような性質の話題に対して、明らかに、ひどく感受性の強そうな聞き手を前にしては、細菌学者が、その問題を最も効果的にしようとしたのも無理はないだろう。

細菌学者は試験管を手に持って、用心深そうに「ええ、ここに伝染病が閉じ込められていますよ。こんな小っぽけな試験管でも、こわして給水施設の中にぶち込むだけでいいんです。そして、命令するんですな、この微細な生命の分子にね。人はそいつらを見つけるだけでも、染色し、最も強力な顕微鏡で検出しなければならないんですよ。それに、無味、無臭です——そいつらに命令してごらんなさい。『さあ行け、増えろ、無数になれ、そして貯水池に満て！』とね。そうすれば死が——奇怪な、手がかりのない死が、急激な恐ろしい死が、苦しみに屈辱に満ちた死が——解放されてこの市に襲いかかり、犠牲者を求めて、あちこち走りまわるでしょうよ。そして、ここでは妻から夫を、ここでは母から子どもを、ここでは政治家をその職務から、そしてここでは悩める者をその悩みから奪うでしょうね。また、水道管をたどって、町々に匍(は)いこみ、飲み水を煮沸しないあちらの家へ忍び込み、こちらの家へ押し込み、ミネラル飲料の製造元の井戸にすべり込み、サラダに流し込まれ、氷菓子にもぐり込んで寝ているでしょうよ。また、馬の水飼場にはいり込み、公衆水飲み場に隠れて、家畜や不注意な子どもたちにやすやすと飲まれるように待機しているでしょう。地にしみ込み、何千もの思いがけない場所の泉や井戸に姿を現わします。菌がひとたび給水施設にはいり込んだら、われわれが捕えて縛りつけるまでに、大都市の人口の十分の一は殺してしまうでしょうね」

細菌学者はふと、口をつぐんだ。大言壮語が欠点だといわれている男だった。

「だが、ここではまったく安全ですよ、おわかりでしょう――まったく安全です」

青白い顔の男が、うなずいた。その目が光っていた。そして、せき払いして言った。

「この無政府主義者(アナーキスト)の――悪党どもは馬鹿だ、まる馬鹿だ――そんなことをしようと思ったら、爆弾を使えば造作もない。僕の考えでは――」

ドアに、やさしいノックが、爪の先でちょっと触るような軽いノックが聞こえた。細菌学者がドアを開けた。

「ちょっと、よろしくて、あなた」と、学者の細君がささやいた。

学者が、また研究室に戻って来たとき、客は懐中時計を見ていた。

「一時間もお邪魔するなんて思いがけませんでした。もう四時十分前です。三時半においとまするはずでしたのに。しかし、あなたのお仕事に本当に興味があったものですからね。いや、もうどうしてもおいとましなければなりませんよ。四時に約束があるものですからね」

客はくどくどと礼を述べながら部屋を出た。細菌学者はそれを玄関まで送り、何か考えながら廊下を研究室の方へ戻って来た。客がどんな人間かを考えていたのだ。たしかに、あの男はチュートン人の型ではないし、普通のラテン系でもない。

「どっちにしても、どうも病人くさいな」と、細菌学者は、ひとりごとをいい「実にうれしそうに、培養病原菌を見ていたなあ!」

ふと不安を感じた。急いで、蒸気消毒器のそばの長椅子へ行き、それから、すぐに書きもの机に行き、あわててポケットを捜しまわり、ドアへ走り寄った。「ホールのテーブルに置いたかもしれないな」と、つぶやいた。

「ミニー」と、けわしい声で、ホールから、どなった。

「はーい」と、遠くで細君の返事がした。

「いまがた、君と話したときに、僕は何か持ってやしなかったか」

しばらく間があった。

「いいえ、あなた。たしかに覚えてるわ――」

「大変だ!」と、細菌学者は叫び、とりあえず表ドアへ駆けつけ、家の階段をかけ降りて通りへと飛び出した。

ばたんと激しくドアが閉じる音に驚いてミニーは窓へ駆け寄った。見ると下の通りで、やせた男が馬車に乗り込もうとしていた。細菌学者は無帽でラシャのスリッパのまま、走りながら、その男に、夢中になって手ぶり身ぶりで、何か言っていた。片方のスリッパが脱げたが、放ったらかしだった。

「気が狂ったのかしら！」と、ミニーが「危険な仕事をしているから」と、言いながら、窓を開けて、夫に大声をかけようとした。やせた男は、いきなりふり向き、やはり学者が気が狂ったと思ったらしい。そして、あわてて細菌学者の方を指さしながら御者に何か言った。すると、馬車の前板がぴしゃりとしまり、鞭がぴゅっと打ちおろされ、馬の蹄がぱかぱかと鳴り出し、狂人のように追いかける細菌学者をとり残して、馬車の姿は往来を遠ざかり、角を曲がって見えなくなった。

ミニーは、しばらく、かたくなって窓から首をつき出したままでいた。やがて、首をひっこめた。黙りこんでいた。

「むろん、あのひとは変わり者だけど」と、ミニーは考えた。「でも、あんな恰好でロンドンを駆け回るなんて――この人の出盛る季節にさ――しかも、スリッパで！」

ミニーは、うまい考えが浮かんだ。急いで、ボンネット（つばの広い婦人帽）をかぶり、靴をつかむと、ホールへ行き、夫の帽子と間コートを釘からはずして取り、窓際の階段の上に姿を現わすと、運よく通りかかった馬車を大声で呼びとめた。

「この道をやって、ハヴェロック広場へまわってちょうだい。ビロードの上衣で、帽子もかぶらずに駆けている紳士を見つけるのよ」

「ビロードの上衣で、帽子なしですね、奥様。合点です、奥様」と、御者は、すぐに、まじめくさって鞭をくれた。まるで、毎日いつもこの道を命じられて馬車を走らせているかのようだった。

それから二、三分後に、ハヴァストック・ヒルの御者だまりにいた五、六人の御者と浮浪人

ども は、車輪の赤い一頭立ての馬車が、狂ったように走り過ぎるのをみて、びっくりした。

連中は馬車が駆けすぎ、姿が見えなくなるまであきれて黙っていた——「ありゃ、ハリー・アイクスじゃねえか。どうしたってんだ？」と、トートルズおやじと呼ばれている、がっちりした男が言った。

「懸命に鞭をくれて速度を落とそうとしてたぜ、あいつ」と御者だまりの下働きの男が言った。

「なんと！」と、貧弱なトミー・バイルズじいさんが「また、花どきの狂人がひとり出たかい。ぶっつけなきゃいいがな」

「やあ、ジョージの奴」と、トートルズおやじが「あいつも、お前さんの言う、狂った走りをやるらしいぜ。あいつ、車から、おっぽり出されなけりゃいいが。ハリー・アイクスを追っかけるつもりかな」

御者だまりにいた連中が、色めき立った。そして、いっせいに声を合わせて「しっかりしろ、ジョージ！　レースだぞ！　勝つんだぞ！　そら行け！」

「お客は女だったぜ、たしかに」と、下働きの男が言った。

「こりゃ目が回るなあ」と、トートルズおやじが大声で「おい！　すぐ賭けをはじめようぜ。そら、次のがやって来るぞ。ハンプステッド中の馬車が気が狂ったんじゃないかな、今朝は」

「今度のは穴馬だぜ」と、下働きの男が言った。

「男のあとを追いかけとるんだな」と、トートルズおやじが「大抵はぐれちゃう」

「あの女、手に何か持ったぞ！」

「すっ飛ばしてるようだぜ」

「なんて、うかれ者だ！　ジョージに三対一といこう」と、下働きの男が言った。「またまた！」

ミニーは、どっとはやしたてられながら、その前を通り過ぎた。こんなことは好きではなかったが、自分の役目を果たすことだけを考えて、ハヴァストック・ヒルからカムデン・タウンの本通りへと、馬車をとばして行った。そして、理由もなく彼女から逃げ出した気まぐれ亭主を乗せていく御者ジョージの踊り上がる後ろ姿を見失うまいと目をこらしていた。

先頭の馬車に乗っている男は、座席の隅にうずくまるように腰掛け、両腕をしっかり組んで、巨大な破壊力をつめこんだ例の小さな試験管を手に握りしめていた。心はただ喜びと恐れが、やたらに、入りまじっていた。目的を貫徹する前に逮捕されはしまいかという心配が、しきりにした。しかし、もっと心の奥には、自分の罪の恐ろしさに対する恐怖心が、漠然とだが、かなり大きくわだかまっていた。しかし、喜びの方が、恐怖心を、はるかにしのいでいた。自分より前に、こんな計画を思いついた無政府主義者は、だれひとりいない。ラヴァコールやヴァイアン（一八四〇—一九一五。フランスの社会主義革命家。マルクスの友）など、彼がその名声をうらやましく思うような革命の偉人たちも、いまに、みんな、彼に比べれば、つまらない小者になってしまうのだ。それには、給水施設をたしかめ、この小さな試験管をこわして、貯水池にぶち込みさえすればいいのだ。すばらしいじゃないか、自分で計画をたて、紹介状を作り、うまうまと研究室にはいり込み、そして、うまくチャンスをつかんだことだ！　世界中の奴らは、最後までおれのことなど、知りゃしないだろう。おれを馬鹿にした奴、おれに目もくれなかった奴、おれよりすぐれていた奴、おれとつき合うのをきらった奴、みんな最後には思い知るんだ。死だ、死だ、死だ！　連中はみんな、いつもおれをつまらない男として扱っていたんだ。世界中がみんな力を合わせて、おれを見下していたんだ。奴らに、孤独の男がどんなものか、思い知らせてやるんだ。この見なれた通りはどこかな。そうだ、グレート・セント・アンドリュース通りだな、もちろん。追跡者をどのくらい離したかな。男は馬車から首をのばした。細菌学者は五十ヤードばかりおくれていた。まずいな。まだ、捕まって、停められそうだぞ。男はポケットをさぐり、半ポンド金貨をみつけ出した。それをつかむと、馬車のてっぺんのはねあげ戸から、御者の鼻先につき出して、「もっと速く」と、叫んだ。「逃げおおせたら、やる」

金貨はひったくられた。「ようがす」と、御者は言い、ぴしゃりと、はねあげ戸を閉めると、汗で光っている馬のわき腹に、ひと鞭くれた。馬車がゆれた。それで、はねあげ戸の下に中腰で立っていた無政府主義者は、からだのバランスを保つために、例の小さなガラスの試験管を持っている手を、馬車の前板にかけた。ぴしっとものこわれる音を感じたと思うと、割れた半分が、こつんと馬車の床に落ちた。男は口ぎたなくののしりながら、がっくりと座席に倒れこんで、陰鬱な目で、前板についている二、三滴の露みたいなものを見つめていた。がたがたと震えた。

「しまった！　いの一番の先駆者になってやろうと思っていたのに！　チェッ！　どうしても、主義の殉教者になってやろうと思っていたのに！　こんなことになろうとはついていないな。おれは、やっぱり、こんな小汚ない死に方をする運命なのか。でも、こいつは、世間でも言うほど、害があるもんだろうか」

突然、ある考えが湧いたので――男は両足を広げて馬車の床にかがみ込んだ。こわれた試験管のはしに、まだ、小さな細菌の雫がついていたので、効き目をためすために、男は、それを飲みこんだ。コレラ菌の効き目はためすまでもない。どうしたって、失敗しようがないのだ。

　もう、細菌学者から逃げ出す必要がなくなったことが、やっとわかってきた。ウェリントン通りで、馬車を停めるようにと、御者に命じて、馬車を降りた。馬車の踏み台で足がすべり、頭が妙にくらくらした。それは、コレラの毒性の、すばやい効き目だった。男は御者に手を振って、行っちまえというように合図し、胸に腕を組み、細菌学者の追いつくのを、歩道に立って待っていた。その姿は何か悲愴なものだった。差し迫った死の観念で、男は一種の威厳を取り戻していた。そして、追っ手の細菌学者に、悪魔のような笑顔で挨拶した。

「無政府主義万歳！　手おくれだよ、君。飲んじまった。コレラが広がるぞ！」

　細菌学者は馬車の中から、眼鏡越しに、妙な顔で男にほほえみかけた。

「飲んじまったって！　無政府主義者だって！　それでわけがわかった」

　細菌学者は、もっと何か言いかけたが、おさえてしまった。微笑がまだ唇の隅に残っていた。細菌学者は馬車の前板を開けて降りようとした。それを見ると、無政府主義者は、いかにも劇的に別れの手を振って、ウォーターロー橋の方へ大股で歩み去り、自分の感染したからだをできるだけ多くの人に触れないように用心深く人ごみを分けて行った。細菌学者は、その男の姿に、すっかり気をとられていたので、妻のミニーが、彼の帽子と靴とコートを持って歩道に現われたのを見ても、さらに、驚いた様子を示さなかった。

「ありがとう、僕のものを持って来てくれて」と言っただけで、あきれて、無政府主義者の遠ざかる姿を目で追いながらもの思いにふけっていた。

「お前も乗ったほうがいいよ」と、細菌学者は言って、まだ去り行く男の方を見つめていた。

ミニーは、今や夫が本当に気が狂ったものだと、かたく信じ込み、自分の裁量で、家へ帰るようにと御者に命じた。

「靴は、はいたね。そうだね、お前」と、馬車が回りはじめ、今はもう遠く小さくなったあの男の肩をいからせて行く黒い姿が見えなくなったときに、夫が言った。それから急に、何かとてもおかしなことを思い出したらしく、けらけら笑い出した。そして言った。

「ともかく、とても大変なことさ。いいかい、今日、家に、僕に会いに来た男は、ありゃ無政府主義者なんだよ。いや――気を失わないでおくれ。さもないと後が話せないからね。ところで、僕はあの男を驚かせようと思ってね。まさか無政府主義者とは知らないもんだから、君にも話したあの新種のバクテリヤの培養した奴をとって、冗談にアジアのコレラ菌だと言っちまったのさ。なに、ありゃ、いろんな猿に青あざをつくる原因だと僕が考えている例の皮膚病の菌にすぎないよ。ところが、あの男は、それを持ち逃げしたんだ。ロンドンの水道に毒を入れるつもりでね。きっと、あの男はこの文化都市を、さんたんたるものにしようと企《たく》らんだろうな。ところで、どうだ、それをあの男、自分で飲んでしまった。むろん、どんなことが起こるかわからないが、お前も知ってる通り、ありゃ、子猫一匹と、子犬二匹に、青いあざをつけ――雀を――明るい青い色にしただけだよ。だが、厄介なのは、あの標本をもっと作るのに金もかかる、骨も折らなきゃならないことさ」

　この暖い日にコートを着ろというのかい。なぜだね。そうか、ジェーバー夫人に出会うかもしれないからか。ねえ、お前、ジェーバー夫人は、涼風ってわけじゃあるまいしさ。だから、あの夫人に会うからって、何も、こんな暖い日にコートを着なくても——？　おお、わかった。

よし。わかった。

深海潜航

中尉は大きな鉄の球体の前に立って、パイナップルの一片をかじりながら「君はどう思うかね、スティーヴンス」と、きいた。

「それも、ひとつの考え方ですね」と、スティーヴンスは、いつも公平な男らしい調子で答えた。

「ぶち当って――ぺちゃんこになるな、きっと」と、中尉が言った。

「その点は、みんな、うまいこと計算されているようですよ」と、スティーヴンスは、まだ、味方にならなかった。

「だが、水圧を考えて見ろ」と、中尉が「水の表面で一平方インチにつき十四ポンド、水深三十インチでその二倍だ。六十インチで三倍、九十インチで四倍、九百インチで四十倍、五千三百インチ――つまり一マイルだと――十四ポンドの二百五十倍だ。つまり――そうだな――三十ハンドレッド・ウェイトだから――一トン半になるぞ、スティーヴンス。一平方インチ当り一トン半だぞ。しかも、この艇がもぐろうとしてるのは、水深五マイルなんだ。つまり、七トン半には――」

「大変な数ですね」と、スティーヴンスが「しかし、こんなに厚い鋼鉄ですからね」

中尉は何も答えずに、パイナップルを食べていた。二人の話題になっているのは、大きな鋼鉄の球体で、外側の直径がほぼ九インチはある。恰好は昔の巨砲の弾丸のようだった。それは艦の両舷の間に組み立てられた大きな足場の上に、うまく乗せてあった。太い円材が、いつでも、それを艦から海へ吊りおろせるようになっていた。その装置のために、その艦の船尾はちょっとした見ものだった。それを見た船乗りたちは、つつましい男でも、ひとり残らず好奇心を搔き立てられて、ロンドンのプール（ロンドン橋から下のテムズ川）から、南回帰線までの港という港で、それが大評判になっていた。

鉄の球体には二か所、鉄をくりぬいて、すごく厚いガラスをはめた一組の丸窓が、上下になってついていた。そのひとつ、頑丈な鉄のわくにとりつけられてある方の窓の一部が、開かれていた。中尉とスティーヴンスのふたりは、その朝はじめて、この球の内部を見たのである。艇内は巧みにエア・クッションが当ててあって、ふくらんだクッションの間に、簡単な機械の操作をするための小さな把手がいくつも植え込んであった。何もかも精巧にエア・クッションが当てられていた。ガラス窓の口から、艇内にもぐり込んで、閉じこめられている乗組員の呼吸のために、空中の炭酸ガスを吸収して酸素に変えるマイヤース装置にまでエア・クッションが当ててあった。人間が大砲で撃ちこまれてもまったく安全なほどエア・クッションがうまく当ててあった。また、その必要がある、というのも、人間がガラス窓の口からもぐり込むとすぐ、しっかり窓をしめられ、艦から海へ投げ出されて沈んでいく——下へ——下へ、中尉のいう五マイル以上も深く沈むのだから。そのことが、中尉の念頭にこびりついていて、中尉をひどくやかまし屋にしていた。それで、新入りの水兵、スティーヴンスをつかまえて、天のたまものとばかり、くどくど、そのことを話すのだった。

「僕の考えでは」と、中尉が「あんなガラスなんか、あの程度の水圧のもとでは、簡単にゆがみ、ふくらんで、粉々になっちまうさ。ドーブレは高圧のもとで、石を水のようにとかしてみせたからね——それで、君は僕の言葉を聞いてるのか——」

「もし、ガラスがこわれたら」と、スティーヴンスが「その時は、どうなりますか」

「水がどっと流れ込むよ、鉄の噴射のようにね。君は高圧で真直ぐに噴出する水に触ったことがないだろう。弾丸のような硬さでぶつかるぜ。人間なんか、ぶち当ったら、ぺちゃんこにしちまうだけさ。のどを押し破り、肺に押し込み、鼓膜を吹っとばす――」

「なんと、細かいところまで想像しますね！」と、スティーヴンスが、話の情景を生々しく目に浮かべながら、やり返した。

「避けられない点だけを話しているのさ」と、中尉が言った。

「この球体はどうなりますか」

「二つ三つ泡を吹くだけだろうね。そして、海底の泥やぬかるみの中に沈み込んで、神のさばきの日まで、のうのうと鎮座ましますだろうよ――あわれなエルステッド君が、つぶれた自分のクッションの上にのびることになるな、パンにつけたバターみたいにさ」

中尉は、好きでたまらないというふうに、自分の言葉をくり返した。「バターをつけたパンみたいにな」

「そいつを見たってのかね、大将」と、声がして、エルステッドが二人の間に割り込んで来た。真新しい制服で、シガレットを口にくわえ、広い帽子のひさしのかげで目が笑っていた。

「パンとバターが、どうかしたのかね、ウェイブリッジさん。相変わらず海軍士官の安月給をこぼしてなさるね。出航までにもう一日しかないんですぜ。今日は海へ吊りおろされる練習を受けるんでしょう。空はからっとして、いいお天気でさあ。十二トンもある鉄とおもりの塊を、海へ泳がしてやるにゃ、おあつらえ向きってもんですよ」

「君には大してこたえないだろうな」と、ウェイブリッジ中尉が言った。

「こたえませんね。七、八十フィートもぐるなんて、十二秒で行っちまいまさあ。動揺なんかこれっぽっちもありゃしませんよ。でも、あおりがすごく噴き上げるし、途中で海が雲みたいにもちあがりますがね。平気でさ。もぐれば――」と、エルステッドが舷側(げんそく)へ歩いて行った。他の二人もついて行った。三人は舷側に肘(ひじ)をついて、青黄色い水を見おろした。

「おだやかでさ」と、エルステッドが、考えごとを打ち切って、大声で言った。

「あのぜんまい仕掛けは、たしかに正確に動くだろうな」と、ふと、ウェイブリッジがきいた。

「三十五回も動かしてみました」と、エルステッドが「あきあきしてまさ」

「もし、あいつが動かないと」

「そんなことがあるもんですか」

「なにしろ、あの機械に乗ってもぐるんだからな」と、ウェイブリッジが「二万ポンドの水圧の下へ」「おもしろいね、大将は」と、エルステッドが、泡立つ海面にそっとつばを吐いた。

「どうやって、あいつを操作するのか、よくのみこめませんよ」と、スティーヴンスが言った。

「まず、あの球体にとじこめられたら」と、エルステッドが「三度、電灯を点滅して、僕が元気でいることを合図する。すると、あの起重機で船尾から吊り出される。あの大きな錘(おもり)が、みんな僕の下に吊り下げられるんだ。一番の錘はローラーがついていて、六百フィートの丈夫な麻綱で巻き上げるようになっている。それを球体の潜水装置にくくりつけると準備完了だ。後は、準備完了しだい、艇を吊りさげている索が切られるだけさ。ワイヤー・ロープより麻綱を使うのは、麻綱の方が切りやすいし、浮力があるからだ――大事な点だよ、わかるだろう。

どの錘にも、みんなひとつずつ穴があいているのが見えるだろう。あれに鉄棒がささって、下の方へ六フィート、とび出している。あの鉄棒が下から押し上げられると、てこを突き上げて、シリンダーの横のぜんまい仕掛けを働かせる。そのシリンダーに麻綱が巻いてあるんだ。異常がないと、球体が静かに海へさげられ、吊り索が切られる。球体は海に浮いている——艇内に空気があるから、水より軽いわけだ——だが、錘は真直ぐに沈んでいき、綱がくり出される。綱が全部出きると、球体も綱にひかれて、沈んでいくのだ」

「でも、なぜ綱を使うんですか」と、スティーヴンスが「なぜ錘を直接、球体に結びつけないんですか」

「海底に衝突しないためさ。球体はすごい勢いで沈んでいき、一マイルごとに速さを増して、しまいには、まっさかさまに落下するような速さになる。もし、綱がなかったら、海底にぶつかって粉々になっちまう。だが、錘が底に当ると、すぐに、球体に浮力をつけるような役割を果たすのさ。それで、球体はだんだんに沈降速度をゆるめて、最後に止まる。それから、また、浮上をはじめるのさ。

そこが、ぜんまい仕掛けの働きどころだ。錘が海底にぶつかるとすぐ、あの鉄棒が突き上げられてぜんまい仕掛けを押し上げる、すると錘についている綱が巻き戻される。そして、海底には三十分いる。照明灯をつけて、あたりを観察する。やがて、ぜんまい仕掛けが働いて、とび出しナイフの刃を起こして綱を切る。すると、また僕はソーダ水の泡のように、勢いよく、さっと浮き上がる。綱そのものが、浮上を助ける」

「ひょっとすると海上の艦にぶつかるかもしれんよ」と、ウェイブリッジ中尉が言った。

「すごい勢いで浮上するんだ」と、エルステッドが「砲弾のように、きれいに艦をぶち抜いちゃうね。心配いらんよ」

「もし、すばしっこい甲殻類なんかが、ぜんまい仕掛けにもぐり込んだら――?」

「一巻のおわりになる、とんでもないごちそうってわけだな」と、エルステッドはくるりと海に背を向け、球体を、じっと見つめた。


みんなは十一時に、エルステッドを艦の外に吊りおろした。すばらしくよく晴れた日で、水平線はかすみに消えていた。球体の上部の小部屋で、電光が三度、明るくまばたいた。みんなは、エルステッドをゆっくりと海面におろし、ひとりの水兵が船尾で、球体と錘をいっしょに支えている滑車を切ろうと、くさりの用意をしていた。甲板の上では、あんなに大きく見えた球体も、船尾の下では、ひどくちっぽけなものに見えた。球体は少し横ゆれして、一番上に浮き上がっている、暗い二つの窓が、艦の手すりに群がっているみんなには、びっくりして目を丸くして上を向いている目のように見えた。エルステッドは横ゆれに参らないかなと、誰かが言った。

「準備はいいか」と、司令が、どなった。

「はい、いいです」

「じゃあ、やれ!」

滑車の綱が刃に当てられて切られた。海水がどっと、手もつけられないすさまじさで、球体の上を洗った。誰かがハンケチをふり、誰かが相手に聞こえないのに、万歳を叫び、ひとりの少尉がゆっくりと数を読み上げていた。「八！　九！　十！」

もう、ひとゆれしてから、ざあざあ、ぱしゃぱしゃと水音をたてながら、球体は自分で調整していた。

しばらく静止したかと見ると、浮き上がっている部分がぐんぐんと小さくなり、やがて海水がかぶさってその姿をとざすと、すぐ海面下の光りの屈折のために、ぼわっと、大きくなって見えてきた。
一、二、三、と数えるひまもなく、その姿は消えてしまった。はるか水の下で、白っぽい光がちらりと見えたが、それも点になって消えた。あとは、鮫の泳ぎ回る暗黒世界へ沈んでいく海の深さしか何もなかった。
やがて、球体のスクリューが急に鳴りはじめ、鮫はあわてふためいて姿を隠し、エルステッドをのみ込んだ水晶のように澄んだ水をくぐって、気泡の流れが、勢いよく噴き上がった。

「実にすばらしい！」と、みんながたがいに言い合った。

「艦は二マイルほど待避して停泊する。浮上してきてぶつかるといかんから」と、エルステッドの仲間が言った。

艦はエンジンをかけて、ゆっくりと新しい位置に向かった。任務のない乗組員たちは、みんな残って、息をはずませながら、球体の沈んだ海底を見つめていた。三十分後に、直接でも間接でもいい、エルステッドに一言でも声が話しかけられるかどうか、みんなにはそれが不安だった。十二月の太陽が、空の真上に上がっていて、非常に暖かだった。

「下じゃ冷えきっとるだろうな」と、ウェイブリッジ中尉が「ある深度から下は、海水はいつも氷点だそうだから」

「どこら辺へ浮上してくるでしょうか」と、スティーヴンスが「いてもたってもいられませんよ」

「その場所はあそこだ」と、司令が何でも知っとるぞとばかり胸をそらして言った。そして、はっきりと、南東を指さした。「もう、すぐ浮上して来るだろうな。三十五分かかっとるから」

「海底につくのに、どのくらいかかりますか」と、スティーヴンスがきいた。

「水深五マイルだと、計算では——そうだな——加速度を一秒二フィートとみて、上下どちらも、ちょうど四十五秒ぐらいだろう」

「するとかかりすぎていますね」と、ウェイブリッジが言った。

「とんとんだろう」と、司令が「綱を巻き上げるのに、二、三分はかかるだろうからね」

「それを忘れてましたよ」と、ウェイブリッジ中尉が、ほっと安堵（あんど）の色を浮かべた。

それから、不安焦燥が始まった。のろのろと一分が経ち、球体は海上にはね上がってこなかった。次の一分が経っても、とろんとした低い波をつき破るものは、何もなかった。水兵たちは、綱の巻き上げ装置について、あれこれと、たがいに話し合っていた。人待ち顔の連中が索具類を、あちこちに持ち出した。

「上がってこいよ、エルステッド！」と、潮やけ面で胸毛のたくましい男が、待ちきれずにどなると、他の連中も声を合わせて、舞台の幕あきを待つかのように大声で叫び出した。

司令はいらいらしてその連中を眺めていた。「むろん、加速が二フィート以下なら」と、司令が「もっと長くかかるはずだ。正確な数字に、確信があるわけじゃない。僕は計算を盲信する方じゃないから」

　スティーヴンスは、その言葉にあっさり賛成した。それから数分間、後甲板では誰もしゃべるものがなかった。やがて、スティーヴンスの時計箱が、かちっと鳴った。

　太陽が天頂に達してから二十一分経ったときに、みんなは、まだ球体がふたたび姿を現わすのを待ちつづけていた。艦上では、誰ひとりとして、あえて、希望がなくなったなどとささやくものはいなかった。その実感を、はじめて表わしたのはウェイブリッジ中尉だった。八点打(船の時鐘。零時)の音がまだ空中にただよっている時に、「あの窓には、いつも信用がおけなかったよ」と、いきなり、スティーヴンスに言った。

「まさか」と、スティーヴンスが「まさか、中尉殿は――」

「むろんさ」と、ウェイブリッジ中尉は、急いでそのあとの想像を投げ捨てた。

「僕は、自分じゃあ、紙の上の計算なんか大して信じる方じゃない」と、司令が、心配そうな顔で「だから、まだ全然希望を捨ててはおらんよ」

　しかし、真夜中に、その砲艦は、球体の沈んだ場所のあたりを、ゆっくりと、ラセン状に航行していた。探照灯の白い光りが海面を走り回り、立ちどまり、そして、ふたたび、小さな星空の下の寒々とした燐光(りんこう)色の波の上を、不機嫌になめまわした。

「あの窓が破れて、水がどっと押し込んできたのではないとすると」と、ウェイブリッジ中尉が「悪い予想がいっそう悪くなるな。例のぜんまい仕掛けが故障したことになるからな。すると、エルステッドは今も生きているんだ。われわれの足の下、五マイルの冷たい闇の中で、自分の噴き出す小さな気泡の上に座礁しているんだ。その辺りは、水滴(しずく)が集まって海をなした日から、いまだかつて、人類が住んだことはないし、一本の光線もさし込んだことがないんだ。エルステッドは、食うものもなく、飢えと渇きに苦しめられ、息苦しさにさいなまれ、餓死するだろうか、窒息するだろうか。どっちだろう。マイヤース装置（空気浄化装置）も働かなくなるだろうからな。どのくらいもつかな？」

「畜生め！」と、ウェイブリッジ中尉がどなるように「われわれは、なんて情けないんだ！ この向こうみずの小悪魔どもめ！ われわれを沈めてくれ、何マイルも何マイルも水の下へ——あらゆる水と、われわれのまわりのこの広々とした海と、この空とを。深く吸いこめ！」

ウェイブリッジ中尉は両手を高くふり上げた。するとそのとき、一本の小さな白線が、音もなく空高く流れ、かなりゆるく移動して、止まり動かぬ点になった。まるで新しい星が生まれて、空にかかったようだった。やがて、それは、またすべるように遠ざかり、星々のきらめきと、燐光色の海の白っぽいもやの中に身を隠してしまった。

中尉は立ちすくみ、手をのばしたまま、口をあけたままで、その光景を見上げていた。それから、口を閉じ、また開き、腕を振って、やりきれないという身ぶりをした。やがて、くるりとふり向き「エルステッドだ！ おーい！」と、初夜直（艦上の当直、午後八—十二時）にどなった。そして、リンドレーと、サーチライトへ報らせに走らせた。

「見つけたぞ」と、中尉が「左舷の、あそこだ！ 灯が見えたぞ。波にとび出してきたばかりだ。サーチライトの光りをこっちへ回せ。海面へ上がって、波にただよってるぞ。見つけるんだ」

しかし、夜明けまで、探検者を海から拾い上げることはできなかった。やがて、やっと捜し当てた。起重機が腕をのばし、ボートに乗り込んでいたひとりが、球体に鎖を引っかけた。それから、球体に乗り移って、入口をはずして、真暗な球体の内部をのぞき込んだ（内部が暗かったのは、電気室が、もっぱら球体のまわりの海を照明するために使用されたらしく、他の部屋は完全に電気が切られていたのだ）。

球体の空気は非常に暑くて、入口のわくに使っているインド・ゴムが軟らかくなっていた。みんながいくら声をかけても返事がなく、内部にはものの動く気配もなかった。エルステッドは、球体の底に身をくねらせて、身動きもせず横たわっているように思えた。船医がはい込んで、エルステッドをかかえ上げ、外にいる男たちに渡した。しばらくの間、エルステッドが生きているか死んでいるか、わからなかった。艦のランプの黄色い光りで照らされたエルステッドの顔は、汗で光っていた。みんなはエルステッドを、彼の船室（キャビン）へ運び入れた。

エルステッドは死んではいなかったが、決定的に神経を破壊され、そのうえ、大怪我をしていることがわかった。数日間、絶対安静にしていなければならなかった。エルステッドが、その体験を話せるようになるまで一週間かかった。

いの一番にエルステッドの口を出た言葉は、もう一度、もぐりたいということだった。球体は改良されなければならない、必要なときに綱を投げすてることができるようにと、言うのだった。エルステッドはとても奇妙な体験をしたらしい。

「君らは、僕が海底で泥沼しか発見しなかったと思うだろう。僕の探検を笑うがいいさ。だが、僕は海底に新世界を発見したんだ！」

エルステッドの話は、ちぐはぐで、ばらばらで、とんでもないところから話しはじめるので、その言葉どおりに、語り直すことができない。だが、次に述べるのが、彼の体験談のあらましである。

最初から滅茶苦茶さ、と話し始めた。綱が出きらないうちに、球体はひどくゆれつづけたんだ。フットボールの中にはいった蛙みたいな感じだった。見えたのは、起重機と頭の上の空だけで、艦の手すりに集まっている連中も時々、ちらりと見えるだけだった。次には、球体がどっちへころがるか、さっぱり見当がつかないんだ。急に足がもち上がるのに気がついて、しっかり踏みしめようとしたら、ごろごろころがり、もんどりうって、所きらわず、エア・クッションにたたきつけられた。球体以外の形なら、どんな形でも乗っていてもっと気持がいいだろうが、深海の底のあの巨大な水圧のもとでは、球形のほかは頼れないからな。

急にゆれがとまって、球体が正しい位置になり、やっと起き上がって見ると、まわりは一面に青緑の海で、水をくぐって弱められた光りが水上から射し込み、たくさんの小さなくらげのような生物が、光の方へ向かって、上へ上へと、球体のそばを泳ぎ過ぎて行くように見えた。なお、眺めつづけていると、あたりがだんだん、薄暗くなり、しまいには、上の方は真夜中の空のように暗く、といっても、いっそう緑の色が深い幕でおおわれているようになり、下の方は、真暗な海だった。そして、海中の小さな透明な生物はだんだん、あわく光る発光体になり、かすかに緑がかった光の筋となって、矢のように球体をかすめて過ぎた。

そして、あの落下の感覚と来たら！　ちょうど、エレベーターの発進とそっくりで、あれが長くつづくだけさ。どんなものか想像がつくだろう、あれがいつまでもつづいたら。エルステッドがした冒険の中で一番いまいましがるのは、その落下のときだけだ。エルステッドは、まったく新しい環境の中で、自分の万一の場合をいろいろ考えてみた。大きな甲いかを思い出した。大洋の真只中（まっただなか）にいるのがわかっているやつで、時々、鯨の胃袋から消化しかけているのが出たり、死んで、くさって、半分魚に食われてただよっているのが発見されるあいつだ。あんなのにつかまったら、逃げられないだろう。それに、綱を巻き取るぜんまい仕掛けは、本当に十分テストしてあっただろうか。だが、目的に向かって行きたかったか、それとも引き返したかったかは、そのときには、まるで問題にならなかった。

五十秒で球体の外は、夜のように何もかも黒々となった。ただ球体の照明の光が水を通して、時々、魚や沈下物の切れっぱしを照らし出すだけだった。それらのものは、あまりすばやくかすめすぎてしまうので、何か見とどけられなかった。一度、鮫（さめ）とすれちがったような気がした。やがて、球体は水の摩擦で熱くなってきた。摩擦の点は、どうやら、あまり気にもとまらなかったようだ。

最初に気がついたのは、汗が出てきたことだ。そのとき、足の下からひゅうひゅういう音がだんだん高く聞こえてきて、非常にたくさんの気泡――きわめて小粒な泡だったが――それが、外側の水をくぐって、扇形に噴き上がっていた。蒸気だ！　窓に触ってみると、熱くなっていた。すぐに船室を明るくする白熱灯（グロー・ランプ）をつけて、台のそばの、エア・クッションにくるまれている時計を見ると、もう二分間潜降していることがわかった。ふと、温度の差のために窓ガラスにひびがはいりやしないかと思った。というのは、海底の水温が、ほとんど氷点に近いのを知っていたからだ。

いきなり球体の床が足につき上げてくるのを感じた。外の気泡の噴出が、だんだんゆるやかになり、ひゅうひゅう鳴る音も小さくなった。球体が少しゆれた。窓ガラスもひび割れず、どこもいたまなかったので、やれやれ沈降の危険は去ったとほっとした。

あと一分もすると、深海の底に着くはずだった。スティーヴンスやウェイブリッジ中尉や他の連中が、頭上五マイルのところにいると思ったが、それは、地上にいるわれわれが一番空高く流れる雲を見るよりも、もっと高く離れているように思えたそうだ。ゆっくりとスチームで球体内をあたためながら、下の方を見て、どうなることかと不安になったそうだ。

窓から外をのぞくと、もう気泡もたたず、ひゅうひゅう鳴る音もとまっていた。あたりは真の闇——黒ビロードのようで——ただ、球体の照明の光が、空虚な海水に突きささる部分だけ、水の色が見える——黄色っぽい緑色だった。そのとき、炎のような形をしたものが三つ、連れだって水中を泳いでくるのが見えた。それらが、近くにいる小さいものか、遠く離れている大きいものかわからなかったそうだ。

いずれもほぼ漁船の灯ぐらいの明るさの青白い光でからだを浮かび上がらせていた。その灯はひどくいぶっているようで、かなり明るい舷窓（げんそう）のように点々と並んで脇腹についていた。そして、球体の照明灯の光の中にはいると、その燐光（りんこう）が消えた。見るとそれらは妙な種類の小さな魚で、頭がばかでかく、目ばかり大きくて、からだや尾の方が、ひどく小さかった。そいつらの目がたえずこっちを向いているので、自分のあとについて降りてきたのだと思った。自分の目にひきつけられているらしいと思った。

やがて、やつらの仲間が一緒になった。球体が沈むにつれて、水は青白さを増し、何か小さなものが照明灯の光りの中で、日光の中の微細なちりのように、きらきらするのが見えた。おそらく、錘が海底にぶつかって、掻き立てた、泥やぬかるみの雲のせいだろう。
やがて、錘の重さのところまで球体がひきおろされると、照明灯の光りも、一、二フィート以上はまったくとどかぬ、白っぽい深い霧のような水中にいた。海中の沈澱物の幕が、ある程度おさまるまで、かなり時間がかかった。やがて、球体の照明の光や、はるかな魚群の明滅する燐光に照らし出されて、水圧の高い水の、漠々たる闇の底に、広々とうねりつづく灰白色の海底の軟泥が見えた。その平坦さを破って、あちこちに、海百合のやぶが、もつれて茂り合い、飢えた触手を、ゆらゆらと水中にゆらめかせているのが見えた。

その向こうには、巨大な海綿の群生の、美しい半透明の輪郭が見えた。海底のそこここに、あざやかな紫と黒のとげの平べったい房みたいなものが、たくさんちらばっていたが、それはうにの一種だろうと思った。また、小さなわらじ虫やえびに似ている妙な、目の大きな生物や盲目の生物が、のろのろと照明灯の光帯の中を横切り、足あとを残して、また暗闇に消えていった。

やがて、突然、回游する小さな魚群が、向きを変えて、流星のように球体の方へなだれてきた。そして、青白く光る雪のように、頭の上を走り過ぎた。その後から、何かかなり大きな生物が球体に向かってくるのが見えた。

はじめは、ただぼんやりと、かすかに動くのが、歩く人間にどこか似ていたが、やがて、照明灯の照らしているところへはいってきた。そして光が目にはいると、そいつは、まぶしがるように、目を閉じた。エルステッドは、びっくりして目をむいた。

二つの大きくとび出した目玉がカメレオンのような眼窩から突き出し、小さな鼻孔の下のト子が住んでいるらしかった。

カゲのような大きい口には角のような舌が生えていた。耳のあるべき場所に、二つの大きな、えらぶたがあって、そこから珊瑚の枝がふさふさと生え、林のようなそのえらに、えいや鮫の子が住んでいるらしかった。

だが、人間みたいなその顔が、一番大きなそいつの特徴ではなかった。そいつは二本の足で立って歩き、ほぼ球形のからだが、蛙のような二本の脚と太くて長い尾の三脚の上に鎮座ましましているのだ。前脚は、人間の手を奇妙に戯画化したようで、蛙のによく似ていて、先をとがらした銅をつけたような長い骨の棒を持っていた。からだの色はごっちゃまぜで、頭と手と脚は紫色をしていた。しかし、衣装をつけているような恰好に、だらりとたれ下がっている皮膚は、灰色の燐光を放っていた。

やがて、その深海の生物は、ぱっちりと目を開き、棒を持っていない方の手で光を防ぎながら、叫び声を上げた。まるで人語が話せるかのようだった。その声は、球体の鉄壁と、内側のエア・クッションを通して聞こえた。肺が空気を吸わないのに、どうして叫べるのか、エルステッドには説明がつかなかった。そいつは、やがて歩き出し、照明灯の光をよけて、球体の両側に広がる神秘的なもの陰にはいって行った。しかし、エルステッドには、そいつが、去っていくより、自分の方へ寄って来るような気がした。光がそいつを引きつけるような気がするので、スイッチを切り、電流をとめてみた。とたんに、何か軟らかいものが外側の鉄をたたき、球体がゆれた。

それから、また叫び声がし、どうやらその答えの叫びも、遠くに聞こえるようだった。また、たたく様子で、球体全体がゆれて、ワイヤーが巻きつけてある鉄棒にぶつかった。エルステッドは闇に立って、深海の永遠につづく夜をのぞいていた。すると、すぐに、はるか遠くかすかに別の燐光を発する疑似人類の姿が、急いでこっちへ来るのが見えた。

無我夢中で、エルステッドは、ふらふらゆれたまま照明灯のボタンを手さぐりで捜した。そして、まったく偶然にエア・クッションでおおった物入れに収めてあった自分の白熱ランプが手にふれた。球体が傾き、エルステッドは投げ出された。驚きの叫びのような声が聞こえた。立ち上がってみると、かにのようにとび出した二対の目が、球体の下方の窓をのぞき込み、白熱ランプの光が、それに反射していた。

すぐに、やつらの手が球体の鉄壁を強くたたいた。その音たるや、エルステッドの身になってみればとても恐ろしい音だ。例のぜんまい仕掛けの部分の金属の防護カバーを強くなぐっているらしい。実際、心臓が口につき上げてくるほど、あわてた。というのは、あの奇妙な生物どもが、ぜんまい仕掛けを働かなくしてしまえば、エルステッドが海上へ戻ることなど絶対にあり得なくなるからだ。そんなことを考えるひまもなく、球体が激しくゆれて、床が足を強くつき上げた。エルステッドは部屋の中を照らしている白熱ランプを消して、他の室の大きな灯をつけ、その光で外の海中を照らしてみた。いきなり海底も、人間みたいな生物も見えなくなり、追いかけ合っている一組の魚が、凄い勢いで窓をかすめて下方へ消えて行った。球体が浮上をはじめていたのだ。

深海のあの奇怪な住人どもが、ロープを切ったので、逃げ出せたのだと、すぐ気がついた。浮上速度はますます速くなり、そして、いきなり止まったので、エルステッドは防護を施した囚屋の天井に投げ上げられた。おそらく、三十秒ほどだろうが、エルステッドは驚きのあまり、何も考えられなかった。

やがて、球体が、ゆっくりまわり、ゆれるのを感じた。と同時に、今度は水に引き込まれているようだった。窓にしがみついて、自分の体重をうまく利用し、球の窓の部分を下方へ向けることがやっとできた。だが、青白いランプの光りが、意味もなく下の闇を射しているほか、何も見えなかった。ランプを消して、目を闇に慣らせば、もっと見えるかもしれないと思いついた。

これは賢明だった。数分の後には、それまでの真の闇が、ぼんやりと見通しのきく暗さになった。すると、はるか下に、イギリスの夏の夕べの黄道光のような薄明りの中に、動くものの影が見えた。あいつらが、綱にとりついて、自分を海の底へひき込もうとしていると、判断した。やがて、海底にうねりつづく平原のはるか向こうに、かすかに広々と水平にのびる青白い明るみが見えた。それは球体の小さな窓から見える限り、はるか左右にのびていた。そこへ向かって、エルステッドは引きずり込まれているのだった。ちょうど、気球が人の手で広々とした空から町へ引きおろされるように。エルステッドが、ごくのろく引き寄せられるにつれて、海底にぼやけている発光体の光もだんだんに、ひとつにまとまって、そのあたりが、かなりはっきり見えるようになるのだった。

エルステッドが、この明るみのある場所の上にさしかかったのは五時ごろだった。それまでには、目の下の様子が、かなりのみこめた。無気味な荒れはてた大寺院のような屋根のない建物のまわりに、家々が集まり、町筋も通っているようだった。そんな様子が、目の下に地図を拡げたように見えた。家々はどれも壁囲いだけで屋根がなく、住民どもは、エルステッドにはあとでわかったそうだが、青白く光る骸骨みたいなものらしかった。そのせいか、その場所は、月夜の溺死者のために設けられた土地のようだったそうだ。

その場所の奥まった洞穴には、海百合の林が、ゆらゆらと触手を伸ばしていた。また、細長いガラスのような海綿が、きらきら輝きながら塔のようにそびえていた。白っぽく光るその都市には、いたるところに、薄もやのような海百合も生えていた。中央の広場に、がやがやと群衆が、ひしめき合っているのも見えたが、泡がひどく噴き上げるので、どんなものの集まりか見きわめることができなかった。

ともかく、その群衆がじり、じり、とエルステッドを引きおろしていたのだ。そうこうするうちに、その場所の細部が少しずつわかってきた。ぼやけた建物が並んでいるように見えたのは、水にさらされて白くなった何か丸いものが、並んでいるのだとわかった。やがて、広場にあるいくつかの点を見おろしているうちに、それが、難破した船の形になるのもわかった。

ゆっくりと休みなく引きおろされていくうちに、目の下の眺めは、いよいよ明るく、はっきりしてきた。そして、町の中央の大きな建物に向かって引きおろされているのがわかった。綱を引いている大群衆の姿もいくどかちらりと見ることができた。エルステッドは、その場所で一番高くそびえている、船の索具に多数の人間が群がり、手ぶり身ぶりしながら自分を見上げているのを見て、肝をつぶした。するうちに、大きな建物の壁が、ぬっとエルステッドのまわりにそびえていて、都市の姿を彼の目から隠してしまった。

その壁たるや、浸水した船の森で、ねじくれたワイヤー・ロープや、鉄の帆げたや、銅板や、死者の骸骨や、しゃれこうべでできていた。しゃれこうべは、ジグザグの列に、ラセン形に、あたりの壁の表面のいたるところを、銀色の小魚の大群が出入りしてかくれんぼしていた。そして、その眼窩と、その奇怪な曲線を描いて、建物のいたるところにちりばめられていた。そして、その眼窩と、その

急に、エルステッドの耳は、低い叫び声や、激しく汽笛を吹きならすような音で満たされたかと思うと、やがて、それが奇怪な歌声に変わった。球体はなお沈んでいき、壁に突き出た大きな窓をかすめ過ぎた。窓越しに多数の怪しい幽霊のような人々が、自分を見つめているのが、ぼんやりと見えた。そして、やっと町の中央に立っている一種の祭壇の上に落ち着いたように思えた。

今、エルステッドは、深海の奇怪な人々を、もう一度、はっきり見えるような高さの場所に戻っていた。驚いたことに、連中は、ひとりを除いてみんなエルステッドの前にひれ伏しているのがわかった。そのひとりは、板金状の鱗（うろこ）のような衣服をつけ、輝く王冠をいただき、トカゲのような口を開けたり閉じたりしながら、禱（いの）りの歌の先導をつとめているようだった。不思議な衝動にかられて、エルステッドは、また小さな白熱ランプを点（つ）けた。そうすれば自分の姿が深海の生物どもに見え、ランプの光で、そいつらがたちまち夜の闇に姿を隠してしまうのはわかりきっていたが、そうせずにいられなかった。ところが、エルステッドの姿が不意に現われると、歌声は激しい歓喜の叫びに変わった。それで、そいつらを、よく観察したくてたまらなかったエルステッドは、また灯を消して、そいつらの目から自分を隠した。だが、しばらくは、目が見えなくて連中が何をしているのか、さっぱりわからなくなった。やがて、連中が見分けられるようになって、見ると、連中はまたひざまずいていた。このようにして、連中は三時間も、休まずとぎれず、エルステッドに禱りをささげつづけていた。

これが、エルステッドが見てきた、驚くべき海底の都市と、そこの人々の話の、あらましである。その人々は永遠の夜にとざされ、太陽も月も星も、緑の草木も、呼吸する動物は、どれひとつ、一度も見たことはないのだ。火も知らなければ、海底の生物の燐光（りんこう）のほかは、どんな光も知らないのだ。

驚くべき話だが、それよりもっと驚くのは、アダムスやジェンキンスのような高名な科学者たちが、この話を少しも疑わないことである。科学者たちは、僕にこう言うのだ。低温と非常に高い水圧に適応し、水中の酸素をとって呼吸する知能の発達した脊椎（せきつい）動物が、深海の底に住んでいないという理由は、何もないではないか。それに海は、どんな大きな図体のものでも、生きていようと死んでいようと、浮かせることができるんだからね。そのうえ、われわれ自身が、新赤砂岩紀の偉大なる神獣の子孫なんだ。疑うことはまったくないじゃないかと。

ところで、海底の生物どもは、地上のわれわれ人間を、大気中の奇妙な生物で、連中にとっては空のような海上の、神秘的な暗黒から降って来て、不慮の死をとげる生物と見ていることだろう。人間どころか、船も、金属類も、道具類も、連中にとっては、暗い夜空から雨のように降ってくると思えるだろう。時には沈むものが強くぶつかって、連中を殺すこともあろう。ちょうど、天の下したもう目に見えない審判（さばき）の強い力のように。そして、時には沈んでくるものが、連中にとって、非常に珍しいものであったり、非常に役に立つものであったり、連中の考察をふるいおこす手本だったりするだろう。もし未開人の上に、後光のさすような輝かしい生物が、いきなり空から降ってきたら、彼らがどんなふるまいをするかを考えてみれば、生きている人間の降下に対して、海底の連中がとる行動がいくらか理解できるだろう。

おりにふれて、エルステッドは、「雷鳥（プターミガン）」号の士官たちに、深海で過ごした十二時間の不思議な出来事を細かく話しただろう。また、その話を書こうとしたのもたしかだが、とうとう書かずじまいだった。そこで、不幸にもわれわれは、シモンズ司令、ウェイブリッジ中尉、スティーヴンス、リンドレーその他の思い出から、彼の話のまちまちな断片をかき集めて、つなぎ合わさなければならなかったのである。

断片的にみると話は暗く思える――巨大な幽霊じみた建物、不気味なカメレオンのような頭で、かすかに光る衣服をまとって、ひれ伏し、歌う深海の人々。ところで、エルステッドは、また、灯をつけて、球体がつながれている綱を切ってくれと、それを連中の心に伝えようとむなしい努力をつづけた。刻々と時が経ち、エルステッドは時計を見ながら、酸素があと四時間ほどしか保たないのに気づいて、おびえ上がった。だが、エルステッドのためにささげられている歌は、まるで彼が死に近づくための行進曲ででもあるかのように、無慈悲に続いていた。

エルステッドがどういう方法で解放されたかは、彼にもわかっていないが、球体にたれ下がっていた綱の切れはしから判断すると、祭壇のふちでこすれて、うまく切り放されたらしいのだ。いきなり球体がころがり出したかと思うと、さっとばかりに浮き上がって、連中の世界を飛び出してしまったのだ。ちょうど、真空の衣服をまとった天界の生物が、さっとこの地球の大気を舞い上がって、天の故郷（ふるさと）へ、まい戻るかのようにね。彼は連中の視界からふっと消え去ったにちがいない。ちょうど、水素の玉が、さっと、地上の大気を上昇するようにね。そして、それは不思議な昇天として連中の目に映ったにちがいない。

球体は、沈下用の錘（おもり）をつけて、すばらしい勢いで沈んでいった時より、ずっと大きな加速度で、浮上した。水の摩擦で球体が非常に熱くなった。窓をてっぺんにして浮上し、水泡の奔流がガラスにぶち当ったのをたしかに覚えているそうだ。一刻も休まずに、エルステッドは、飛び上がれ、飛び上がれと、願った。やがて、急に何か巨大な車輪のようなものが、頭の中で解放されたような気がし、防護用の詰めものをした小部屋が、身のまわりをぐるぐる回り出したかと思うと、エルステッドは失神した。彼が次に覚えているのは、自分の船室と船医の声である。

これがエルステッドが、「雷鳥（プターミガン）」号の士官たちに、断片的に話した奇異な物語の大要である。彼はこの話を、後日全部書くと約束した。しかし、エルステッドの心は、もっぱらその潜水艇の改良に占められていて、書くひまがないうちに、改良の目的はリオで果たした。

あと話すことはこれだけだ。一八九六年二月二日、エルステッドは、最初の経験に教えられて改良した潜水艇で、大洋の深海へ二度目の潜水を行なった。今度はどんなことが起こったのか、おそらく、われわれには絶対にわからないだろう。彼は二度と戻らなかったのだ。「雷鳥（プターミガン）」号は、彼が潜水した地点を捜し回り、彼を求めてむなしく十五日間も捜索した。そして、リオに帰航し、その報らせを彼の友人たちに電報した。そんなわけで、この物語も、さし当りここまでで終る。しかし、これまで話してきたエルステッドの深海の意外な都市の物語を実証する企ては、おそらくもう行なわれないだろう。

新神経促進剤

ピンを捜していて金貨を見つけた幸運な人物があるとすれば、僕の良友ギバーン教授こそ、まさにその人物だ。僕は前に聞いたことがあるが、発明家というものは、的を射はずしても、そうひどい的はずれはしないものだそうだ。ところが、ギバーン教授は、ともかく今度こそは的を射はずして、絶対に大げさに言うのではないが、何か人間生活に革命をもたらすようなものを発明したのだ。その発明というのは、無気力な人々を今日のこの進歩的な時代のテンポに合わせるようにする総合神経興奮剤を発見したことなのだ。僕も今まで数回その薬を飲んでみたが、その効き目たるや、とても口ではいえないほどすばらしい。だから、そのうちに、方々の商店がこの驚異的な新薬を求めるお客たちで、てんてこまいをするのは、目に見えている。

ギバーン教授は、周知のとおり、フォークストン（イギリス南東部ドーバー海峡の港町）の僕の近所にいる。記憶の誤りがなければ、教授の写真は若い時からのが、今までにいく度も雑誌「ストランド」に掲載された——一番最近のは一八九九年だと思うが、その号を誰かに貸して返してこないものだから、今、見るわけにはいかない。おそらく、読者諸君は、額が秀いでて、眉が黒々として実に長く、どこかメフィストフェレス的（ドイツの伝説の悪魔）な風貌のある教授の顔を思い出されるであろう。教授は、サンドゲート上通りの西のはずれに、人目をひくような、美しい折衷様式の別荘を持っている。その邸の破風はベルギーふうで、トルコ式の車寄せがあり、教授が来て仕事する部屋には、しゃれた縦仕切りのほどこされた張り出し窓がついている。僕らは時々その部屋に集まって煙草を喫ったりおしゃべりをして、楽しい宵を過ごした。教授はなかなか冗談のうまい男で、そのうえ、僕に仕事の話を聞かせるのが好きだった。話をおもしろく活気づける方で、そのおかげで、僕は新神経促進剤の知識を、そもそもの始まりから聞かされて理解することができた。むろん、その実験の大部分はフォークストンの別荘で行なわれたのではなく、ゴーワー街の病院の隣の立派な新しい実験室で行なわれたのだ。その実験室で教授は、最初からその仕事にかかったのだ。

誰でも、少なくとも知識人たちは知っていることだが、ギバーン教授が、その専門の分野で、生理学界に当然受けるべき偉大な名声を博したのは、神経系統に効く薬剤の研究によるのである。聞くところによると、催眠剤、鎮静剤、麻酔剤に関しては教授に並ぶ者はいないそうだ。教授はまた、化学者としても非常に高名である。そして、神経節細胞や第二頸椎(けいつい)繊維素に集中している未解決で複雑多岐な難問で、教授の研究によって解明された部分は少なくないそうだし、教授が適当と認めて公表した業績が、解明の喜びをもたらした例も少なくないそうだ。そして、その業績は、とうてい他の追従を許さぬものなのである。最近二、三年、教授は特に神経興奮剤の研究に没頭してきて、新神経促進剤を発見する前に、すでに非常な成功を収めていた。医学界は、特に臨床家にとって無限の価値のある独特な絶対安全な強壮剤を三種類も作り出したことに対してだけでも教授に感謝しなければならない。病人の極度の体力消耗症に対して、ギバーン氏B水薬(シラップ)といわれている薬を投与することによって、わが国の海洋救助船よりも、既に、多数の生命を救っている。

「だが、それらの薬は、まだ満足するものはひとつもないと思いはじめているんだ」と、一年ほど前に教授が言っていた。「それらは神経に影響を与えないで中枢エネルギーを増強するか、神経の伝導力を低下させて単に適宜なエネルギーを増強するか、どちらかなのだ。その点では、あの薬の作用はどれも、適当だし無比のものだ。心臓や内臓機能をたかめると脳に麻痺をもたらすし、シャンパンを飲んだように脳を賦活すれば、胃の後ろにある太陽神経叢にいい影響を与えない。それで僕が望んでいるのは——万一可能なら、つまり僕が作り出したいのは——全身くまなく効く興奮剤なので、それを飲めば、しばらくは頭のてっぺんから、大足の爪先まで興奮させて、飲まない連中の二倍にも三倍にも——精力的にさせるという薬さ。どうだい？僕が追い求めているのはそいつなんだ」

「そんな薬を飲んだらさぞ疲れるだろうね」

「なに、そんな心配はさらにないよ。食欲が二、三倍になるだけさ——それっきりだ。だが、エネルギーが人の二、三倍になるというのは、どんなことか、ちょっと考えてみたまえ。まあ、君自身がこんな小ビンの水薬を飲んだと思いたまえ」と、緑色のビンを取り上げて指さしながら——「そして、この貴重なビンの中には、薬の力がなければ、とてもできないこと、つまり考える速度が二倍になるし、動く速度も二倍になるし、一定時間内にできる仕事の量も二倍になる、そのような力がはいっているとしてみたまえ」

「でも、そんなことができるかな」

「できると信じるんだ。もしできなければ、僕は一年間丸損したことになる。たとえば、次亜燐酸塩の色々な調剤品だが、あれは今言ったのと同じような作用を示すようだぜ……せいぜい効いても一倍半ぐらいのところだがね」

「たしかにそうだ」と、僕が答えた。

「たとえば、もし君が目のまわるほど忙しい政治家だったとする。緊急に処置しなければならない件があるのに、なんとしても時間にやりくりつかないでせっぱつまる、どうするね？」

「秘書に分担させるさ」と、僕が答えた。

「そして、うまくいかないと――時間は二倍かかることになるね。じゃ、たとえば、君が、一冊の本を、どうしても読み切ってしまいたいんだが、時間が足りないときは？」

「大抵は」と、僕が「そんな時には読み始めたくならないもんだよ」

「じゃ、医者はどうかね。患者が死にかけているのに、ゆっくりすわって症例を考えてみたくても、そんな暇はない。弁護士は？――受験でガリ勉している学生は？」

「もし効けば、その薬一滴が金貨一枚の価値があるだろうね」と、僕が「それ以上かもしれない――そういう連中にとっては」

「くどいようだが決闘のときには短銃なら」と、ギバーン教授が「命は撃鉄を引く速さにかかってるわけだ」

「剣の仕合でも剣の速さに生命がかかるさ」と、僕が声を合わせた。

「わかるね」と、ギバーン教授が「もし、本当に全然悪い副作用なしに全身的に効く薬を作り出せればいいんだ――難を言えば、最小限度にみても、君を、うんと年寄りにしてしまうがね。つまり、二倍の仕事ができることになるから、他の連中の一生を、君は二倍にして生きるわけだ」

「思うに」と、僕は考えてみながら「決闘の場合――そんな薬を飲んだらフェアーじゃあるまい」

「そりゃ、また別の問題さ」と、ギバーン教授が言った。

僕は話を本筋に戻して「それで君は、本当にそんな薬ができると思っているのかい？」

「できるね」と、ギバーン教授が窓の外を、爆音をたてて行くものを、ちらっと見ながら、

「自動車のようにね。実は――」

教授はひと息いれて、にっこりと僕の目を深くのぞき込み、緑色の小ビンで机のふちを、ゆっくりこつこつやりながら「その薬ができたと思うんだ――もう、何か作り出しちまったようなんだ」

その顔に浮かぶ神経質そうな微笑が、真相発表の厳粛さを裏切るような感じだった。教授は、事がほとんど完成の域に近づくまでは、実際の実験結果を、めったに話すことはなかった。

「しかも、それが、もしかするとどうも――僕は別に驚きもしないが――どうも、その薬の効き目は二倍どころじゃないらしいんだ」

「そりゃ少しおおごとじゃないか」と、僕が思いきって言った。

「少しおおごとだと、僕も思うよ」

だが、その言葉だけでは、何がおおごとなのか、彼にはよくわかっていないなと、僕は思った。

そのあと、その薬について、いく度か雑談を交したのを覚えている。それを、「新神経促進剤」と、教授は呼んでいて、会って話すたびにその言葉の調子にだんだん自信がつくようだった。時には、その薬の使用が思いがけぬ生理学上の害をひき起こすかもしれないと心配そうに話して、少ししょげこんだ。かと思うと、時には、ズバリと欲張りになって、その薬の調剤が、どのくらいの取引高に採算されるかを、ひどく熱心に長々と論じたりした。

「いい薬だよ」と、ギバーン教授が「大した薬だ。僕は世の中のために大いにつくしたと思う

よ。だから、世の中にその報酬を期待しても、そりゃごく当然のことだと思うんだ。科学の高貴な精神というものも、そりゃ大いに結構だが僕はなんとかして、あの薬の特許権をとらなけりゃならない。まあ、期間十年かな。世の中の楽しみが、みんなハム商人にばかり行っちまうなんて、馬鹿なことはないからね」

その新薬に対する僕自身の興味も、いつまでも衰えなかった。僕はいつも妙に、抽象的なものの考え方に、心をひかれる方だった。そして、いつも時間と空間のくいちがいという問題に心を占められていたので、ギバーン教授が作ろうとしている薬は、少なくとも、間違いなく人生を促進するもののように思われた。もし、人がそういうふうに調剤された薬を飲みつづけたらどうなるだろう。きっと非常に活動的な記録的な人世を送ることになるにちがいない。だが、おそらく人間は十一歳でおとなになり、二十五歳で中年者になり、三十歳で間違いなく老衰の道へはいることになるだろう。してみると、ギバーン教授の薬の効き目は、自然がユダヤ人や東洋人に行なっているのと同じような作用を、その薬の服用者に及ぼすことになるにすぎないではないかと僕は思った。ユダヤ人や東洋人は十代でおとなになり、五十歳で老人になるし、年齢のわりには、僕らと比べて、その考えも行動も、ずっとませているのだ。しかし、その薬に対する僕の関心は、日ましに大きくなっていった。人間を狂わせることも、鎮静することも、目を見張るほど強力俊敏にすることも、無気力なでくの坊にすることも、熱情をたかめることも、沈めることも、みんなこの薬ひとつの力でできるのだ！　医者が使う、この不思議な小ビンの武器によって、人間に新しい奇跡が加えられるのだ！　しかし、ギバーン教授は、この薬を作り出す技術的な問題に熱中しすぎていて、薬のもたらす結果についての僕の意見などは深く考えようともしなかった。

八月の七日か八日に、教授は、研究の成否を決定する分溜について僕に話し、僕らは、しばらくその見込みなどをしゃべり合った。そして、十日には、ついに研究が完成し、新神経促進剤が現実のものとしてこの世に誕生したことを告げた。僕はフォークストンへ向かってサンドゲート丘を登っているとき、ばったりと教授に出会った――僕は理髪をしに行く途中だったと思うが、教授があたふたと坂をおりて来てぶつかったのだ――どうやら、成功を報らせに、僕の家へ駆けつけるところだったらしい。教授の顔は紅潮し、いつになく目が輝き足どりもあたふたと急いでいたように記憶する。

「成功だ！」と、叫んで僕の手を握り、おそろしい早口で「成功以上だ。家へ来て見てくれたまえ」

「本当かね」

「本当さ」と、教授はどなるように「信じられんくらいだ！　さあ、見に来たまえ」

「で、効き目は――二倍かね？」

「それ以上だ、ずっと上だ。それが心配だがね。まあ来て、薬を見てくれたまえ。なめてみたまえ！　ためしてみたまえ！　実になんとも驚くべき薬品だぜ」

教授は僕の腕をつかみ、僕が小走りしなければならないほどの大股で、大声にしゃべりながら僕をひっぱって丘を登っていった。満員の乗合馬車の乗客たちが、いっせいに僕らをふり返って、あきれて見ていた。あとから来るのも、その後から来るのも。ひどく暑い日で、フォークストンによくあるからっと晴れ上がった日で、あらゆるものの色が信じられないほどあざやかで、あらゆるものの形が実にくっきり見えるような日だった。むろん、微風は吹いていたが、少々の微風ぐらいではこんな状態の僕が、涼しく汗をかかずにいられるどころの話ではなかった。僕は、あえぎながら慈悲をたのんだ。

「僕が、そんなに速く歩いてるって？」と、教授は大声で言い、速歩ぐらいに速さをおとした。

「君はその薬を飲んでるんじゃないのか」と、僕が笑いながらきいた。

「いや」と、教授は「ほんのちょっぴり水の中に残っていたかもしれんな。ビーカーにこびりついていた薬の痕跡をすっかり洗い流したがね。実は、昨夜ちょいと飲んでみた。だが、そんなものは、大昔の歴史みたいに、今はすっかり消えちまってるよ」

「それで、効き目は二倍だったかね」と、僕は汗ぐっしょりで教授の邸の玄関に近づいて行った。

「千倍も効くよ、何千倍も！」と、ギバーン教授は芝居気たっぷりな身ぶりで、初期イギリス調の彫りのはいっている樫材の門扉を、勢いよくあけた。

「へえー」と、驚いて、僕は玄関のドアの方へ、教授のあとをついて行った。

「何倍ぐらい効くのかわからないんだ」と、教授は、掛け金の鍵を手にして言った。

「それで君は――」

「あの薬は神経生理学にあらゆる種類の光明を与えて、幻覚に関する学説をまったく新しいものに一変しちまうだろうよ！……何千倍効くかさっぱり見当がつかんよ。これから、すっかりテストしなければね――今後、あの薬に関してやることは、テストだけさ」

「テストするって？」と、廊下を通りながら、僕が言った。

「むろんさ」と、ギバーン教授が、僕を書斎に案内しながら言った。「あれだ、あの緑色の小ビンの中だ！　まさか君は尻ごみしやしまいね」

僕は生まれながら気の小さい男で、大胆なのは、理論的なことに関してだけなのだ。僕はこわかった。だが一方、男のプライドというものもあった。

「そうだな」と、僕はしぶしぶ「君は飲んでみたと言ってたね？」

「うん、ためしてみたよ」と、教授が「そのせいで、どこか悪いようにでも見えるかい？　肝臓がわるいようにさえ見えないだろう、それに、僕の感じでは――」

僕は腰をおろした。「さあ、僕の分量をくれたまえ。悪くなったらなったでその時のことさ。理髪代がもうかるというもんだ。理髪というものは、文明人にとって一番いやな義務のひとつだからね。その薬をどうやって飲むんだね」

「水で飲むのさ」と、ギバーン教授は水さしを、勢いよく取りおろした。

教授は机の前に立って、僕に安楽椅子に移るように命じた。その態度が急にハーレー街の専門の医師そっくりになった。「こりゃ劇薬なんだよ」と、言った。

僕は手ぶりで、わかってる、と合図した。

「初めに忠告しておくが、薬を飲んだら、すぐに目を閉じる。それから一分ぐらいして、ごく静かに目を開いてみるんだ。まだものが見える。ものが見えるというのは、光の振動の長さによる問題で、光の刺激の量による問題じゃない。ところで、目をあけてすぐ、網膜に、いやな目まいのようなショックがあるようだったら、また閉じておくんだ」

「閉じるんだね」と、僕が「わかった」

「次には静かにしていること。ものを殴ろうとなんかしちゃいけない。そんなことをすると、何かを、とてもひどく殴ったことになってしまうだろうからね。君の行動は、薬を飲む前より、何千倍か敏捷(びんしょう)強力になっているんだということを、しっかり覚えておきたまえ――心臓の働きも、肺の働きも、筋肉の働きも、脳の働きも――どこもここも――だから、自分では気がつかずに、とてもひどく殴っちまうからね。いいかね、自分では気がつかないからね。君は、ちょうど今と同じことをしてるとしか感じないだろうよ。ただ、世の中のすべてのことが、今感じているより、数千分の一もおそく動いているように思えるだけさ。その点が、この薬の奇妙な効き目なんだ」

「おやおや」と、僕が「すると君の言うのは――」

「今にわかるさ」と言って、計量器を取り上げて、机の上の用意の品々をじろじろ見ながら

「コップ。水。全部そろってるな。最初の実験だから、量が多すぎちゃいかん」

小ビンから貴重な中身が、とろりと出た。

「僕の言ったことを忘れたもうな」と、イタリア人の給仕がウィスキーを測るように、うやうやしく小ビンの中身を計量器にたらし込んだ。

「かたく目を閉じて、二分間は、絶対に身動きせずにすわっているんだよ」と、教授が「それから、僕が声をかける」

教授は薬のはいっている両方のコップに、それぞれ一インチほど水をさした。

「ところで、コップを下におろしちゃいけない。手に持って、その手をひざの上に置いておく。いいね――じゃあ、さあ、それじゃあ――」

教授がコップを差し出した。

「新神経促進剤だね」と、僕が言った。

「新神経促進剤だ」と、教授が言って、僕らは、カチリとコップを合わせて、ぐいっと飲みほし、僕はすぐに目を閉じた。

諸君は、麻酔ガスを吸ったときの、あの絶対無の空白に落ち込んでいく気分をご存知だろう。ちょうどあの気分が、はてしなくつづくようだった。やがて、ギバーン教授の起きたまえという声に、はっとして目を開いた。目の前に、教授は立ったままで、じっとコップを持っていた。コップはからになっていた。変わっていたのは、それだけだった。

「大丈夫かね？」と、僕が言った。

「どこも変じゃあるまい？」

「なんともないよ。ほんの少し目がまわるような感じだがね。そのほかは、なんともない」

「音が聞こえるかい」

「しんとしてるようだよ」と、僕が「おや！　うん！　みんな静かなようだよ。ただね、雨がいろいろな物の上に降っているような、ぽつぽつという音が、かすかにするようだ。なんだろう？」

「分析された音だよ」と、教授が言ったようだが、僕はたしかに覚えていない。教授は窓を見つめていた。

「あの窓のカーテンを前に見たことがあるかい？　前にもあんなふうに取りつけてあったかね？」

僕が教授の視線を追って見ると、カーテンのすそが、前にはひらひらと微風にそよいでいたのに、今は凍りついたように動かず、角を高く上げて、突っぱっていた。

「知らないな」と、僕が「それにしても変だよ」

「見たまえ」と、言って、教授はコップを持っていた手を開いた。むろん、コップが落ちて砕けるだろうと思って、僕は顔をしかめた。ところが、砕けるどころか、てんで小ゆるぎもせずに、宙にとまっているようなんだ——静止してね。

「大ざっぱに言って」と、ギバーン教授が「この辺の緯度だと、物体の落ちる速度は、最初の一秒間で十六フィートだ。このコップは今、一秒に十六フィートの速さで落ちているんだ。ところが、また百分の一秒も落ちていないだけの話なんだが。それが君にわかるかな。これで、僕の神経促進剤の効き目の倍率がわかりゃしないかね」と、教授は、ゆっくり落ちるコップの、まわりや上下で、ぐるぐる手を回してみせた。そして、しまいにはコップの底をつまんで、引きおろし、非常に用心しながらテーブルに置いた。

「どうだい?」と、僕に向かって言い、けらけらと笑った。

「大丈夫らしいよ」と、言って、僕はこわごわ椅子から立とうとした。気分は申し分なく、身体は軽々として爽快だし、心は自信にみちみちていた。すばやく歩き回ってみた。参考に言うがね、心臓は一秒に千回も脈打っているのに、全然気分が悪くはならないんだ。窓から外を眺めた。たしかに自転車を走らせている男の姿が、進みも退きもしないのだ。その男は前かがみに頭を低くして、後輪の後ろには突っぱったような砂ぼこりが動かずにつづいている。疾走する乗合馬車を追い越そうと夢中になってこいでいるらしいが、乗合馬車もその男も自転車も、すべてまるっきり動いていないのだ。僕はこの信じられないような光景を見て、あっとばかりにびっくり仰天した。

「ギバーン」と、大声で「この怪しい薬は、いつまで効くのかね」

「わからんね」と、教授が「この前飲んだときには、ひと晩寝たら、薬はさめていた。今だから言うが、こわかったよ。数分は持続するかもしれんね。それが、おそらく——数時間のように感じるだろうがね。だが、しばらく効いていて、さめだすと急にさめるだろうよ」

僕は、自分が少しもこわがっていないのに気づいて、なんとなく誇らしかった——おそらく今は薬を飲んだのが二人だったからだろう。

「外へ出てみようじゃないか」と、僕が誘った。

「いいとも」

「みんなに僕らが見えるだろう」

「見えるもんか。とんでもないよ。いいかい。僕らは、今まで、どんな魔法使いが、どんなに速くすっ飛んだとしても、その千倍も速く行けるんだぜ。さあ、行こう。どっちから出ようか。窓？　それともドア？」

それから、僕らは窓を抜けて外に出た。

新神経促進剤の効いている僕とギバーン教授がフォークストン界隈で行なった小冒険は、僕がそれまでに体験したり、空想したり、他人の体験談や架空物語で読んだりした、あらゆる奇怪な経験の中で、一番奇怪で狂気じみたものだった。僕らは門をくぐって通りへ出て、彫像化している走っていく馬車をちょっと検べてみた。車輪のてっぺんと、馬車馬の脚の一部と、鞭の先っぽと、車掌の下あご——ちょうどあくびをしかけていたので——それらは、かすかに動いているのが感じられたが、しかし、その他の、がたがたゆれている馬車の箱などは、静止しているように見えた。ひとりの男ののどから低いかすかな声がするほかは、まったくもの音がなかった。そんな凍りついたような書き割りの中の登場人物たちは、御者と車掌と十一人の乗客たちと来てるんだからね！ 歩きまわった結果の印象というものは、実に愉快なものではなかった。——何しろ、あらゆるものが、非常に奇妙な存在であり、気にくわない存在なのだ。たとえば、たしかに人々はいたが、僕ら自身と同じような人間でありながら、しかも違うんだ。みんな、まったく熱のない様子で、動作の途中のまま、凍りついたように見えるんだ。ひとりの男と娘が、永久につづけなければならないと強制されたように、ほほえみ合っていた。ひとりの女が、だらんとしたワカサギのように手すりにもたれて、永遠にまたたかないようなひとみでギバーン教授の邸を見つめていた。ろう人形のように口ひげをひねり上げたままの男がいるかと思えば、面倒くさそうに、手をのばして、ずれた帽子に指をかけたまま突っぱっている男もいた。僕らはその連中を、あきれて、眺めたり、ひやかしたり、顔をしかめて見せたりしているうちに、こっちがなんともいやな気持になってきたので、自転車を走らせている男の鼻先を曲がってリーズ公園へ向かった。

「なんとまあ！」と、急に、ギバーン教授が「見たまえ」

教授が指を出したので見ると、その指先に、疲れきったカタツムリのようにのろのろと、羽を動かしながら空中をおりて来てとまったものがある——それが蜜蜂だった。

そんなふうにしながらリーズ公園に着いた。何もかにもが、いっそう狂っていた。スタンドの上の方で、楽隊が演奏していたが、その音たるや、まるっきり低い調子で、虫の羽音みたいだし、ねじのゆるんだ大時計が、時々、時を刻むような、のろのろしてぼけた音なのだ。凍りついたように直立している人々がいた。芝生を散歩している連中は、奇妙に、もの静かで、もっともらしい顔つきの人形みたいにみんな歩きかけたままの状態で足を宙に浮かせ、不安定に停止していた。僕がプードル犬のすぐそばを通りかかると、犬はちょうど跳ねたところらしく、脚がスローモーション映画のように地面につくのが見えた。

「こりゃ、どうも、なんとも」と、ギバーン教授が叫んだので、僕らは堂々たる紳士の前で立ち止まった。その紳士は、細縞の白いフランネルの服で、白靴、パナマ帽と、一分のすきもないダンディぶりだったが、行きずりの派手な身なりの二人の貴婦人方をふり向いてウィンクを送っていた。ウィンクというものは、僕らのように高速になっている者がゆっくり観察してみると、あまり魅力のあるものではない。気の利いた敏捷さがなくなったウィンクはみっともないものだ。ウィンクしている方の目が閉じきらないで、そのまぶたの隙間から黒目の下のはしと白目の一部分がのぞいているんだからね。

「おかげでいい教訓を得たよ」と、僕が言った。「今後はいっさいウィンクはやめだ」

「それに、微笑もね」と、ギバーン教授が、紳士のウィンクに答えてほほえんでいる貴婦人たちを見ながらいった。そのほほえみは、歯だけむき出しているように見えた。

「ともかく、この暑さは地獄の責苦だな」と、僕が「もっと、ゆっくり行こうじゃないか」

「おお、そうしよう」と、ギバーン教授も言った。

僕らは車椅子の並んでいる小路の方へ行った。椅子にすわっている病人たちは、すなおな、元気のない様子に見えたが、真赤になった顔をひん曲げて演奏している楽隊の連中は、見るに耐えない有様だった。顔を紫色にした紳士が、風にあおられる新聞紙を折りたたもうと悪戦苦闘している姿が凍りついたように動かない。みんなは実にのろくさい恰好だが、どうやら相当の風に吹かれているらしい証拠がたくさんあった。だが、僕らみたいな凄いスピードで動いている者には、風なんかまるで感じられなかった。小路を抜けて、少し離れたところから群衆をふり向いて見た。その連中はまるで群像そのままだった。いや、実際は、急激に打ち固めた、表情の生々しいろう人形群そっくりで、見ていると、実に奇妙だった。むろん、ばかばかしい眺めだった。そんなのを見ていると、なんとなく優越感が湧いてきて、うれしいような気がしなくもない。実になんとも不思議なんだ！ あの薬が血の中で効きはじめてからは、僕は人々の行動も、世間の動きも、すべて何千分の一秒という瞬間にとらえて見聞きし、考え、行動するということになっちまったんだからね。「この新神経促進剤は——」と、僕が言いかけると、ギバーン教授がさえぎった。

「あの鬼婆がいる」と、教授が言った。

「どこに？」

「僕のおとなりさんさ」と、ギバーン教授が「よく吠える子犬がいてね。うるさいんだ。畜生なんとかしてやりたいな！」

ギバーン教授は、時々、とても子供っぽく、やんちゃになる。僕がとめるひまもなく、教授は飛び出して行き、かわいそうな子犬をいきなり現実に目に見える世界からひったくって、凄いスピードでリーズ公園の崖に向かって駆け出した。とんでもないことだった。子犬が、もがいたり、吠えたりして生きているしるしを少しでも示すひまなどあらばこそだ。ぐったりと眠そうな恰好で固まったままの奴を、ギバーン教授が首をつまんでいた。どうやら、駆けて行って子犬を森へ棄てるらしい。「ギバーン！」と、僕が大声で「子犬をおろせ」と叫び、追い討ちに「そんなに走ると、ギバーン、服が燃え出すぞ。麻ズボンがいぶり出しているぞ！」と、浴びせかけた。

その瞬間、教授は、はっと立ち止まり、手で、いぶりかけているすねのあたりを、ぱたぱた払った。

「ギバーン」と、僕が駆け寄って「子犬をおろせよ。ひどく暑くてたまらないな。こんなに走るからだぞ！　秒速二、三マイルだよ。空気の摩擦だ！」

「なんだって？」と、教授は言って、子犬をちらっと見た。

「空気の摩擦さ」と、僕がどなった。「空気の摩擦さ。速すぎるんだ。流星みたいなもんだ。熱すぎるぜ。それに、ギバーン、おい、ギバーン！　僕は、からだじゅう汗まみれで、ぴりぴりするよ。それにいろんなものが、かすかに動き出したように見えるぜ。きっと、薬が醒めかけたんだ！　さあ、子犬を地面におろしてやれよ」

「え？」と、教授が言った。

「薬がさめかけてるよ」と、僕はくり返して「暑くてたまらんな。薬がさめかけてるらしい！　僕は汗でびしょぬれだ」

教授は驚いて僕を見つめた。それから、楽隊の方を眺めた。虫の羽音だったような演奏の曲が、たしかに少し速くなっていた。やがて教授は、恐ろしい勢いで腕を振り回して、子犬を放り出した。子犬は死んだように動かず、くるくると舞い上がって、しまいに、日傘をさしておしゃべりをしている一団の人たちの上に落ちかかって宙に止まっていた。

「大変だ！」と、教授が僕の肘をつかんで「たしかにそうだ！　熱くてぴりぴりするようだ——たしかだ。あの男がポケットからハンカチを出す動作が見えたぞ！　薬の効き目を追い出さなければならん」

しかし、そうてきぱきと追い出すわけにはいかなかった。その方が運がよかったのかもしれない。というのは、それには走らなければならないだろうし、いつも走っている調子で走れば、間違いなく、僕らは炎に包まれてしまうからだ。燃えてしまうのはまずたしかだ！　なんと、その時には僕らは、どちらもそのことに気がつかなかったのだ……だが、走りかけさえしないうちに、薬の効き目が、ぴたりと止まった。あっと言う間のことだった。新神経促進剤の効き目は、カーテンを引くように、さっとひと引きで消え去った。ギバーン教授がなにか警告するような声で「すわろう」と、言い、つまずくように、公園のはずれの芝生に腰をおろした。僕も腰をおろしたが——尻にはまだ火がついていた。それで、僕が腰をおろしたところは、あそこの草が、ひと握り、いまでもこげている。

僕が腰をおろした時に、世間のあらゆるものの活気がよみがえってきた。それまでは下手っくそな旋律だった楽隊の演奏がわっと盛り上がり、美しい曲になって聞こえた。散歩の人たちは一歩一歩大地をふみしめて、思い思いの方向へ歩いて行ったし、あの紳士の新聞紙も、旗も風にあおられはじめたし、あの娘のほほえみも声になったし、ウィンクした紳士もウィンクを終えて満足そうに歩み去ったし、車椅子に腰掛けている連中も動いたり話したりしていた。

世の中がふたたびよみがえって、僕らと同じ速さで動き出した。いや、むしろ僕らの方が世間より速く動かなくなったと言うべきだろう。ちょうど、汽車が速度を落として鉄道の駅へはいるようなものだった。一、二秒のあいだ、まわりのものが、みんな回るように見えた。僕はひどく目まいがしたが、それもすぐおさまった。そして、ギバーン教授の、薬のさめる直前の、くそ力のある腕で放り上げられて、しばらく宙に止まって見えた例の子犬が、凄い加速力で落ち、貴婦人の日傘を、すぽりとぶち抜いた。おかげで僕らはみんなの目をひかずにすみ、大助かりだった。ただひとり、車椅子にすわっている太った老紳士が僕らの姿を見て、ぎょっとしたらしく、それからは、ちらり、ちらりと間(ま)をおいて、ひどく疑わしげな目を向けていたが、しまいには、たしかに僕らのことを何か看護婦に言いつけていた。その他には、僕らの突然の出現に気づいた者は、ひとりもいないらしかった。ひょいと！　たしかに、僕らは、ひょっこり現われたにちがいないのだ。ほとんどすぐ、くすぶりは消えたが、僕の尻の下の芝生が熱くてつらかった。みんなの注意は——むろん、こんなことは娯楽協会の楽隊にとって、開闢(かいびゃく)以来ただ一度のことだが、今度ばかりは楽士連中も演奏を中断して——この驚くべき事実にひきつけられていた。子犬の吠え声や婦人連の悲鳴にもまして、みんなが驚いたのは、演奏台の東側で静かに寝ていた丸々と太って品のいい子犬が、いきなり西側の貴婦人の日傘をぶち抜いて落ちたことだった——しかも、恐ろしい速度で空中を飛んだために、子犬は少しこげていたのだ。あのばかげた日に、僕らは、心霊や狐つきや化けものになったつもりで、できるだけの悪ふざけもやってみたのだ！　腰掛けている者はいきなり立たされ、寝ころがっている者はいきなりふみつけられ、椅子が逆立ちをするというふうで、公園の巡査は駆けずりまわった。それが、どうおさまったか僕は知らない——僕らは、そんな事件には、なんとかして巻き込まれたくなかったし、車椅子の老紳士がちらりちらりとこちらを、うかがう目のとどかない所へのがれたかった。それで、からだも十分に冷え、目まいや、不快さや、心の混乱も十分におさまるとすぐ、立ち上がって、群衆の外側をまわり、大寺院(メトロポール)の下の道を、ギバーン教授の邸(やしき)へ向かって帰途についた。だが、がやがや騒ぎの中から、まったく怪しからん仕打ちで日傘を破られた婦人の横にすわっている紳士が、「スペクテーター」新聞の主筆が見出しにでも書きそうな文句で、質問しているのが、はっきり聞きとれた。「あなたが犬を投げたのでないなら、犯人の心あたりは？」

ものの動きや、耳なれたもの音が急に戻って来たので、当然、自分の身が心配になり（僕らの服はまだ熱くて、ギバーン教授の白ズボンの足先が、まっ茶色にこげていた）いつもなら、そういうことに首を突っ込みたがる僕も、薬のさめ方を細かく観察する気にならなかった。事実、科学的な価値のあるような観察は本当に何もしなかった。むろん、蜜蜂はすでに飛び去っていた。自転車の男を捜して見たが、僕らがサンドゲート上(かみ)通りにはいったときには、既に見あたらなかった。馬車の陰で見えなかったのかもしれないが、ともかく、乗合馬車も、その乗客たちも今はみんな生き返って、ざわめいていた。馬車は軽快な速度で、すぐそばの教会の前をからからと駆けていた。

気がついてみると、邸を出るときに抜け出した窓わくが少しこげていたし、小道の砂利の上の足痕(あしあと)もいつもよりずっと深くついていた。

僕が最初に経験した新神経促進剤の効き目はそんなものだった。実際に僕らが走り回ったり、ものを言ったり、いろいろなことをした時間は、せいぜい一秒そこそこだった。おそらく、楽隊が二小節演奏するぐらいの時間を、僕らは三十分ぐらいの内容に使えたのだと思う。しかし、薬の効き目で、僕らが都合よく観察できるように世の中の動きが止まったように見えたのは大した効果である。いろいろ考えてみると、特に、一刻も早く邸を飛び出そうと気短になった点を考えてみると、あれも薬の効き目のせいで、たしかに、予想以上の悪い効き方なのかもしれない。その点は、ギバーン教授があの薬をもっと使いやすくする今後の研究にまたなければならない。しかし、あの薬の実用性は、たしかに、議論の余地がないことを示した。

あの冒険以来、教授は、あの薬を確実に使いこなせるように研究をつづけているし、僕も教授の指図に従った一定分量を数回試みたが、何ら悪い影響はない。だが、実は、薬の効いている間は、あえて外出しようとはしないんだ。たとえばこの話など、椅子にひとすわりして、誰にも邪魔されるひまもないほどの短時間に書き上げたと言っておこう。チョコレートをひとつふたつはなめたがね。六時二十五分に書き始めて、僕の時計は今、ほぼ三十分を一分過ぎたところだ。約束でいっぱいな真昼間に、長くて邪魔のはいらない仕事の切れ目の時間を持つ便利さは、いくら言っても言い足りないほどありがたいものだ。ギバーン教授は、目下その薬の量産を研究中だ。それに並行して、調合を変えることで、いろいろな症状に対して独特な効果を持つ特効薬の研究もつづけている。それから、現代の強すぎるストレスを和らげる緩和剤も発見しようと思っている。むろん、その緩和剤は、促進剤の反対の効き目を持つものである。それだけ使えば患者は普通の一、二秒を数時間にも引きのばすことができるし、そうすることで、どんなに目の回るようなあわただしく神経のすりへる環境にあっても、氷河のような緩慢さで神経を乱されずに休養をつづけることができる薬なのだ。この二つの薬を併用すれば、今日の文明社会に対して、まったく革命的な効果を必ず表わすにちがいない。それはカーライルのいわゆる「時間という囚人服」からの脱出の手始めなのである。神経促進剤が、僕らが全神経と全精力を出さなければならないような恐ろしいことにぶつかった場合に、僕らのエネルギーを集中させる一方、緩和剤は限りない困難や退屈を受け身の平静さで凌がせる。これからまた発見されようとしている緩和剤について、僕はかなり太平楽を並べているようだが、神経促進剤については、どんな種類の疑問も、まったくさしはさむ余地がない。神経促進剤が、便利な、調剤自由な、色々な形になって市場に出まわるのは今後二、三か月の問題だ。緑色の小ビン入りで、高価だが、その特効を考えれば、まあまあの値段で、薬局や薬剤師から買えるようになるだろう。その薬は「ギバーン神経促進剤」というのだ。教授は効き目によって三種類の型に分けて供給しようと考えているようだ。つまり、二百倍、九百倍、二千倍で、黄、桃色、白のレッテルを貼って見分けがつくようにするそうだ。

その薬品の使用が、たくさんの驚異的な事を可能にするのは疑いない。むろん、犯罪者でもその薬の効き目で、いわば時間の隙間にまぎれ込んで、罪をのがれることができるかもしれないから、この点は特に注意を要する。また、あらゆる特効薬と同じように、乱用されやすいだろう。ともかく、僕と教授は、それらの問題点を議論しつくして、それは純粋に法医学上の問題で、まったく僕らの分野ではないことにきめた。やがてその神経促進剤を製造して売り出すが、その結果は――ようく目をあけてごろうじろだ。

みにくい原始人

「この骨をよみがえらせることができるか」

人類誕生の最初の痕跡(こんせき)を証明する、黄ばんだ骨片や、火打石のかけらぐらい、素人の僕らの目に、何も語らず、何も示さず、何も教えないものはなかろう。僕らは、それらのものを、博物館の陳列ケースの中で、よく見かけるが、僕らにはさっぱりわからない学説に従って、分類されていて、シュレアン、ムステリアン、ソルートリア等という奇妙な名のレッテルがついている。それらは大部分、シェール（パリ近郊）、ラ・ムースティエ（南フランスの地名）、ソリュートル（東フランスの地名）等という地名からとった名で、それらの標本が初めて、採集された場所である。僕らはたいてい、ガラスに顔を押しつけてそれらをじっと見ながら、しばらくの間、ぼんやりと、その半ば野蛮人のような半ば動物のような、僕ら人類の過去とその経過の歴史を考えてみる。「原始人」と、僕らはいっている「火打石の道具を使い、マンモスに追いまわされていた人間」だが、ここ二、三年の間に、科学者たちの鋭意不休な研究で、それらの古ぼけて手におえない証拠品から、どれだけ多くのものが解明されたかは、ほとんど人に知られていない。

　最近のこの分野での、最も驚異的な業績のひとつは、これまで人類が使ったものとされていた、ごく初期の骨片や火打石の道具（石器）の一部あるいは大部分が、実は、多くの点で非常に人類に似ているが、厳密に言って、人間種に属さない、ある動物の遺物であるということを、しだいに実証し得たことであろう。科学者は、これら、人類の消え去った種属を、普通「人(ホモ)」と呼んでいる。それはちょうど、ライオンや虎を「猫(フェリス)」と呼ぶのと同じやり方なのだ。しかし、初期の、普通に言う原始人なるものは、僕ら人間の同族でも先祖でもなく、人間に酷似していて、人間に非常に近い動物だが、人間ではない奇妙な動物だと信じていい筋合いのものらしい。その動物はずっと昔に絶滅したのだ。その動物は、ちょうど、マンモスが象と似ているし、象に近いが、象とは違うというのと同じように、人間とは違うのだ。火打石と骨の道具類は非常に古い堆積層から発見される。現在、博物館にあるもののいくつかは百万年前かそれ以前のものだろう。ところが本当の人間種、つまり知能的にも肉体的にも僕らのようなものの痕跡は、せいぜい二、三万年以上はさかのぼれないのだ。

その当時、真の人類がヨーロッパに現われたので、彼らがどこからやって来たのかはわかっていない。道具を作り、火を使い、人類のような生活をしながら、しかも人間種でない動物は、真の人類が出現する前に既に、地上から姿を消してしまっていたのだ。

科学の権威たちは、今日までに、そのような原始人類とでもいうべきものを、四種族確認しているが、研究がすすめば、その数はおおいにふえるであろう。その種族のひとつが、シュレアン（アベリアンの古称）と呼ばれる石器類を作った。おもに単純な形の石斧類で、おそらく、三、四十万年昔の堆積層から発見されている。シュレアンの道具は、大きな博物館なら、どこでも見られる。それらは、割合大きな石器で（真の人類のどの種族が作ったものより四、五倍大きい）出来も悪くない。たしかに、知能的な頭脳を持つ動物のどれかが作ったものだ。それらの石器は大きくて不恰好な手で握って使ったものであろう。しかし、これまでにただひとつ発見されているこの時代の小さな骨の断片は、非常にがっちりした、おとがいのない下あごの骨で、今日の人間の歯よりも、ずっと特徴のある歯を持っている。それから想像してみると、その人間に似て非なる奇妙な動物は、あの大きなあごでものを噛みくだき、ぶざまな手に、あまり手ごろでない石器を握って、敵を殴り倒したにちがいない。そいつは、おそらく人類よりも図体が大きくて、恐ろしい奴だったにちがいない。首をつかんで熊を、のどをつかんで歯の鋭いライオンを、手摑みにすることができたろう。しかし、それは正確にはわかっていない。今日、僕らの手許にあるのは、あの大きな石器類と、たくましいあごの骨の一部だけだ——しかし、僕らには、事物を詮索する自由がある。

真の人間種が出現する以前の、氷と困難におおわれていた時代は、いろいろな謎に包まれているが、その中でも、一番興味の深いのは、ムステリアン人の問題であろう。と言うのは、彼らは、真の人間種がヨーロッパに移動して来たころには、おそらく、まだ生存していたはずだからだ。彼らは、まだよくわかっていないシュレアンの巨人どもよりも、ずっと後まで生存していたらしいので——シュレアン人の時代と比べると、一日前までいたということになる。ムステリアン人もまた、ネアンデルタール人と呼ばれている。つい近年まで、彼らは、僕らと同じ真の人間種だと思われていた。しかし今日では、僕らは、彼らを別の動物だったと考えはじめている。僕ら人間のごく近い親類とすることさえ不可能なほど、違っているのだ。彼らは首を奇妙にうなだれて、よろめき歩き、首をのばして空を仰ぎ見ることができなかったし、その歯も人類のとは全然違う。奇妙なことに彼らは、一、二の点で、僕ら人間より猿に似ていないのだ。犬歯、つまり真中から三本目の歯は、ゴリラは非常に発達しているし、人間も尖がっていて他の歯と、はっきり区別がつく。ところが、ネアンデルタール人の犬歯には、そんな特徴は全然ない。彼らの歯ならびは非常に平らで、前歯も僕らのとは違うし、僕らより猿に似ていない。彼らは、真の人間種よりも顔面が大きくて額が小さい。しかし、それは脳が小さいからではない。脳は現代人と同じくらいの大きさだが、後脳が人間より大きく、前脳が人間より小さくて構成がまるで違う。だから、当然、彼らの思考や行動は僕らと違うだろう。彼らは真の人間種より、記憶力が強く、推理力が弱く、感情が強く、知性が低かったろう。おとがいがなく、あごの骨が上下ともいっしょに低くなっているから、僕らの使う言葉のような声が出せたかどうかわからない。おそらく、全然、話はできなかったろう。手の指でも足の指でも、ピンのようなものは、つかめなかった。この類人獣を研究すればするほど、僕ら人類との違いが大きくなる。一時はオーストラロイド原人に属するとみられていたが、それとも似ていない。

さて、人類と、このみにくい不恰好で強力な類人動物との間には、近い血のつながりが全然ないとわかると、その動物の肌に毛がなく、人間のような髪をしていたとは、ますます考えにくい。おそらく、人間とは違って、全身剛毛でおおわれていたか、ふさふさと毛が生えていて、人間とは似ても似つかぬものだったように思われる。ちょうど、当時の象や犀が全身毛でおおわれていたようにね。彼らは、象や犀のように、当時北へ向かって後退しつづけていた雪や氷河のとけた狭い地域に生息していた。全身剛毛におおわれるか、ふさふさと毛が生えていて、無気味な仮面のような大きな顔で、眉骨が大きく隆起して額がなく、大きな石器をつかんで、人間のように頭を上げずに、ヒヒのように首を前かがみにして走りまわる。そんなのに出会ったら、僕らの先祖たちにとっては、とても恐い動物だったにちがいない。

この無気味な類人動物と、真の人間種が出会ったことは、まず、間違いない。真の人間種が、ネアンデルタール人の生息地に侵入し、両者は出会って戦ったにちがいないのだ。いつの日か、僕らはこの戦いの証拠を発見することだろう。

西ヨーロッパ——完全とはいえないまでも、人類の初期の遺跡を捜し求められてきた地球上のほんの一部にすぎない——この地帯は、当時は、年ごとに、徐々に暖かくなっていた。前にはこの大陸の半分をおおっていた氷河が後退をつづけ、夏には草原が広々と広がり、松や樺の疎林が、かつて氷原であった土地に、だんだんに生え広がっていった。当時の南ヨーロッパは今日の北ラブラドール（北アメリカ東北部）のようだった。ごくわずかな耐寒性の動物が雪の中に住み、熊は冬眠していた。春になって草が生え、木の芽がふくらむと、トナカイ、野生の馬、マンモス、象、犀などの大群が、大きな暖かい谷の斜面からやってきて、北の方へさまよって行った。その谷が今日では満々と水をたたえている——地中海だ。燕や他の非常に多くの鳥類が、北へ行く渡りの習性を覚えたのは、その当時で、まだ地中海に大洋の海水がなだれ込む前なのである。その習性が、今日でも鳥どもをかり立てて、太古の地中海の谷々の消え去った秘密をおおい隠すかのように水のみなぎる危険な海を、勇敢に押し渡らせるのだ。みにくい原始人どもは、春の生命のよみがえりに喜び、冬の間もぐり込んでいた洞窟からはい出して、移動する獣どもから、貢を取り立てるのだった。

　これらみにくい原始人どもは、大部分が孤立して生きる動物だったにちがいない。冬期の食料が乏しすぎて、集団生活はできなかったろう。一匹の牡が一匹の牝と暮らしたかもしれないが、それも、おそらく冬は別れ、夏が来ると一緒になったのだろう。子どもが自分を怒らせるほど大きくなると、みにくい原始人どもは、子どもを殺すか、追っ払ってしまったろう。殺して食ったかもしれない。もし、逃がせば、今度は子どもが親を殺しに戻って来たかもしれない。みにくい原始人どもは、想像もできないほど記憶力がよくて、しかも目的は必ずとげる力を持っていたらしいから。

真の人間種は、いつごろか不明だが、南からヨーロッパへはいった。彼らがヨーロッパに出現したとき、彼らの手は僕らと同じように器用だった。今日僕らがほめるような絵を描くことができたし、色を塗ることも、ものを彫ることもできた。彼らの作った道具は、ムステリアン人のより小さく、シュレアン人のより、ずっと小さかったが、細工は上手で種類も多かった。衣類というほどのものも着ていなかったが、自分で色が染められたし、おそらく、話すこともできただろう。そして、彼らは小さな集団になってやって来たのだ。彼らはすでに、ネアンデルタール人より群居していて、掟を持ち、自制心があった。その精神が長い適応と抑制の歳月を経て、現代人の複雑な精神構造を作り出したのだ。潜在的欲求、錯乱、笑い、空想、思い出、夢などを秘めている現代人の精神のもとになったのだ。彼らは、既に集団生活をしていて、あの奇妙な禁忌という制約で秩序を保っていたのである。

彼らはまだ未開人で、欲望や欲求には、狂暴で発作的になりがちだった。しかし、すでに無限の昔から微力をつくして掟や慣習に従い、悪事に対する罰を恐れていた。子どものころの、恐怖心、欲望、空想、迷信を思い出せる人々には、彼らの心の動きがどんなようなものであったかが理解できる。彼らの道徳的な努力は、僕らと同じようなもので――もっと素朴な形のものだった。彼らは、僕らと同種族なのだ。だが、みにくい原始人どもの精神構造は、理解する手がかりもない。僕らと異質な精神の作用なので、わかりようがないのだ。あの変な形の頭蓋骨の中で次々に追いまわしたであろう変な思考は、なんともとらえようがない。それはちょうど、ゴリラの夢や感情をとらえようとするようなものだ。

僕らは、真の人類が、今は消え去った地中海の谷間から北へ向かって、高いスペインの谷へ、南フランスへ、中央フランスへ、というふうにして、今日イギリスと呼ばれている土地へ――その当時、イギリスとフランスの間に海はなかった――それから、東へ向かって、ラインランドへ、そして現在北海と呼ばれる広漠な荒野を越えてドイツ平原へ、どんなふうにさまよって行ったのかを、想像することができる。彼らは、雪に埋もれたアルプスの荒々しい山々を右に見ながら故郷を捨てていったのであろう。当時のアルプスは何よりもずっと高く、氷河におおわれていた。この人々が北へ向けてさまよい出たのには立派な理由がある。同種族の人口が増加し、食料が欠乏したからだ。彼らは敵に出会い、それとの闘争で進路をさまたげられたであろう。彼らは落ち着く家をもたず、季節とともに移動し、絶えずどの集団かが飢えと恐怖に追い立てられて、少しずつ北の未知の土地へ向かっていったものだ。

僕らの祖先であるひとつの小集団の放浪者たちが、どこかの草原を出て、北方の土地へ移って行った様子を、想像してみよう。季節は晩春か初夏で、おそらく、トナカイか馬のような草食動物の群れを連れて行ったであろう。

多くの異なる方法で、人類学者たちは、これら人類の祖先の初期の巡礼者たちの様子や、習慣の特徴を再現することができた。

彼らは非常に人数の多い集団ではなかったろう。もしそうなら、なぜ前にさまよっていた土地を追い立てられて、北へ向かわなければならなかったかという理由がないからだ。二、三人の三十歳そこそこの男と、八人か十人ほどの女と娘、二、三人の幼児、二、三人の十四歳から二十歳の若者、そのくらいで集団をつくっていたのだろう。彼らは眉（まゆ）の高い茶色の目、黒い縮れ髪の人々だったろう。ヨーロッパ人の金髪と、中国人の黒々として真直ぐな髪は、今日でもまだ、進化の段階にあるのだ。おそらく、年上の男たちが集団を指導し、女や子どもは若者や他の男たちと分離されて、話し合いによるか、厳格なタブーによって、親密な交際を禁じられていただろう。指導者は前を行く集団の跡を追って行ったであろう。跡を追うということは当時の人類にとっては、高度な仕事であった。現代の文明人の目には見えない印や足跡から、前の日に移動して行った前を行く集団の様子や小さくてたくましい馬の数まで読みとっただろう。彼らは非常に熟練していたから、犬がにおいをかぎ分けてついて行くように、わずかな印をたよりに、それからそれへと追って行くことができただろう。

　彼らが後をつけていく馬の群れは、前方わずかなところにいた――だから、追尾者はその痕(こん)跡(せき)を読むことができた――馬は数が多くても、警戒しなければならない心配はない。馬は草をはみながらゆっくり進んでいるようだ。野犬や他の敵の足跡があれば、馬どもは先を争って逃げ出すはずだ。当時ある種の象も北へ向かっていた。だから、人間の部族は、二度は、西へ向かう毛の生えた犀の足跡にぶつかっただろう。

　人間の部族は昼間旅をつづけた。ほとんど、裸で、みんな顔に、白、黒、赤、黄などの色を塗っていた。これほど遠い時代になると、彼らがイレズミをしていたかどうかはわからない。おそらくしていなかったろう。赤ん坊や幼児は、獣の皮で作ったヒモや袋に入れて、女たちが負って行った。おそらく、大部分の子どもたちが、マントを着、皮のパンツをつけ、なめした皮のベルトと物入れ袋を持っていただろう。男たちは、とがった石の穂をつけた鎗(やり)と、鋭い火打石の刃ものを持っていった。

これから話す、この集団には、首長であり、支配者であり、親父である長老がいなかった。何週間も前に、遠くの沼地で、長老は大きな牡の獣に襲われて、ゼリーのように踏みつぶされてしまったのだった。それから、二人の娘が道ばたに寝ていて、別の大部族の若者たちに掠われてしまった。その減員のために、生き残りの連中は、新しい狩猟地へ移動しようとしていた。丘に登ってみると、この小集団の眼前に広がる景色は荒涼としていた。それは、現在の西ヨーロッパの地形を、そっくり人跡未踏の荒野にしたようなものだった。彼らのまわりには、たげりが、ものうくさえずりながら飛び回る草の生えた斜面が広がっていた。その向こうには、紫色の丘陵が、うねうねとつづく大きな谷が延び、その上にアルプスの峰の雲のかげが、あとからあとから流れていた。松の森と、黒々としたヒースの茂みが、この丘が砂地なのを示していた。谷間には灌木が茂り、乾いた地溝の先に明るい緑色の泥炭質の沼地と水草が生えている細長い水たまりが延びていた。谷間の茂みには多くの野獣がひそんでいるし、谷の流れが大地をえぐりとっているあたりには、崖や洞穴が見えた。雲の切れた尾根の北側の斜面はるかに、野生の子馬が草をはんでいるのが見えはじめた。

二人の指導者の合図で、ばらばらになっていた一団の連中が立ち止まった。しゃべっていた女たちの声がやんだので、ひとりの娘も黙りこんだ。二人の指導者は、目の前の広々とした景色を、熱心に眺めてしらべていた。

「ウー」と、いきなりひとりが指さした。

「ウー」と、相手が答えた。

部族の連中はいっせいに、くるりとふり向いて、指さす方を見た。

集団のみんなが、ひとつの、凝視する目になった。

どのひとりも、じっと立ちつくし、驚きで、みんなは緊張する群像のようになった。

斜面のはるか下に、やはり同じ驚きにうたれて、からだを横に向けたまま、彼らの方へ首を向けて立ちつくしている、灰色の背がかがんだ姿があった。そいつは人間より大きいが背が低い。そいつは、子馬をねらって、くぼみ伝いに後から忍び寄ろうとしていた。そして、ふとふり向いたら、丘の上の集団がみえたのだ。そいつの頭は、ヒヒのように隆起していた。手に、人間には大きすぎる石をつかんでいた。

しばらくの間、その動物は自分を見つけた者たちの様子を、ざっとうかがい、相手が動かないのを知った。そのとき、女や子どもたちが、ざわめき出して、その妙な動物をもっとよく見ようと、列を飛び出した。「マン！」と、四十ぐらいの、頭株が叫んだ。「マン！」女たちの動きを見た無気味な類人は、くるりと背を向け、樺と花をつけた茨の茂みへ二十メートルほど不器用に走った。それから、またちょっと立ち止まり、新顔の集団を眺めて、妙な恰好に腕を振りながら、木の茂みに駆け込んだ。

茂みの陰が、そいつをのみこみ、隠れこむときにその姿はいっそう巨大に見えた。そいつが隠れたので、茂みの場所がはっきりした。そして茂みは、そいつの目を借りて、こっちを見つめているようだった。木の幹が、そいつの長くて銀色の四肢のように見え、倒れている木枝が、まるでそいつがうずくまって目をむいているかのようだった。

それはまだ早朝のことだった。それで集落の指導者は、もっと日がのぼってから、あの野生の子馬にぶつかりたいと思った。そうすれば、一匹だけを群れから切りはなし、下の湿地かやぶの難所に追い込み、傷つけ、あとをつけて行って、殺すことができるだろうと。それから、饗宴を催すつもりだった。そして、下の谷のどこかに泉がみつかるだろうし、乾いた枯木も手にはいるから、その薪で、夜になる前にたき火もできるだろうと思った。その時までは、連中にとって、楽しく幸多い朝だと思えた。ところが連中は裏をかかれていたのである。まるで陽気な朝のようだった、あの灰色のけだものが、急に、なんともいえぬ恐ろしい、しかめ面を現わしたのだ。

一行は立ち止まって、しばらく様子を見ていた。それから、二人の指導者が一言二言、言い合った。年上のウォーが指さし、弟のクリックがうなずいた。連中は、斜面を茂みの方へ斜めにおりて行く代わりに、尾根をまわって行くことにした。

「行こう」と、ウォーが言って小さな集団は、また動きはじめた。しかし、今度は、みんな黙って進んだ。急にひとりの子どもが何かききかけると、母親がおどかしつけて黙らせた。みんな、油断なく下の茂みを見張っていた。

急に、娘が鋭くとがった叫びをあげたので、みんなぎょっとして立ち止まった。

また、無気味な原始人が姿を見せた。空地を走って横切った。ほとんど四つんばいで、ゆれながらとぶような走り方だった。せむしのようで、非常に大きく背が低く、狼のような灰色の毛におおわれている怪物だった。ときどき、長い腕が地面に触れそうだった。前にいた所より、ずっと近づき、また、灌木のやぶに身を隠した。赤枯れした倒木の中に、身を投げるように、倒れ込んだ……

ウォーとクリックが相談した。

一マイルほど先に谷頭があり、やぶはそこから始まっていた。その先には禿山があって、ほとんど草が生えていない。野生の馬たちは、南の日に向かって草をはんでいたし、少し北の方には一群の毛深い犀の背が、いくつも丘のいただきに点々と浮いて見え——その背すじがちょうど、糸でつないだ黒い玉のようだった。

もし、この部族が、この草地をおし渡れば、そのときは、やぶに身をひそめているけだものは、隠れたままでいるか、空地へとび出してくるだろう。もし、そいつが空地へ出てくれば、部族の十人ほどの若者と男たちが、そいつの扱い方がわかるはずだった。

そこで、連中は草地をおし渡ることにした。小さな集団は谷頭の方へ回って行き、男たちは尾根に待機して、その間に、女子どもを先へやって空地を横切らせた。

しばらくのあいだ、敵は身動きもせずにいたが、やがてウォーが挑戦の姿勢を示した。クリックも負けずにやった。みんなが口々に敵に叫びかけた。それから、少し乱暴なひとりの若者が、さんざん顔をしかめて見せたり、相手を怒らせるような身ぶりをしてから、灰色のけだもののひょこひょこ走る真似を、得意になって、上手にやってみせた。それでも、相手との交歓はほとんど成功したらしくない。

当時、笑いは社交的な抱擁を意味した。人類は笑うことができたが、無気味な原始人どもには笑いはなかった。そいつは、もの陰から不思議そうにその有様を眺めていた。そいつは、あっけにとられていた。人類の方は、ころげまわり、げらげら笑い、肩をたたき合い、ももをたたいていた。涙が顔に流れていた。

それでも、茂みからは、なんの合図もなかった。

「ヤッハー」と、人類が「ヤッハー。ブッズー。ヤッハー。ヤァー」

連中は、ひどくこわがっていたことなど、すっかり忘れてしまった。

やがて、ウォーは、女子どもが十分な安全距離まで行ったと思い、男たちに従いて来るように命令した。

こんなふうにして、僕らの先祖の人類は、西ヨーロッパの荒野で、初めて原始人にお目にかかったのだ……

この二種類の生物は、まもなく、隣り合って住むようになった。

新顔は、このみにくい原始人の土地へ侵入してきたのだ。じきに、また、灰色で人間の姿に半ば似ているその動物が、こそこそと薄明の中を走るのを見かけた。朝になって、クリックは、野営地のまわりに、細長い足痕をいくつもみつけた……

それから、ある日、小さな緑色の茨の蕾を食べていたひとりの子どもが、みんなの目のとどかぬ遠くへ行きすぎた。茨の蕾はイギリスの田舎で、子どもたちがチーズつきパンと呼ぶ、あれだ。

たちまち、きいきい泣く声がし、つかみ合いがはじまり、どさっと音がした。そして、何か灰色の毛のふさふさした奴が、犠牲を運んで、ウォーと三人の若者の必死の追跡をしりめに、茂みをくぐって逃げ去った。みんなは、敵を、ひどく草木がはびこっている暗い峡まで追いつめた。今度連中が相手にしなければならないのは、群れをはなれた、ひとりもののネアンデルタール人ではなかった。茂みの中から大きな牝が飛び出してきて、仲間の逃亡を助けるために、岩を投げつけた。岩は九柱戯の柱に当るように、ひとりの若者の足に当ったので、それ以後その若者は足を引きずるようになってしまった。しかし、ウォーが投げ鎗をその灰色の怪物の肩に当てたので、奴の吼え声が聞こえなくなった。

掠われた子どものもの音は、もう何も聞こえてこなかった。

牝の方が峡の上に姿を現わし、しばらくの間、猛り狂い、血まみれになって恐ろしい声で吼え立てたので、男たちは追跡をつづけようかと思って待機していた。しかし、追跡を止める相談をするまでもなかった。すでに、連中のひとりが、ひざに手を当てて、足を引きずりながら退却していたからだ。

最初の闘争はどんなふうに行なわれたか。

おそらく、そのときの相手は僕らと同じ人間種だったろう。おそらく大きなネアンデルタール人の牡で、そいつは、たてがみとひげがふさふさと生えた奴で、両手に大きな岩をつかみ、雷のように吼えながら峡を駆けおりて来たのだろう。そいつが大きな火打石のかたまりを投げつけたのか、それで殴りかかったのかはわからない。おそらく、そのとき、ウォーは逃げる途中で殺されたのだろう。それは、その小集団にとっては大変な災難だったろう。二人の人間が減ったのだから、連中はすぐにできるだけの速さで、その丘を退却し、力を合わせて安全を守りながら、傷ついた若者を、はるか後に残して行っただろう。その若者は、ひとりきりで、恐怖にかられながら、とぼとぼと足を引きずって後を追わなければならなかったろう。

その若者が、最後には自分の部族と合流することができたものと思おうじゃないか――悪夢のようないく時間を過ごしたあとでね。

さて、ウォーが死んで、クリックが長老になると、その夜のうちに部族の野営地を、みにくい原始人がひそんでいるらしい茂みから、遠く離れたヒースの生えている尾根の上に移して、たき火をたいた。

　みにくい原始人が人類をどう見ていたかはわからないが、人類がこんなふうに原始人を見ていたらしいということは想像できる。人類は原始人どものあの手この手を推察して、奴らを出し抜く計画を立てたろう。ネアンデルタールどもが、住家にしている峡を上から襲うことを、最初にぼんやり思いついたのはクリックだったろう。というのは、前にも言ったように、ネアンデルタール人たちは仰向(あおむ)くことができなかったからだ。だから、人間どもは、奴らの上から大きな岩をころがしてやり、たいまつを投げつけ、乾いた枯枝を放り込んで燃え上がらせることができるのだった。

　こうして、人間側が勝利を得たと思いたいだろう。クリックがみにくい灰色の牡の最初の攻撃で、ひどくあわてる様子が手にとるようにわかるようだ。しかし、その夜たき火のそばで、じっと考え込んでいると、掠われた娘の叫び声が聞こえるような気がして、クリックは怒りにみたされたであろう。夢の中で、あのみにくい牡獣が襲いかかり、クリックは夢中になって闘い、はっとして目がさめ、怒りでからだがひきつったであろう。ウォーが殺されたあの峡が気になってしかたがなかった。やむなく、クリックは引き返して、また、あのみにくいけだものどもを捜し、道に待ち伏せして、そこから奴らを見張った。そして、ネアンデルタール人は、人間ほど上手に木に登れないし、聴覚がそう鋭くないし、不意に襲われるとすばやく逃げ出せないのを知った。それであのみにくい原始人どもを扱うのは、熊を扱うようにすればいいことがわかった。熊にぶつかったら、ちらばって逃げ、あとから熊の背後をつけばいいのだ。

しかし、無気味な土地に侵入した最初の人類の集団が、困難な問題を解決するために、新しい武器を作り出すほど、賢明であったかどうかは、どうも疑わしい。おそらく連中は、前に捨ててきたもっと穏やかな南の地方へ、また引き返して、彼らの同類に殺されるか、混入されるかしただろう。さもなければ、おそらく、侵入した新しい土地で、灰色の原始人たちにみな殺しにされただろう。しかし、なんとかして生き残り、栄えていったことも真実だろう。もし一集団が死に絶えれば、彼らにつづく同類の他の集団がやって来て、前より少しはいい運命を切り開いたのだ。

これでもわかるように、人間の幼児にとっては、悪夢のような時代だったのだ。幼児どもは、いつでも敵にねらわれていることを知っていなければならなかった。

子どもたちの逃げ足が速いのは、このせいかもしれない。また、今日でも、人食い鬼や人食い巨人の伝説が子どもの世界を風靡（ふうび）しているのは、太古のころの子どもの恐怖心が、僕らにまで遺伝しているからかもしれない。そして、この人類の移動が、ネアンデルタール人にとっては、絶え間ない戦いの始まりであり、遂には絶滅せざるを得なかったのかもしれない。

ネアンデルタール人は、人類ほど背が高くなく、直立して歩けなかったが、体重はずっと重く、力の強い動物だった。しかし、彼らは知能が低く、そのうえ、一匹か二匹、多くても三匹で生活していた。ところが人類は、彼らより俊敏で機知にとみ、多くが協調して生活し——戦うときには協力した。連中は列をつくって敵をとり囲み、まわりから、殴りつけたり、石をぶつけたりした。灰色の種族と戦うときには、犬が熊を攻めるようにやった。連中はたがいに掛け声を掛け合って攻め手を教え合うが、ネアンデルタール人は、しゃべれなかったし、どうしていいのかわからなかった。相手は、すばやく動き回るし、利口に戦うので、手も足も出なかったのだ。

三、四万年の昔、この世界が風吹きすさぶ草原の、きびしい時代だったころ、この二種類の原始人は、長い年月にわたり根気よく、決闘や戦いをつづけていた。そして、たがいに耐えられなくなった。両方とも、川のそばの土手や洞穴を求めた。そこでは火打石が手にはいるのだ。彼らは沼地の泥にはまって死んだマンモスや、発情期に殺された牡のトナカイを奪い合って戦った。人間の部族は、自分たちの洞穴やくぼ地の近くに、みにくい原始人の痕跡（こんせき）をみつけると、無理にも追いつめて殺してしまった。彼ら自身と子どもたちの安全は、この殺害によってのみ得られるのだった。ネアンデルタール人たちは人類の子どもを、いい獲物とも、ご馳走（ちそう）とも考えていたのだ。

本物の人類が現われて以後、どのくらいの期間、氷河と草原の間の松と銀色の樺が立ち並ぶ寒冷な世界に、このみにくい原始人が生息していたかは、わかっていない。長い歳月、原始人どもは生き残り、だんだんに、ずるがしこく、狂暴になっていき、しまいにはめったにいなくなってしまっただろう。本物の人間どもは、においや足跡によって彼らを狩り出し、彼らのたき火の煙を見張り、彼らを食料攻めにした。

忘れられた世界を横行した偉大な武者修行者（パラディン）、人間どもは、灰色の原始人たちの前に立ちはだかり、正面から、なぐり殺し、斬り殺した。彼らは火を使って先をとがらした木の長い槍（やり）を作り、強打から身を守るために皮の盾を考え出した。彼らは皮紐（かわひも）に石を結んでふり回して敵をなぐりつけ、石投げ器で石を弾いて敵を倒した。しかも、灰色のみにくい原始人に立ち向かう人間は、男だけではなく、女もだ。女どもは子どもたちを監督し、男たちの手助けをして、この人間みたいな、人間みたいでないような悪魔に立ち向かった。その結果、大学者先生たちまでが、この現象の意味を読み違えるに到った。つまり、こんな大昔に既に発達しつつあった人間の家族を結合して大部族にしたのは女であるというのだ。女の利口な愛情からの知恵が、子どもたちを長老の激しい怒りから保護した。子どもたちには長老の嫉妬や憎悪を避けるように数え、長老には子どもたちを大目に見て、灰色の原始人と闘うときに手伝わせるように頼んだ。アトキンソンが、人類の初期の生活の中で、基本的な禁忌を教えたのは女だと言っている。つまり、息子は、その養母の手許から離れて外処へ行き、他の部族から妻を求めなければならない、そうすることによって家族内の平和が保たれるという禁忌なのだ。女は兄弟の殺し合いの仲裁をし、最初の調停者になった。初期の人間社会を生み出したのも女の仕事で、人間の孤立の寂しさと、成熟した牡の孤独からの強暴さを鎮めた。男たちは女を通して、父子の協力、兄弟の協力を初めて覚えた。みにくい原始人たちは、ごく未熟な協力ということさえ知らなかったのに、人類は既に共通のアルファベットをつづることをあみ出していて、それが他日、地球上の全人類にひろまったのである。人類は十人、二十人と、団結していたから、一人でいたり、せいぜい二、三人でかたまっている、みにくい原始人どもは包囲され、殺されて、遂には、もはや、この世界に生き残れなくなってしまったのだ。

幾世代も幾年も、原始人と、僕らの先祖たる真の人間との生存競争は長くつづいた。こうして人類は南方から西ヨーロッパへ侵入したのだ。数えきれぬ闘争、狩り立て、不意討ち、命がけの逃亡が、氷河期の最後と現在の暖期の間、寒く風吹きすさぶ洞穴や木々の茂みで行なわれたのだ。そして遂には、最後のあわれな、みにくい原始人が窮地に追いつめられ、絶望に怒り狂いながら、追跡者たちの槍に立ち向かったであろう。

人類には、この長い武器があったとはいえ、どんなに肝をつぶすようなことがあっただろう！　いくど恐怖と勝利の時があっただろう。どれほど献身の行為と、死にもの狂いの勇敢な行為があっただろう！　そしてこの勝利者の血統が僕らの血筋なんだ。僕らは系統的に素姓を調べれば、これらの、日灼(ひや)けした顔に色を塗り、走り回り、闘い、たがいに助け合った生物につながるのだ。僕らの血管を流れる血は、忘れ去られた過去の、このような戦いや、おびえ上がるような恐怖で、光っているのだ。それが今は忘れ去られている。おそらく、夢の中で感じる漠然とした恐怖や、伝説や乳母の教える物語の中に隠れている伝統の素材を除いて、今日、僕らの種族の太古の記憶は完全に忘れ去られているのだ。だが、この世には完全に忘れ去られてしまうものはひとつもない。七、八十年前、二、三の好奇心の強い学者先生方が、昔の砂礫(されき)層から発見したいくつかの骨片や、大きな、削られた火打石に、何か隠れた記録がありはしまいかと考え始めた。もっと、ずっと最近になって、他の学者たちが、夢や現代の異常心理から、その底流をなす、かすかな異常経験をさぐり出すヒントを発見した。こうして、しだいに、掘り出された骨片が、またよみがえって来た。

このような、過去の復活は、最も驚くべき人間精神の探検の一つである。これら、太古の痕跡の中を捜し回る科学者の手には、ずっと前に忘れ去った日記帳や、自分の青春時代の恋人との約束手帳の黄ばんだページをめくるような感慨がつきまとうであろう。彼の過ぎ去った青春がよみがえるのだ。もうひとたび、昔の経験が心を掻(か)き立て、昔の幸福が戻ってくるのだ。しかし、かつては燃え上がった情熱も、今では暖かいだけだし、昔の恐怖や困惑も、今ではもう生々しいものではない。

いつかは、これらの記録が、僕ら自身がその渦中にいて、原始時代の恐怖や刺激を分け合っていると思うほど、生々しく復元される日が来るかもしれない。いつかは、過去の巨大な獣たちが、よみがえって、僕らの想像の世界に、いきなりとび込んで来るような日が訪れるかもしれない。そうなれば僕らはふたたび、消え去った過去の景色の中を歩き、僕らの四肢にあのごみみたいな色を塗りつけて伸ばし、百万年前の太陽の光りを、ふたたびこの肌に感じることだろう。

奇跡を起こせた男

――散文による四行詩――

その能力が天成のものかどうか怪しい。どうも、突然身についたものらしい。事実、三十歳の今日まで、あの男は懐疑的の方で、この世に奇跡を起こせる力があるなどということは信じていなかった。ここで、まずその素姓を述べておく方がいいだろう。あの男は、小男で、目は燃えるような茶色、髪はごわごわで赤く、八字髭（はちのじひげ）をたくわえ、顔はそばかすだらけだ。名前は、ジョージ・マックワーター・フォザリンゲイ——とても奇跡が起こせると期待できるほど、気がきいた名前ではない——身分は、ゴムショットの店の番頭だ。ひどく議論好きだ。この世に奇跡なんかあり得ないと議論している最中に、自分の異常な能力に初めて気づいたのだからおもしろい。その記念すべき議論をしたのは、酒場ロング・ドラゴンで、口敵（くちがたき）のトッディ・ビーミッシュが「そうかね。そうですかね」の一本調子で頑張るので、フォザリンゲイ氏はかっかとして頭にきてしまった。

議論する二人のそばには、ほこりまみれの自転車選手と、店の亭主のコックスと、文句なしに堂々たるでぶっちょの給仕女メイブリッジ嬢がいた。メイブリッジ嬢はフォザリンゲイ氏に背を向けて立ち、コップを洗っていたし、他の連中は、むきになって口角泡をとばしても、のれんに腕押しのフォザリンゲイ氏を、かなりおもしろ半分に眺めていた。ビーミッシュ氏のトレス・ヴェドラス戦術（トレス・ヴェドラスはポルトガルの古城で五十キロもある城壁があり、一八一〇年ウェリントンがここでナポレオン軍を防いだ。つまり、抵抗戦術の意）にやっきとなったフォザリンゲイ氏は、いつにない雄弁をふるうことにした。

「ねえ、ビーミッシュ君」と、フォザリンゲイ氏が「まず、奇跡とは何かを、はっきりしようじゃないか。そいつは、自然のなりゆきに反するでき事で意志の力によって成しとげるものだよ。特別な意志の働きなしには起こり得ないものだよ」

「そうかね」と、ビーミッシュ氏が押し返すように答えた。

フォザリンゲイ氏は自転車選手に同意を求めた。それまでずっと黙って聞いていたその男が、大きくうなずき——ためらいがちに、ごほんごほんとやって、ちらりとビーミッシュ氏に目くばせした。店の亭主は一言も意見を述べなかった。そこで、フォザリンゲイ氏がビーミッシュ氏の方へ向き直ると、相手は、意外にも譲歩して、条件づきで、その奇跡の定義を認めた。

「たとえばだよ」と、フォザリンゲイ氏は大いにふるい立って「ここで奇跡が起こるかもしれない。あのランプだが、自然のなりゆきからすれば、あんなふうに燃えることはできない。そうだろう。ビーミッシュ」

「君はできないと言うがね」と、ビーミッシュがまたしてもやり返した。

「すると君は」と、フォザリンゲイが「まさかできるというつもりじゃないだろうね——え?」

「そりゃ」と、ビーミッシュがしぶしぶ「そりゃ、できないさ」

「よろしい」と、フォザリンゲイが「ではここに誰かが現われて、たとえば僕でもいいんだが、この辺に立つとする。そしてあのランプに向かって、僕がするように、意志力を集中して命令したとする——『こわれずに、さか立ちになって、ちゃんと燃えつづけろ』とね。すると——おやっ!」

誰もが、「おやっ!」と叫ぶしだいになった。あり得ないこと、信じられないことが目の前で起こった。ランプが空中でさかさになり、炎が下を向いて静かに燃えつづけた。それが、まぎれもなく実在のランプ、ロング・ドラゴン酒場のありふれた普通のランプなのだ。

フォザリンゲイ氏は、人差指をのばしたまま、眉をひそめて見守っていた。いまにもランプが床に落ちて砕けて大事件になるのではないかと心配するように。ランプのわきに腰掛けていた自転車選手は、あわてて身をひるがえすと、横っとびに酒場を飛び出した。たれもかれもが、多かれ少なかれ、とび上がった。メイブリッジ嬢はふり向いて金切り声をあげた。三秒間ほど、ランプは空中に静止していた。フォザリンゲイ氏が、精神的苦痛にたえかねて、かすかにうめいた。「もうがまんできん。もうだめだ」そして、よろよろとあとずさりすると、その瞬間、さかさまになっていたランプがぱっと燃え上がり、酒場の隅に落下し、わきへはねとんで、ぐしゃりと床に砕けて、消えた。

ランプには金の受け皿がついていたからよかったものの、さもなければ一面火の海になっただろう。亭主のコックスが最初に口を切った。その言い分を、余計な部分を刈り込んでいえば、要するにフォザリンゲイ氏を馬鹿ときめつけたのだ。だがフォザリンゲイ氏の方は、そんな重大な批判に対してさえ、反論するどころではなかった。その出来事にたまげて、あっけにとられていたのだ。その後の会話は、フォザリンゲイ氏に関する限り、風向きはますます悪くなるばかりで、みんなが亭主コックスの肩を持ち、それどころか亭主をたきつけて、フォザリンゲイ氏の馬鹿げた悪ふざけを責めたてて、社会の安寧秩序をみだすおろか者だと思い込ませようとした。すっかり混惑してしまったフォザリンゲイ氏は、自分もみんなの意見に賛成したいぐらいな気になり、店を出てってくれと言われても、ろくに反対もできなかった。

フォザリンゲイ氏は、かっかとのぼせ上がって家へ向かった。外套の襟はまくれ上がったままだし、目はずきずき痛み、耳は真赤にほてっていた。そして、十本ばかりの街灯をいちいち神経質に見つめながら、そのそばを通り過ぎた。チャーチ・ロウの小さなねぐらで、やっとひとりになった時、初めて今夜の出来事を、冷静に反省することができた。

「いったい、どうしたということだ」と、自分の胸にきいてみた。

外套と靴をぬいで、ポケットに手を突っ込んだまま、ベッドに腰掛けて、くどくどと十七度も弁解じみた言葉をくり返していた。「おれは、あのいまいましいランプに、ひっくり返れなんて、絶対に望みはしなかったのになあ」と。

だがその時、フォザリンゲイ氏がどうしてそんな気になったのかわからないが、おれはあの命令をかけたとたん、ランプが命令をきくことを無意識に望んだし、空中にかかるのを見たとたん、あのまま空中に宙づりにしておくのは、おれの意志しだいだと思ったんだ、ふとそんな気がしだした。なにしろフォザリンゲイ氏は、特にちみつな頭脳の持ち主という方ではなかった。ちみつな頭脳の持ち主なら「無意識的意志」という問題を、とっくり考えてみただろう。事実、その出来事には、意識的行為という、深遠な問題が含まれているのだが、そのときには、その観念も、いいかげんに解釈しやすい形としてしか受け取れなかった。そんなわけだから、あの男が実験してみようと思ったのも、はっきりした論理的筋道をたどった結果とは認めかねる。

とにかく、フォザリンゲイ氏は、きっとなってろうそくを指さして精神を集中した。馬鹿な真似をしているのは自分でも承知のうえだ。そして「宙に上がれ」と命じた。とたんに、馬鹿な真似だなどという考えが消しとんだ。ろうそくが持ち上がり、一瞬、ゆらゆらと宙に浮いたのだ。そして、フォザリンゲイ氏が、はっと息をのんだとき、ろうそくは化粧台の上に、カタリと落ち、暗闇の中にあの男を取りのこして消え、芯(しん)の燃えかすだけが、かすかに光っていた。しばらくのあいだ、フォザリンゲイ氏はまったく身動きもせずに、闇の中にすわっていた。「やはり、たしかに、ありゃあ起こったんだ」と、思わずつぶやいた。「だが、どう説明したらいいか、僕にはわからない」と、ため息をして、ポケットのマッチをさぐりはじめた。見つからないので立って化粧台の上を手さぐりしながら「マッチが欲しいな」と、言った。そこで、外套をさぐってみたが、そこにもマッチがなかった。そのとき、ふと思いついたのは、マッチも、奇跡で手にはいるかもしれないぞ、ということだった。フォザリンゲイ氏は片手を伸ばして、闇の中でそれをにらみつけながら「この手に、マッチだ」と、言った。すると、何か軽いものが手のひらに落ちて来て、握りしめるとマッチだった。

火をつけようと、いくどもこすってみたがだめだった。そのマッチは安全マッチで、箱がなければ火がつかないのがわかった。それで、マッチを投げ出したが、そのとき、望めばつくかもしれないぞ、とふと思いついた。望んでみた。すると、化粧台の下敷の真中で、マッチがぱっと燃え上がるのが見えた。急いで拾いあげたが、火は消えた。奇跡の可能性に対する認識が拡大されたので、手探りでろうそくを捜し出し、燭台に立てた。「さあ、灯よともれ!」と、フォザリンゲイ氏が命じるやいなや、ろうそくに火がともり、見ると、化粧台のカバーに小さな黒い穴があいていて、そこからかすかに一筋の煙が立ちのぼっていた。しばらくのあいだ、その小さな穴と、ろうそくの灯を、かわるがわる見つめていたが、やがて目を上げると鏡の中の自分の目と視線がぶつかった。鏡の助けをかりて、しばらく自分の像と無言の会話をとりかわした。

「どんなもんだい、いまの奇跡は？」と、遂に、フォザリンゲイ氏は、自分の像に向かって話しかけた。

それからの、フォザリンゲイ氏の冥想は、深刻な混乱したものだった。あの男に理解できる限りでは、これは純粋に自分の意志力の問題だということだった。初めのいく度かの実験にこりたので、これからの実験は十分注意深くやらなければならないと思った。だが、紙片を宙に浮かしたり、コップの水を桃色や緑色に変えてみたり、カタツムリを出して、それを奇跡的にひっこましたり、新しい歯ブラシを奇跡の力で取り寄せたりした。こうして真夜中過ぎに、やっと結論に達した。おれの意志の力は、よほど珍しくて強力なものにちがいないのだ。そのことには、実は自分でも前々からうすうす気がついていたが、自信が持てなかったのだと。すると、初めて自分の異常な能力を発見した驚きや悩みも、なんとなくその希少性が誇らしくて、何かの役に立つかもしれないなどという漠然とした期待に変わっていた。気がつくと、教会の鐘が一時を打っていた。そのときには、奇跡の力でゴムショットの店での毎日の勤めをまぬがれることができるかもしれないなどとは思い及ばなかったので、あまり夜更かしをしないで早く寝ようと服を脱ぎはじめた。そして、頭からシャツを脱ごうと、もぞもぞしてると、ふと、すばらしい考えが浮かんだ。

「おれをベッドへ入れろ」と、フォザリンゲイ氏がひとこと言うと、すぐ、そのとおりになっていた。

「服を脱がせろ」と、命じて、シーツが冷たいのに気づき、あわててつづけた。「ねまきを着せろ——いや、やわらかい上等の毛のねまきだぞ。ああ」と、有頂天になって「さあ、今度は気持よくぐっすり眠らせてくれ……」

フォザリンゲイ氏は、いつもどおりに目をさまして、朝飯のあいだじゅう、昨夜の経験は、生々しい夢じゃなかったろうかと、考えこんでいた。そして遂に、もう一度用心深く実験してみた。たとえば、朝飯には卵を三つ食べた。二つは下宿のおかみがつけてくれたもので、いい卵だが店売りのやつだ。あとの一つは、おいしい新鮮なガチョウの卵で、自分の異常な意志の力で生み出し、料理し食べたものだった。それから急いでゴムショットの店に出かけた。気分は大いにたかぶっていたが、それを人にさとられないように用心した。三つ目の卵の殻のことを思い出したのは、その夜、下宿のおかみから、きかれたときだった。その日は、驚くべき新しい自分の能力を発見したおかげで、さっぱり仕事が手につかなかったが、それでも別にさしさわりはなかった。奇跡の力で最後の数分間に、仕事をみんな片づけたからである。

時がすすむにつれて、フォザリンゲイ氏の気持は、驚きから喜びに変わっていった。とはいえ、ロング・ドラゴン酒場から追い出されたしだいを思い出すと、いつまでも不愉快だったし、その事件の大げさな噂を耳にした仲間の店員たちに、ひやかされるのも癪だった。こわれやすいものを宙に浮かすときによほど用心しなければならないが、その他の場合には、この能力が考えれば考えるほど役に立ちそうだった。まず考えたのは、自分の持ち物を、目立たないようにふやすことだった。そこで、すばらしいダイヤの飾りボタンを一組、出現させたが、ゴムショットの若主人が会計室から自分の席の方へ来たので、急いで抹消した。ゴムショットの若主人が、どうやってそんなものを手に入れたかをあやしむだろうと心配したからだ。この能力を使うのには用心深く、人目を警戒しなければならないのがよくわかった。しかし、フォザリンゲイ氏の判断では、うまく使いこなせるようになるのは、昔、自転車を練習したときほどむずかしくなさそうだった。たぶん、練習という言葉の連想と、ロング・ドラゴン酒場へ行ってもいい顔をされないと思ったせいでもあろうが、夕食のあとで、フォザリンゲイ氏は、ガス工場の裏の横丁へ出かけて行って、こっそりと、二、三の奇跡を練習してみた。

おそらく、その練習には、幾分か独創性が欠けていただろう。というのは、意志力は別として、フォザリンゲイ氏は、とりたてて並みはずれたところのある人間ではなかったからだ。モーゼが杖を蛇に変えた奇跡を思い出したが、その夜は、暗かったので、奇跡の大蛇をうまく操るには都合が悪そうだったので止めた。次には音楽会のプログラムの裏で読んだことのある歌劇『タンホイザー』の物語を思い出した。それなら、おもしろそうだし害もなさそうだった。そこで、散歩杖（ステッキ）――プーナ・ペナン材の極上のもの――を、歩道のへりの芝生に突きさして、枯木よ花が咲けと命令した。たちまち、あたりの空気はバラのにおいに満ち、マッチをすってみると、目の前に、この美しい奇跡が実現していた。だが、ひとの足音が近づいたので、その満足も終りをつげた。自分の能力を、あまり早く他人に気づかれたくないので、花の咲いているステッキに、あわてて命じた。「戻れ！」

「もとに戻れ！」と言うつもりだったが、あわてていたので言い間違えたのだ。ステッキはすごい勢いであと戻りし、たちまち近づいてくる人間の口から、怒声と罵声（ばせい）が飛び出した。「イバラを投げつけやがったのは誰だ。馬鹿者」と、わめき声が「おれの向こうずねに当ったぞ」

「すみません、どうも」と、フォザリンゲイ氏は詫びたが、うっかり言いわけをするとまずいことになると気がついたので、神経質に口髭をひねっていた。見ると、近づいてくるのは、三人のイメリング区の警官のひとりウィンチだった。

「なんのつもりだ」と、警官がきいた。「おや、お前か。ロング・ドラゴンでランプをこわした奴だな」

「なんのつもりもなかったんですよ」と、フォザリンゲイ氏が「まったく、なんのつもりも」

「じゃ、なぜこんなことをするのかね」

「やあ、よわったなあ」と、フォザリンゲイ氏が。

「まったく困るな。あんなステッキをぶつければ、危いことぐらいわかっとるだろう。なんのために、あんなことをするんだね、ええ」

フォザリンゲイ氏には、自分がどんなことをしたのか、とっさに思いつかなかった。黙っているので、ウィンチ警官は、むかついたらしい。

「君は、今度は、警官を襲うつもりだったのかね。おい。そうしようとしたんだろう」

「まあ、まあ、ウィンチさん」と、フォザリンゲイ氏は、当惑して、しどろもどろに「本当にすみませんでした。実は——」

「何かね」

フォザリンゲイはとっさに本当のことしか頭に浮かばなかったので「実は、奇跡を起こしていたんですよ」と、さりげなく言おうとしたが、つい、ぎごちない口ぶりになった。

「起こして?——。おいおい、馬鹿を言っちゃいかんよ。奇跡を起こすって、正気かい。奇跡とはな。こりゃ、なんともおかしなこった。へえー、君は奇跡を信じない人だったじゃないか……はははあ、わかった。こりゃ、また、君の悪ふざけなんだな……たしかにそうだろう。さあ、はっきり言っとくが――」

しかし、フォザリンゲイ氏には、ウィンチ警官の言い分を聞くひまがなかった。自分の正体を現わし、大事な秘密を四方八方へまきちらしたことをさとると、とりのぼせて、さっと行動に移った。すばやく、警官の方へ向き直ると、言葉鋭く「いいかい」と大声で「こんなことは、もう、たくさんだよ。いいかい、君の言う、くだらん悪ふざけをお目にかけてやるよ。地獄へ行っちまえ。たったいま、行っちまえ」

なんと、たちまち相手が消えて、ひとりきりになってしまったではないか。

フォザリンゲイ氏は、その晩はもう他の奇跡を、試す気がなくなり、あの花の咲いたステッキがどうなったか、調べてもみなかった。それで、しおしおと町へ戻り、自分のねぐらへ引き上げた。

「なんと!」と、つぶやいた。「すばらしい能力じゃないか――実に大した能力だ。まさかあそこまでやるつもりじゃなかったんだ。まったくのところが……地獄ってのは、どんなもんだろう」

ベッドに腰掛けて靴をぬいでいた。そして、いい考えを思いついて、警官を地獄から、サンフランシスコへ移してやり、あとはもう、奇跡で、自然の因果関係を乱さずに、おとなしく眠りについた。その夜、かんかんに怒っているウィンチ警官を夢にみた。

その翌日、フォザリンゲイ氏は二つのおもしろいニュースを聞いた。ひとつは、誰かが、ララボロー街のゴムショット老人の私邸に、すばらしく美しいツルバラを植えたというニュース、もうひとつは、行方不明のウィンチ警官を捜すために、テムズ川を、ローリングス・ミルあたりまで川ざらいするというニュースだった。

フォザリンゲイ氏は、その日は一日中、ぼんやりと何か考えていて、奇跡を行なったのはウィンチ警官のために食料を調達してやったのと、自分の一日の仕事をぬかりなく片づけただけだった。だが、そのあいだも、いろいろな思いが蜜蜂（みつばち）の群れのように、頭の中でぶんぶん飛びまわっていた。いつになく、ぼんやりして、おとなしいのに気がついた仲間が、それをからかう材料にしたほどだった。ほとんど、ウィンチ警官のことを考えていたのである。

日曜日の夕方、教会へ出かけてみると、超自然的な問題に関心を持っているメーディッグ牧師が、偶然にも「不条理な事」について説教した。フォザリンゲイ氏は、規則正しく教会通いをする信心深い人間ではなかったが、前にも述べたような事情で、今では、その断固たる懐疑主義の体系が、大いに動揺していた。低い説教の声が、自分の新しく得た能力をまったく新しく解明してくれそうなので、礼拝の後ですぐ、メーディッグ牧師に相談してみようと思いついた。そう思いきめるやいなや、なぜもっと早くそうしなかったのかが自分ながら不思議だった。

やせて、腕や首が、おそろしく長く、興奮しやすいたちのメーディッグ牧師は、宗教問題に無関心で町の人々の注目のまとになっている青年から、個人的な相談を求められて大喜びだった。用事で少し手間どったあと、牧師は、フォザリンゲイ氏を、教会につづく牧師館の書斎に案内して、ゆっくりすわらせ、自分も快く燃える炉の前に立って――牧師の長い足が、向かいの壁に、ギリシャのロードス島の神殿のアーチのような影を投げていた――用件を話すようにとうながした。

最初、フォザリンゲイ氏は少し照れて、話を切り出しにくそうだった。「お信じになれないでしょうがね、メーディグさん。どうやら、僕は——」と、しばらくは、そんな調子で話し出した。やがて、質問してみる気になり、メーディグ牧師の奇跡についての意見をきいた。

メーディグ牧師が、きわめて慎重に「そうですなあ」と、いいかけているうちに、フォザリンゲイ氏が、また、口をはさんだ。

「お信じになれないでしょうが、ごく普通の人間——たとえば、僕みたいな人間——今ここにすわっているような人間がですね、中身がちょっとばかり変わっていて、そのために自分の意志の力で、いろいろ不思議な事ができるとしたら、どうでしょうか」

「あり得ますがね」と、メーディグ牧師が「そういうことも、おそらく、あり得るでしょうね」

「ここにあるものを勝手にしてよければ、そういうたぐいのことを、実験してお目にかけられると思います」と、フォザリンゲイ氏が「ところで、たとえばテーブルの上のあのタバコ盆を使ってみましょう。僕が知りたいのは、これからタバコ盆を使ってすることが、奇跡かどうかということです。ほんの三十秒ですむことですよ、メーディグさん、見ててください」

フォザリンゲイ氏は眉(まゆ)をしかめて、タバコ盆を指さして命じた。

「すみれの鉢になれ!」

タバコ盆は命じられたとおりになった。

その変化にびっくり仰天したメーディッグ牧師は、突っ立ったまま、魔術師と花の鉢を見くらべた。ひとことも言わなかった。すぐに、心をきめたようにテーブルに身をかがめて、すみれのにおいをかいだ。すみれは、摘みたてで、とてもきれいな花だった。やがて、もう一度、フォザリンゲイ氏を、まじまじと見つめた。

「どうやって、やったんですか」と、牧師がきいた。

フォザリンゲイ氏は髭をひねっていた。

「命令しただけです――見られたとおりですよ。こりゃ、奇跡でしょうか、それとも、魔術でしょうか。なんでしょう？　僕がどうかしちまったのでしょうか？　このことをおききしたかったのです」

「これは、実に異常なことです」

「しかも、先週の日曜日まで、自分にこんなことができるなんて、夢にも知らなかったのです。その点では、あなたと同じです。まったく不意にこんなことになったのです。僕の意志力には、何か異常なものがあるらしい、それだけが自分でわかるんですよ」

「あれだけですか――できるのは？　あのほかにも、いろいろできるのですか」

「おお、できますとも」と、フォザリンゲイ氏は「なんでもできます」と言い、ちょっと考えて、前に見た奇術の舞台を、ふと思い出すと「よろしいか」と、すみれの鉢を指さして「金魚鉢に変われ――いや、まずい――水がいっぱいで金魚の泳いでいるガラス鉢に変われ。その方がいい！　そら、どうですか、メーディッグさん」

「こりゃ、驚いた。信じられん。君はまったく非凡なのか――それとも、まさか、そんなことはない——」

「僕は、それを何にでも変えられます」と、フォザリンゲイ氏が「どんなものにでもね。そら、鳩になれ、いいな！」

次の瞬間、一羽の青鳩が室内を飛び回り、それが近づくたびに、メーディグ牧師は身をかわした。

「宙に止まれ、いいな！」と、フォザリンゲイ氏が命じると、鳩は身動きもせず宙に止まった。

「その鳩を花の鉢に戻すこともできますよ」と、言って、鳩をテーブルの上に戻してから、言葉どおりに奇跡をやってのけた。

「あなたはパイプが欲しくおなりでしょう」と言って、花の鉢をタバコ盆に戻した。

メーディグ牧師は、黙って感心しながら、これらの奇跡を、すっかり見ていた。そして、フォザリンゲイ氏を唖然と見ながら、おそるおそるタバコ盆を手に取り、しらべてからテーブルに戻した。「なるほど」としか言えない感じだった。

「さあ、これで僕がどんなことにぶつかったか、説明しやすくなりました」と、フォザリンゲイ氏は言い、自分の奇妙な経験を、詳しく長々と語りはじめた。まずロング・ドラゴン酒場でのランプの事件から始まり、それとなく、絶えず、ウィンチ警官のことを、ほのめかすので、話がややこしくなった。話しているうちに、メーディグ牧師が目をむいて驚くので、一時的に誇らしくなっていた気持もだんだん消えて、ふだんのごく平凡なフォザリンゲイ氏に戻っていた。メーディグ牧師は、タバコ盆を手にして熱心に聞いていたが、話が進むにつれて、これまた態度が変わってきた。やがて、フォザリンゲイ氏の話が三つ目の卵の奇跡にかかったときに、牧師はのばした手を振って、話をさえぎった。――

「あり得ることです」と、牧師が「信じられます。むろん、驚くべきことだが、それをのみこむ筋道を立てるのは、なかなか困難ですぞ。奇跡を起こす力は生まれつきの才能で――天才や千里眼のような特異な素質で――これまでのところ、ごくまれに、例外的な人々に与えられてきたものです。だが、この場合……わたしはいつもアラビアのマホメットの奇跡、インドのヨガの奇跡、ブラヴァツキイ夫人（一八三一―一八九一、ロシアの予言者）の奇跡に、驚嘆していました。しかし、むろん、あり得ることですとも。たしかに、そりゃ生まれつきの資質です。大哲人の所論を立派に実証しています――」と、メーディグ牧師は声を低くして「哲人、アーガイル公爵閣下（スコットランドの領主、この人物は、八代目のジョージ・ダグラス・キャンベル・アーガイルであろう。一八二三―一九〇〇で、上院の長老で、宗教的な著作もある）のことですよ。今、わたしたちは、ある深遠な法則を、探りあてたのです――平凡な自然の法則よりもずっと深い法則です。そうだ――そうです。つづけてください。話をつづけてください」

　フォザリンゲイ氏はウィンチ警官との間に起こったあやまちの話をしはじめた。メーディグ牧師は、もうやたらにおびえたり、おそれたりしなくなって、手足を動かしたり、驚きの声をはさみはじめた。

「僕が一番困っているのは、この件なんですよ」と、フォザリンゲイがつづけて「僕がいちばん助言していただきたいのはこのことなんですよ。むろん、ウィンチ警官はサンフランシスコにいます――サンフランシスコがどこだろうともね――だが、こりゃ、もちろん、わたしたち二人にとっては、まずいことなんですよ、ねえ、おわかりになるでしょう、メーディグさん。自分がどうしてこんなことになったのか、あのひとにはとてもわからないと思いますよ。そして、きっと、ひどくおびえて、めちゃぐちゃに腹を立てて、僕をやっつけようとしているでしょうよ。おそらく、あのひとは戻ってこようとして、いく度もいく度も、向こうを発っているでしょう。でも、僕は気がつくたびに、奇跡の力で、一、二時間ごとに、あの人を向こうへ送り返しているんです。むろん、そんなことはあのひとにはわかりっこないから、腹を立てつづけてるでしょうね。それに、当然のこと、そのたびに切符を買っていたら、とても金がかかります。僕だって、できるだけあのひとに尽しているんですが、あのひとが僕の立場になって考えるなんてことは、とてもできない相談ですものね。後から気がついたんですが、あのひとの服はこげているにちがいないんです。そうでしょう——もし地獄が世で考えられているとおりだとすればね——わたしがサンフランシスコへ移してやる前に地獄でこげたでしょうからね。そうだとすると、サンフランシスコで監獄に入れられているだろうと思います。むろん、それに気がついたときすぐに、念力で新しい服を着せてやりました。しかし、ねえ、僕はもうとても困惑してるんです——」

メーディグ牧師は、厳粛な顔で「君が途方にくれているのはよくわかる。たしかに、むずかしい立場ですね。どう始末したもんかな……」

メーディグ牧師も、とまどって、結着のつけようがなかった。

「ともかく、ウィンチ君のことはしばらくおいて、もっと大きな問題を話し合いましょう。これは魔術のたぐいではないと思いますな。これには罪悪のにおいが全然しませんからね。フォザリンゲイさん——全然しません。君が重要な事実を隠していないとすればね。いや、これは奇跡です——純粋な奇跡です——言うならば最高の奇跡です」

牧師は暖炉の絨毯の上を歩きまわって、大げさな身ぶりをした。一方、フォザリンゲイ氏はテーブルに腕をついて、首をその上にのせ、心配そうな顔で「ウィンチ警官をどうしたらいいかそれで悩んでいるんですよ」と、言った。

「奇跡の起こせる能力——これは明らかに、非常に強力な天分だからして」と、メーディグ牧師が「ウィンチ君についての解決の道など、ぞうさなく見つかりますよ——心配ありません。あなたは、実に貴重な人物です——実に驚くべき可能性の持ち主です。今までの実例がそれを示してるじゃありませんか。しかも、そのほかにも、いろいろな奇跡ができるはずですよ……」

「ええ、ええ、思いつきもあります」と、フォザリンゲイ氏が「でも——ものによっては、ちょいとまずくいくこともあります。最初にごらんになったあの金魚ですがね。ありゃ、鉢も金魚も、僕の思っているものよりまずかったんです。それで、誰かにたのんで、教えてもらおうと思っています」

「そりゃ結構な配慮です」と、メーディグ牧師が「非常に適切な処置です——まったく結構な心がけです」と、足を止めて、フォザリンゲイ氏の顔を見「実に無限の力ですよ。ひとつ、君の力をためしてみようじゃありませんか。本ものなのか——本当に、そう見えるとおりのものなのか」

というわけで、信じられないことのようだが、一八九六年十一月十日、日曜日の夜、組合教会派の教会堂の裏の小さな牧師館の書斎で、フォザリンゲイ氏は、メーディグ牧師のおだてに乗って奇跡を行ないはじめたのだ。読者諸君、特にこの日づけに、よく注目していただきたい。

諸君は、おそらくいくつかの点からみて、こんな馬鹿げた話はないと、文句をつけられるだろう、いや、もう既につけているかもしれない。それに、もし、今まで述べてきたような事実が、実際にあったのなら、一年前のあらゆる新聞に出ているはずだと言われるかもしれない。さて、これから先の話は特に眉つばものだと思わずにはいられないでしょうよ。と言うのは、これからの話が事実とすれば、読者諸君は男女を問わず、みんな一年ほど前に、既に不慮の死にあっているはずですからね。さて、奇跡というものは、起こり得ないことが起こるから奇跡なので、もし実際に、これから話すような奇跡が起こったとすれば、諸君はもう、一年以上も前に不慮の死にあっているはずだ。その事は、この話のつづきを読まれれば、十分に納得がいくでしょうし、正常な判断力と理解力のある人なら、誰でもそれを認めるだろう。だからといって、話半分というわけにもいかない。いよいよこれからが本筋なのだから。

さて、これまでのフォザリンゲイ氏の奇跡は、控え目な吝くさいもので——コップや客間の小道具で手品する見神論者の吝くさい奇跡と、なんら異なるところがなかった。それでも、立ち合いの牧師殿は、びっくりして、奇跡だと承認したのだ。フォザリンゲイ氏は一刻も早く、ウィンチ警官の件を片づけたかったのだが、メーディグ牧師が、簡単にそうはさせなかった。それから、こまごました家庭用品を使って、十二回の上も奇跡を験しているうちに、だんだんその力に自信がついてくると、ふたりの空想と野望がみるみるうちにふくらんできた。最初のやや大きな奇跡が行なわれたきっかけは、ふたりの空腹と、牧師館の家政婦のミンチン女史の怠慢だった。と言うのも、フォザリンゲイ氏に供された牧師館の夕食たるや、まったくお粗末でそっけなくて、奇跡の練習にはげんだふたりにとうてい鋭気を与えるようなものではなかった。ふたりが食卓につき、メーディグ牧師が、怒るというより、むしろ情けなさそうに家政婦の気のきかなさをこぼすのを聞いているうちに、フォザリンゲイ氏は、ふとチャンス到来と思った。

「いかがでしょう、メーディグさん。もし、差し出がましい奴だと、お思いにならないのなら、僕が、ひとつ――」

「おお、むろん、そんなことは思うもんですか。そう――それに気がつきませんでしたよ」

フォザリンゲイ氏は手を振りながら「ご注文は何にしましょうか」と、気前よく、大まかな気分で言い、メーディグ牧師の注文で、夕食の献立を、すっかり変えてしまった。

「そうだな、わたしは」と、メーディグ牧師のえらんだ料理を見やりながら「わたしの大好物は、ジョッキー一杯の黒ビールと、おいしい溶しチーズなんで、そいつを注文しますよ。バーガンディぶどう酒は、どうも感心しませんのでね」と、黒ビールと溶しチーズを注文すると、命令とともに、すぐ現われた。ふたりは、ゆっくりと食事にかかり、心おきなくしゃべり合った。するうちに、フォザリンゲイ氏は、まもなくとりかかる大奇跡のことを考えて、驚異と喜びにうきうきとしてきた。

「それでですね、メーディグさん」と、フォザリンゲイ氏が「どうやら、あなたをお助けできるかもしれませんよ――家庭的なことでね」

「言われることがよくわかりませんな」と、メーディグ牧師は、奇跡の生んだバーガンディの古酒を一杯、あけながら言った。

フォザリンゲイ氏は一皿目の溶しチーズを空中から取り出して、ひと口ほおばりながら「わたしの考えでは」と、口を動かし「たぶんそのう（クチャクチャ）奇跡でもって（クチャクチャ）ミンチンさんを（クチャクチャ）――もっとましなひとに（クチャクチャ）――できやしないかと、思うんです」

メーディグ牧師はグラスを置いて、いぶかしげに「あの婦人をですか――あれは、干渉されるのが大嫌いな女ですよ、フォザリンゲイ君。それに――実のところ――十一時だいぶ過ぎだから、おそらく、ベッドにもぐり込んで白河夜舟でしょうよ。どだい、そりゃどうかな――」

フォザリンゲイ氏は、牧師の反対を考えていたが「寝ているうちに、奇跡をかけてはいけないということもないでしょう」

しばらくは、メーディグ牧師も、その考えに反対していたが、やがて折れた。フォザリンゲイ氏は命令を発した。そして、ふたりとも、なんとなくぎごちない気分だったが、やはり食事はつづけていた。メーディグ牧師は、フォザリンゲイ氏の夕食さえ、大して遠慮も恐縮も感じなくなった気楽さで、次の日、家政婦がどう変わるかという期待に胸ふくらませていた。そのとき、二階からつづけざまにもの音が聞こえてきた。ふたりは、何事だとばかり目を見合わせた。メーディグ牧師があわてて部屋を出た。フォザリンゲイ氏の耳には、牧師が家政婦の名を大声で呼びながら階段を上がり、そっと近づく足音が聞こえた。

一分もするかしないうちに、牧師は足どりも軽く、喜色満面で、戻って来た。

「すばらしい」と、牧師が「驚いた。実に驚いた」

牧師は絨毯の上を歩き回りながら「悔いあらためです――すばらしく感動的な悔悟です――ドアの隙間からこの目で見ました。彼女は起きていました。はね起きたにちがいありません。

眠りからさめて起き出すとすぐ物入れに隠していたブランデーのびんをぶちわったのです。おまけに、それについてザンゲさえしていました……でも、これでわかりました――いや、見通しがつきましたよ――実に驚くべき奇跡の力の可能性の見通しが。あの女にさえ、こんな奇跡的な変化をもたらすのなら……」

「どうやら、無限の力があるようですね」と、フォザリンゲイ氏が「そこで、ウィンチ警官のことですが――」

「まったく無限の力です」と、絨毯の上から、メーディグ牧師が、ウィンチ警官の件などそっちのけで、すばらしい提案を次々に並べた――並べているうちに、次々と新しい提案を思いついた。

さて、その提案がどんなものかということは、この物語の本筋には関係がない。要するに、それらは、限りない慈悲の精神から案出されたもので、あの食後の慈悲心と呼ばれるたぐいのものだとだけ言っておけば十分だ。それにまた、ウィンチ警官の件は未解決のまま放っておかれたとだけ言っとけば十分だ。また、それらの提案がどこまで実現されたかを述べる必要もない。驚くべき変化が起こっていた。その真夜中に、メーディグ牧師とフォザリンゲイ氏は、静かな月に照らされている寒いマーケット広場を横切って走っていた。奇跡に浮かれてメーディグ牧師は踊り上がってはねまわるし、フォザリンゲイ氏もせかせかと興奮して、もはや自分の偉大さに照れてはいなかった。ふたりは議事堂地区の酔っぱらいどもを片っぱしから正気に戻らせ、アルコールやビールを全部水に変え（この問題ではメーディグ牧師がフォザリンゲイ氏をおさえた）、おまけに、その地区の鉄道交通を大いに改善し、フリンダー沼の水を干し、ワン・ツリー・ヒルの土地を耕し、教区牧師のこぶをとり除いた。それから、こわれたサウス・ブリッジの船着き場をどう直したらいいか見に行った。「あそこも」と、メーディグ牧師が息をきらせながら「明日になれば、すっかり変わることだろう。どんなに、みんなが喜び、驚くことか……」ちょうどそのとき、教会の鐘が夜中の三時を打った。

「おや」と、フォザリンゲイ氏が「三時だ。家へ帰らなくちゃなりません。明日は八時までには店に出なくちゃいけないんです。それに、下宿のウイムズおかみが――」

「まだ始めたばかりですぞ」と、メーディグ牧師が、無限の魔力に酔いしれて「始めたばかりですぞ。わたしらの行なった善行のすべてを考えてごらんなさい。明日、人々が目をあいたら――」

「でも――」と、フォザリンゲイ氏がしぶった。

メーディグ牧師は、いきなり、フォザリンゲイ氏の腕をひっつかんだ。その目つきは荒々しくてきらきら光っていた。

「ねえ、君」とおごそかに「帰りを急ぐことはない。見たまえ」――と、中空にかかった月を指さして――「ヨシュアだ!」(旧約ヨシュア記十章。月を止める)

「ヨシュアですって?」と、フォザリンゲイ氏が尻ごみした。

「ヨシュアさ」と、メーディグ牧師が「かまわんよ。月を止めたまえ」

フォザリンゲイ氏は月を見上げて「少し高すぎますよ」と、しばらくして言った。

「かまわんじゃないか」と、メーディグ牧師が「むろん、月は止まらない。地球の自転をとめればいいんです。そうすれば、時が止まる。われわれは、なにも悪いことをしているわけじゃあるまいし」

「ふーん」と、フォザリンゲイ氏が「そうだな」と、ため息をついて「ひとつやってみましょう。さあ――」

フォザリンゲイ氏は上衣のボタンをかけ、住みなれた地球に向かい、持てる力の限り、念力を集中して「自転をやめよ！　いいか」と命令した。

たちまち、フォザリンゲイ氏は、さかさまになって空中に飛び出し、一分間何十マイルもの速さで飛行していた。そして、一秒間に無数の回転をしていたけれど、考えることはできた。思考というのは不思議なもので――時にはピッチが流れ出すようにのろのろしているが、時には光りのようにすばやい。フォザリンゲイ氏は、一秒の隙に考えて、意志で命令した。「安全無事におろしてくれ。どんなことがあろうと、安全無事におろすんだぞ」

まさにうまいときに命令したもので、すごいスピードで空中を飛び回った摩擦で熱をもった服が、すでにこげはじめていた。フォザリンゲイ氏はすごい勢いで降下し、新しく掘り起こされた土の山みたいなものにぶつかったので、少しも怪我をしなかった。マーケット広場の真中に立っている時計台ぐらいの大きさの石と金属の塊がそばの地面に落下し、跳ね返ってフォザリンゲイ氏をとびこし、爆弾がはじけるように、ばらばらの石細工や煉瓦や石材になって飛び散った。すっとんできた牡牛が大きな建物のひとつにぶつかって卵のようにぐしゃっとつぶれた。そのどえらい音ときたら、それに比べれば、今までに聞いたどんなに激しい衝撃音もまるで塵が降るようなものだった。どさっ、どさっという音は、それからもつづき、だんだん小さくなった。猛烈な風が天地を吹き荒れて、頭をあげて見まわすこともできないほどだった。しばらくのあいだフォザリンゲイ氏は息ぎれと驚きのあまり、自分がどこにいるのか、いったいどういうことになったのかさえ考えられなかった。そして、まずやったことは、頭に手を触れてみて、吹き乱されている髪の毛が、まだ自分のものかどうか、たしかめてみることだった。

「なんてことだ！」と、フォザリンゲイ氏は、吹き荒れる風にあえぎ、とぎれとぎれの声で「やっと助かったぞ。何が間違っていたんだろう。ひどい暴風と雷鳴だな、ついさっきまで、あんなに穏やかな月夜だったのに。こんな目にあわせたのは、メーディグ牧師のせいだ。ひどい風だ！ こんな馬鹿なまねをつづけていると、しまいには雷に打たれるにきまってる……」

メーディグ牧師はどこだ？

「何もかにも、めちゃめちゃになっちまったじゃないか！」

フォザリンゲイ氏は上衣が風でぱたぱたするのを精いっぱい押えつけながら、あたりを見回した。あらゆるものが、本当にがらりと変わっていた。

「とにかく、空は変わりがないな」と、フォザリンゲイ氏は「変わりがないのは空ぐらいのもんだな。それでも、どうやら恐ろしい嵐がやってきそうだ。でも、月は出ている。さっきと同じように。真昼のように明るいな。だが、その他ときたら――町はどこへ行っちまったのかな。どこだろう――どこに何があるんだ？ それに、いったいこの強い風はどうだ。おれは風が吹けなんて命令しなかったぞ」

フォザリンゲイ氏はどうにかして立ち上がろうとしたがだめだった。そして一度やりそこなってからは、四つんばいになって地面にしがみついていた。風下に顔を向けて月に照らされた世界を眺めた。上衣のすそが頭にかぶさりついた。

「何かとても大変な間違いが起こったんだな」と、フォザリンゲイ氏は「それがなんだか――さっぱりわからない」

白い月光の中で、強風に吹きまくられていく砂ぼこりを通してみると、見わたす限り、掘り返された土の山や、生々しいがらくたの山ばかりで、木も、家々も、見なれた姿のものはひとつもなく、ただ、ごった返しの荒地がつづくばかりで、そのはては、渦巻きなびいて立ちのぼる砂塵と、新たに吹き起こる嵐の雷鳴や電光の下の闇に消えていた。すぐそばに、前にニレの木だったらしいものが、砕けて割り木の束になり、枝から根までふるえていた。その先にねじれてかたまっている鉄材が――たしかに陸橋の残骸と思えるものが――廃虚の山に突っ立って、妙に生々しい月の光りに照らされていた。

諸君にもおわかりだろうが、フォザリンゲイ氏は地球の自転を止めるときに、地球表面の動きやすい小さな物体に対してなんらの処置もしておかなかったのだ。地球は回転するとき、速度が非常に速いので、赤道の上の物体は時速千マイル以上になる。そして、フォザリンゲイ氏のいたあたりの緯度でさえ、その半分以上の速さで回転しているのだ。それを急に止めたので、町もメーディグ牧師もフォザリンゲイ氏も、誰もかれも、何もかにもが、恐ろしい惰性で前にはね飛ばされ、秒速九マイルぐらいで飛行したのだ――つまり、大砲で撃ち出されるよりずっと激しい速度なのだ。だから、全人類も、全生物も、全家屋も、全樹木も――僕らの知っている全世界が――恐ろしい勢いで、とび出し、ぶつかり、こなごなになってしまったのだ。一巻の終りになったのだ。

むろん、こんなことは、フォザリンゲイ氏には、よくわかっていなかった。だから、奇跡が間違って、とてつもなく凶い奇跡が起こってしまったのだと思った。あたりが真暗だった。雲が吹き寄せて月はちらりと見えなくなり、空から、もがき苦しむ悪霊のような霰が降ってきた。雨風のうなりが天地に満ち、小手をかざして、砂塵とみぞれをすかして風上を眺めると、電光のまにまに、巨大な水の壁が、どっとばかりに押し寄せてくるのだった。

「メーディグさん！」と、ものすごい天地のとどろきの中で、フォザリンゲイ氏が弱々しい悲鳴をあげた。「ここですよ！　メーディグさん！」それから、「止まれ！」と、押し寄せる水に向かって「おお、お願いだ、止まってくれ！」

「待ってくれ」と、フォザリンゲイ氏は電光と雷に向かって「考えがまとまるまで待ってくれ……さあ、どうしよう」と言い「どうしたらいいんでしょう、神様。メーディグさんが、そばにいてくれるといいのに」

「そうだ」と、つづけた。「なんとしてでも、今度こそ正常に戻してやるぞ」

四つんばいのまま、風によりかかって、どうしたらすべてを正常に戻せるかと考えている。

「そうだ」と、つぶやいた。「『奇跡よ去れ』と命令しよう、それまでは何事も起こらないでほしい……なんと！　もっと早く、それに気がつけばよかったな」

フォザリンゲイ氏は吼える風に向かって小さな声をはり上げたが、風のうなりは高まるばかりでいくら大声にしてみても自分の声すら聞き取れなかった。

「さあいいか！　始めるぞオ！　これから言うことを聞いてくれ。まず、僕の命令が全部実現したあとは、僕の奇跡の力を取り除いてくれ、僕の意志力をなみの人と同じにしてくれ、そしてこの危険な奇跡を全部止めるのだ。僕はもういやだ。むしろ奇跡なんか起こせない方がいい。

こんなことはなかった方がいいんだ。それが第一の命令だ。第二の命令は——僕を奇跡ができるようになった前の人間に戻してくれ。あらゆるものを、あのありがたいランプがさかさまになった前の状態に戻してくれ。こりゃ大仕事だが、最後のたのみだ。わかったな。奇跡はもうたくさんだ。元どおりに戻してくれ——僕がロング・ドラゴン酒場で半パイントのビールを飲みかけている状態に戻してくれ。それだけだ。最後のたのみだ」

フォザリンゲイ氏は、土の山に指を突っこみ、目をとじて命じた。「奇跡よ去れ」もの音もなく万事片づいた。自分がちゃんと立っているのが感じられた。

「そうかねえ」と、ビーミッシュの声がした。

目を開くと、ロング・ドラゴン酒場で、トッディ・ビーミッシュと奇跡について論じ合っているところだった。ふと、何か重大なものを忘れてしまったような気がしたが、それもたちまち消えた。

おわかりだろうが、フォザリンゲイ氏の魔力が消え去った他は、あらゆるものが元どおりに戻っていた。したがって、フォザリンゲイ氏の精神も記憶も、この物語以前の状態に戻っていることになる。だから、今までの話は、むろん何も知らないわけだし、酒場での出来事以前の話を知っている道理はない。第一、フォザリンゲイ氏は奇跡など信じる男じゃないわけだ。いまフォザリンゲイ氏は、ロング・ドラゴン酒場で盛んにやり合っていた。

「いいかね、奇跡なんてものは、正当に言って、起こり得るものじゃないんだ」と、フォザリンゲイ氏は「君がどう言い張ろうとね。僕はいつでも、とことんまで、それを証明してみせるよ」

「そりゃ君の意見さ」と、トッディ・ビーミッシュが「できるなら証明してもらいたいね」

「いいかね、ビーミッシュ君」と、フォザリンゲイ氏が「奇跡とは何かということを、はっきりさせようじゃないか。それは意志力で自然法則に反するようなことをなしとげることで……」

くぐり戸

ライオネル・ウォーレスが、この、「くぐり戸」の話をしてから、まだ三か月も経っていない。

一

それは、ある晩のことだった。そして、そのとき、これは、あの男にとっては、真実な話にちがいないと、僕は思った。

あの男が、あまりにも信じきって話すので、その言葉を信じるより仕方がなかったのだ。だが、朝になって、自分の家で目をさましたときには、その気持が変わっていた。ベッドにはいったままで、あの男の話したことを考えてみると、もう、あの熱っぽい低い語り口の魔力は消えていたし、シェードでやわらかい光りを集めていた卓上ランプが僕ら二人を包んでいたあのほの暗い雰囲気も薄らいでいたし、ともに食事したあとの、デザート用具、ガラス、卓布など、気のきいた品々が、あの時、僕らを日常生活の現実から、すっかり切り離すような快い小さな世界をつくり出していたのだが、それも、もうないとなると、あの話が、どうも信じられないように思えた。

「ひとを煙にまいたんだな」と、僕は、思わず言い、それにしても「実にうまくやったもんだな……人もあろうに、あの男が、あんなに、うまくやるなんて、てんで思いがけなかった」と、妙に感心した。

そのあと、ベッドに起き直って、朝の茶をすすりながら、ふと気がつくと、あの男の不思議な経験談に、なぜあれほどの真実味があったのかと、しきりに考えていた。ああ話すよりほかには説明のしようがない経験を、あの男はどうにかしてわかってもらおうと、精いっぱいの努力をして、結局はああいう暗示、提出、伝達――どの言葉がぴったりするかわからないが――の方法をとったのだろう。と、その時は、僕はそう思った。しかし、今では、そう思っていない。最初に聞いたときと同じように、何らの疑いもさしはさまずに、その話を信じている。ウォーレスは自分の秘密の赤裸々な真実を僕に見せようとして精いっぱいの努力をしたのだと思う。だが、たしかにその目で見たのか、見たような気がしただけなのか、あの男が、そのようなものの見える特異な能力を持っているのか、それとも、ただむなしい夢を見た犠牲者なのか、その点、僕はわかったようなふりはしたくない。この僕の疑問を永久に打ち切った、あの男の死という事実さえ、なんの光も与えなかったのだからね。

この話を信じるか信じないかはすべて読者自身で判断してもらわなければならない。

あんな無口な男が、僕に秘密を打ちあける気になったのは、何か話していて、僕の意見か批評に、ひょいと動かされたからだったらしいが、それがどんな話だったか、もう覚えていない。たぶん、ある大きな社会運動に関して、僕が、あの男の手ぬるいやり方に失望して、手ひどくやっつけたのに対して自己弁護していたときだったと思うが、あの男はいきなり「僕は、あることに気をとられていてね――」と、言い出した。

「わかっているよ」と、ちょっと言葉をとぎらせてから「僕はたしかにだらしがなかった。実は――こりゃ幽霊や妖怪というものじゃないが――しかし――妙な話なんだよ、レドモンド――僕はなにかに、とりつかれているんだ。何か、そう――そいつは、僕の心のいろんな欲求から光をうばって、しきりに僕の心をひきつけるようなものなんだ……」

　そこで口をつぐんだ。われわれイギリス人は、感動的なものや、おごそかなものや、美しいものなどについて、しゃべっていると、しばしば気はずかしくなるものだが、あの男も、そんなイギリスかたぎのはにかみに、さまたげられたのだ。

「君は、ずっと、セント・アセルスタン学寮（オックスフォード大学付属の学寮で、小学校から高校まである）にいたんだろう」と、また、つづけたが、それは今の話に無関係なまったく突拍子もない言葉だった。「ところで」――と、また、口をつぐみ、やがて、初めは、ひどくためらいがちに、だが、だんだんになめらかになってあの男の胸にひそむ秘密を話し出したのだ。それは、あの男の心を占める美と幸福の思い出だった。求めても得られない、そのあこがれのために、いっさいの世間的な名声や利害など、あの男にとっては、退屈でいやらしく、むなしいものにすぎなかったらしい。

　さて、あの男の行動を解く、そんな手がかりをつかんでみると、あの男の顔には、それが、ありありと表われていたような気がする。僕は、あの男の超然とした顔が、実によくとれている写真を一枚持っている。それを見ていると、ある女性が、あの男について言った言葉を思い出す――その女性は、あの男を深く愛していたのだ。

「あのひとは、ふとつまらなそうにするときがあるんですの」と、言うのだった。「ひとのことは忘れてしまうのです。少なくとも関係がなくなるのよ――目の前にいる人のことさえね……」

　しかし、いつも関心をなくしていたわけではなく、ものごとに精神を集中すれば、ウォーレスは、すばらしい成功をおさめ得る人間だった。事実、その経歴は成功の積み重ねで、僕など、とうの昔に追い抜いていた。頭上はるかに飛び越えて、僕の及びもつかぬ世界で名をなしていた——それも無造作にだ。まだ四十にひとつ足りなかったが、生きていれば、大臣になって新内閣に列しただろうと言われている。学校では、いつも、苦もなく僕を負かしていた——それが当りまえのことかのように。僕らは、ウェスト・ケンジントンのセント・アセルスタン学寮で、ほとんど一緒に勉強した。同じ資格で入学したのだが、僕をはるかに取り残して、立派な成績と、すばらしい学力を示した。もっとも、僕だって人にそう退けをとらずにやったつもりだが。あの学校時代に、あの男から、初めて「くぐり戸」の話を聞かされたのだ——しかも、その同じ話を、あの男の死の、ほんの一か月前に、もう一度聞かされたのである。

少なくとも、あの男にとっては、その「くぐり戸」は実在のものであり、実在の塀を抜けて、不滅の実在へ通じる「くぐり戸」だったのだと、今では、僕も信じて疑わない。

ところで、その「くぐり戸」が、あの男の生活にはいり込んで来たのは、ごく早くからで、あの男は当時、まだ五、六歳の幼児だったらしい。僕は、あの男がゆったりと椅子に腰掛けて、真剣な顔で話しながら、その時期をたしかめたり、推定したりしたのを、はっきり覚えている。「そのくぐり戸のついている白い塀には、真赤なツタが——どの葉もいっせいに紅葉して、明るいコハク色の日に照らされて、実に美しかったのが、なぜか、印象に深く残っているんだ。少し、うろ覚えだが、緑色のくぐり戸の外が、清らかな歩道で、そこにも一面にトチの褐色の落ち葉が散りしいていた。褐色といっても、まだ汚れていない落ち葉の、あの黄と緑が残っていたから、新しく散ったばかりのだろうな。してみると、どうも、十月だったらしい。僕は毎年、トチの落ち葉には気をつけているから、たしかだ。

それが正しければ、そのとき、僕は五歳四か月ほどだったはずだ」

あの男は、かなり早熟な少年だったらしい——異常に早くから話すことを覚え、ひどく分別くさく、いわゆる大人びていたので、大抵の子なら七、八歳では得られないようなひとり立ちを許されていた。二つのときに母が死んだので、それからは母ほどにには注意深さや権威の及ばない、女家庭教師に世話されるようになった。父はきびしい、仕事熱心な法律家で、子どもには、ほとんど気をつかわないくせに、あの男に大きな期待をかけていた。だから、すばらしい頭脳を与えられながらも、あの男は、自分の生活を灰色の味気ないものと思っていただろう。そんなある日、あの男は家をさまよい出た。どうして家を抜け出せるすきがあったものかも、ウェスト・ケンジントンのどの道をとって行ったのかも、あの男には思い出せなかった。それらの点は、すっかり記憶が薄れて取り返しようもなかったが、あの白い塀と、緑のくぐり戸だけは、くっきりと、きわだって覚えていた。

その子どもらしい経験の記憶をたどると、そのくぐり戸を見たとたんに、妙にひきつけられて、すぐ開けてはいりたい欲求にかられたそうだ。それと同時に、そんなことをするのは賢明でないし、間違っていると、はっきり意識したそうだ。実に妙なんだと、あの男は言うのだが——ひどい記憶違いがなければ——そのくぐり戸にはかんぬきがかかっていないで、はいりたければ自由にはいれるのだということが、なぜか、最初からわかっていたと言うのだ。

くぐり戸にひきつけられながらも、はいるまいとする少年の心の動きが、目に見えるようではないか。そのとき、もうひとつ、わけはわからないが、はっきり意識したのは、もし、そのくぐり戸をはいって行ったら、きっと、父が非常に腹を立てるだろうということだったそうだ。

ウォーレスは、このような子どもらしいためらいの顚末を事細かに話してくれた。それで、一度は、すたすたとくぐり戸の前を通り過ぎて、ポケットに両手を突っこみ、口笛を吹こうと、子どもらしく努力しながら、塀のはずれまで大股で歩いていった。その辺には、うす汚れたみすぼらしい店々が並んでいたが、特によく覚えているのは、鉛管工事と室内装飾の店で、汚れた土管、鉛板、蛇口、壁紙の見本帳、エナメルの缶などが、ちらばっていたことだそうだ。塀のはずれで立ち止まり、そういうものを眺めるふりをしながらも、心は、あの緑のくぐり戸にひかれて、うずうずしていた。

やがて、どうにも抑えきれなくなって、一目散にドアへ向かって走り出し、また、ためらいにとりつかれまいとばかり、片手をのばして、一気に緑のくぐり戸に飛び込むと、あとをぴしりとしめた。そして、あっというまに、一生とりつかれるような、あの楽園に飛び込んだのだ。自分が飛び込んだ楽園の感じを、そっくり僕にわからせようとするのは、ウォーレスにはとても骨が折れたらしい。

そこには、心を浮きたたせるような空気があり、なんとも言えず、明るく、楽しく、幸せを感じさせるのだった。景色もどこか変わっていて、あらゆるものが色あざやかで、清々しく、完全で、ほのかなつやつやしさがあった。そこへはいるとすぐ、深い喜びに包みこまれたそうだ——ちょうど、ごく稀に、青年客気のころ、この人世が喜びあふれるものと感じることがあるようにね。あらゆるものが実に美しいんだ……

ウォーレスは語りつづける前に、しばらく、もの思いにふけっていた。

「いいかね」と、ウォーレスは信じかねることにぶつかって、とまどっている人のように、ためらいがちな口調で「そこには大きなヒョウが二頭いた……たしかに、まだらのあるヒョウだった。僕はこわがらなかった。長い広い歩道があって、その両側は大理石でかこんだ花苑になっていて、つやつやして大きなその二頭の獣は、花苑の中で、ボールにたわむれていた。その一頭が頭を上げて僕を見つけるとちょっと不思議そうな様子で、近づいてきた。そいつは、すたすたやって来て、僕が差し出した小さな手に、やわらかい丸い耳をやさしくこすりつけて、低く喉をならした。たしかに、魔法の園なんだ。僕にはそれがわかった。その広さかい。おお、どっちを向いても、実に広々としていたよ。はるかに丘がつづいていたと思う。どういうわけか、ウェスト・ケンジントンが、ふいにどこかへ消えちまったんだ。それなのに、なぜか、ふるさとへ戻ったような気がするんだ。

いいかね。緑のくぐり戸が背後に閉まった瞬間、僕はトチの落ち葉の散りしく道も、辻馬車も手押し車も忘れてしまい、家での服従だの規律だのに引き戻されそうな引力みたいなものを忘れ、ためらいもこわさも忘れ、分別も忘れ、この世の日々の現実をすっかり忘れはてていた。僕はたちまち喜びあふれ、幸せみちる少年になっていたのだ——別世界で。それは、まったく異質な世界で、この世より暖かく、しみじみとし、やわらかい光りに満ち、空気のなかに、すがすがしい喜びがかすかにただよい、空の青さに日の光りに色づいた雲が浮いていた。そして、目の前に、心をそそる、広い長い道がつづき、その両側には、雑草ひとつない花苑に、ぼうぼうと花が咲きほこり、二頭のすばらしいヒョウがいる。僕はおそれげもなく小さな手で、ヒョウのやわらかい毛にさわり、丸い耳と耳の後ろの感じやすい所をなでてやりながら、たわむれていると、向こうでも、僕が戻って来たのを歓迎するようだった。僕も心のうちで、故郷に戻ったという感が深かった。するうちに、ふと、背の高い美しい少女が小道から立ち現われて、僕を迎えに近づき、微笑を浮かべながら『どう?』と言って、僕を抱き上げ、キスしておろすと、手をひいて歩きだした。僕は少しも驚かなかった。それどころか、当然の喜びを強く感じ、それまで妙に見過ごして来た幸せを思い出させられたような気がした。覚えているが、幅の広い赤い階段が、ヒエン草の花の穂のあいだから見えてきた。そして、僕たちは、それを登って、うっそうと葉の茂る老樹が立ち並ぶ並木道を歩いて行った。その並木道を下っていくと、赤くひびわれた幹の間に、大理石の碑と彫像があって、非常によくなれて人なつこい白い鳩がいた。その涼しい並木道を、美しい少女は僕を見おろしながら導いて行った——あの美しい輪郭と、やさしい顔の、形のいいあごが思い出せるよ——そして、穏やかな気持のいい声であれこれたずねたり、いろいろ話してくれた。たしかに、楽しい話だったが、どんな話だったか、もう思い出せないんだ——するうちに、いきなり、一匹の赤茶色の毛なみで、やさしい褐色の目をした尾巻猿が木からおりてきて、僕らに走り寄り、僕を見上げて、うれしそうに歯をみせると、ひょいと肩にとび乗った。そんなふうに、僕らは楽しく進んで行った」

あの男は言葉を切った。

「それから」と、僕がうながした。

「細かいことをいろいろ覚えているんだ。老人が月桂樹の中で黙想しているところも通ったし、インコがにぎやかにさえずっているところも通って、屋根のついた広い柱廊を通り抜けると、広大な涼しい宮殿に出た。いたるところに気持のいい泉があり、何もかにも美しく、心の望みをかなえてくれそうないいものがいっぱいあった。美しいいろいろなものがあり、やさしい多くの人々がいた。まだはっきり覚えている人もあるし、ぼんやりしてしまった人もいたが、みんな立派で親切だった。なぜか――どうしてかわからないが――みんなが僕に親切で、僕が来たのを喜び、やさしい身ぶりで僕を喜ばせ、僕に手を触れ、目に歓迎と愛の色を浮かべてくれた、そうだ――」

ウォーレスはしばらく考えこんで「そこには遊び友だちがいたんだ。僕にとっては、それはたいしたことだった。というのも、僕は孤独な少年だったからね。みんなが、花にかこまれた日時計の立っている芝生の庭で、楽しいゲームをしていた。そして遊びながら、愛し合っていた……

だが――妙なことに――記憶がとぎれているんだ。僕たちがやったゲームが思い出せない。どうしても思い出せないんだ。後になって、まだ子どものころだが、長い時間をかけ、涙さえ流して、その楽しいゲームを思い出そうとしたことがある。僕はそのゲームをもう一度、すっかりやってみたかったんだ――子ども部屋で――自分ひとりで。だが、だめなんだ。僕が覚えているのは、その楽しさと、僕と一緒にいた二人のなつかしい遊び仲間のことだけなんだ。……やがて沈みこんだような女の人が現われた。重苦しい青白い顔で、夢みるような目をした陰気な女(ひと)で、薄紫のやわらかい長い衣をまとい、手に本を持っていて、僕を手まねきして、ホールの上の回廊へ連れていった――遊び仲間たちは僕を行かせたがらず、ゲームをやめて、僕が連れ去られるのを眺めていた。『戻っておいでよ』と大声で『すぐ戻っておいでよ！』と叫んだ。僕はその女の顔を見上げたが、その女はそ知らぬ顔をしていた。その顔は非常に穏やかで重々しかった。その女は僕を回廊の腰掛けに連れて行った。そして、僕はそばに立って、その女がひざの上で本を開くのを見ようとした。本のページが開かれた。その女が指さしたので、僕は見た。なんとその本のページには、僕自身の姿がまざまざと見えるではないか。僕自身の物語で、生まれてからのことが、すっかり書かれていたんだ……

実に不思議だった、というのは、その本のページには絵などないのに、まざまざと僕の姿が現実的に現われているんだからね。どうだい」

ウォーレスは、おごそかに言葉を切って——信じるかいというふうに僕を見た。

「それから」と、僕が言った。「よくわかるよ」

「たしかに現実だった——そうさ、そうにちがいない。人々が動きまわり、いろいろなものが、本のページに現われたり消えたりしていた。忘れかけていた僕の母も、きびしくて正直な父も、召使いたちもいたし、子ども部屋も、ふだん、家で見なれている品々もみんなあった。玄関と馬車の往来するにぎやかな通りも見えた。僕はページをのぞきこんで、不思議でしょうがなくなり、もう一度、いぶかしげにその女の顔を見、ページを繰って、あちこちひろい読みしながら、しだいに読み進んでいくと、やがて、あの白い長い塀の緑のくぐり戸の前で、ためらいながらたたずんでいる自分自身の姿にぶつかり、あのときの恐れと心中の闘いを、もう一度、感じた。

『次は?』と、僕は叫んでページをめくろうとしたが、おごそかなその女の冷たい手が僕を抑えた。

『次だよ』と、僕は言い張り、子どもの力をふりしぼって、その女の手を押しのけようとした。その女は、しばらくさからったが、とうとう負けて、次のページが開かれたとき、それを見せまいとして、僕に、かぶさりかかるようにしながら、額にキスした。

次のページには、すばらしい楽団もヒョウも、美しい少女も、あんなにも僕を行かせたがらなかった遊び仲間も、みんなのっていなかった。そのページに見えたのは、ウェスト・ケンジントンのわびしい長い町並みで、日暮れの灯ともしごろの寒々とした時刻で、僕がそこにいた。みじめな小さな姿で、おいおいと声をたてて泣いていた。どうしようもなかったのだ。『戻っておいでよ。すぐ戻っておいでよ』と、呼びかける、なつかしい遊び仲間のもとへ、戻ることができないんだものね。僕がそこにいたんだ。それはもう、あの本のページではなくて、厳とした現実だった。魔法の集団も、僕がひざもとによりそっていたあのいかめしい母のような女の僕を引きとめた手も消え失せていた――どこへ消えてしまったのだろう」

ウォーレスはまた黙りこんで、しばらく炉の火を見つめていた。

「おお、あの逆戻りは実にみじめだったよ」と、低くつぶやいた。

「それから、どうしたね」と、一分ほどして、僕がきいた。

「実にみじめな子どもだったさ僕は。――ふたたび、つまらないこの世に引き戻されたんだからね。出来事のいっさいを、はっきりと自覚すると、僕はおさえきれぬ悲しみに打ちひしがれた。人目もはばからず泣いた恥ずかしさと屈辱感と、すごすごと家に帰った気持を今でも覚えている。それに、金ぶち眼鏡をかけた親切そうな老紳士が、立ち止まって、僕に声をかけたのが、今でも目に浮かぶ――最初、傘でそっとつついて『かわいそうに、道に迷ったのかい』ときいた。――五つをこえたロンドンっ子だったんだよ、僕は。そして、当然、老紳士は親切そうな若い巡査を連れて来るし、人々が僕のまわりに集まるしして僕を家へ送っていった。おびえて、二人目もはばからずすすり泣きしながら、僕はあの魔法の楽園から父の家の踏み段へ戻って来たのさ。

これが僕の思い出せる、あの楽園の様子のすべてなんだ——今も僕の心にとりついているあの楽園のね。むろん、僕には、あの透き通るような非現実性を言葉では言い表わせないし、あそこにただよっていた特殊な空気、日常の経験するものとは違う質のものについては、何一つ伝えることができない。だがそれは——本当にあったことなんだ。夢だったのなら、たしかに白昼のことだったし、まったく特異な夢だよ……ふん、そんなはずはないよ。——むろん、あのあとで、伯母(おば)や、父や、乳母や、女教師など、みんなから、根ほり葉ほり問いただされた……

僕はみんなに説明しようと努めた。だが、父は、嘘をつくなと言って、はじめて僕を鞭(むち)でたたいた。後日、伯母に話そうとしたときにも、強情だといって、また、おこられた。それから、さっきも言ったとおり、みんなは僕の言うことを聞いてはならないと父から言い渡されて、それについては一言も聞いてくれなかった。お伽噺(とぎばなし)の本さえ、しばらく、取り上げられた——僕が『夢想』しすぎるというのだ。どうだい。そうさ、おとなたちはみんなそんなもんさ。父は旧式な人間だった。……それで僕の話は、突っ返されたのさ。僕は自分の枕にそっと話して聞かせた——僕の枕はしばしば子どもっぽい涙でぬれて、そっと話しかける唇がしめっぽく塩からかった。そして、僕はいつも、熱のない公式なお祈りのあとで、心からの願いをつけ加えた。『神様、どうぞあの楽園の夢をみさせたまえ。おお、あの楽園へお導きください』とね。どうしてもあの楽園へ連れ戻してもらいたかった。僕はしばしばあの楽園の夢をみた。そして、あの楽園に何かをつけ加えたかもしれないし、あの楽園を変えているかもしれない。それは自分でもわからない……だが、これが、ごく幼いころの、初めての経験の記憶の断片をつなぎ合わせようとしたものであるのは、君にもわかるだろうね。この記憶と、少年時代の連続的な記憶とのあいだには、溝がある。やがて、僕が垣間見たあの驚異を、ふたたび人に話してもだめだと思うような時期が来た」

僕は当然の質問をした。

「いや」と、ウォーレスが「少年時代には、あの楽園へ戻る道を捜そうとした覚えはないね。今考えてみると変だが、おそらく、あの失敗のあとは、行動をきびしく監視されていたので、ひとりで出歩くことができにくかったのだろう。そうだ、僕があの楽園をまたみつけようとしたのは、君と知り合ってからだよ。たしかに、しばらくのあいだは――今では信じられないようだが――あの楽園のことをすっかり忘れた時期がある――当時、僕はたぶん、八つか九つだったがね。セント・アセルスタン学寮にいたころの僕を覚えているかい」

「むろん覚えてる」

「あのころ、僕は秘密の夢を持っているなんて、そぶりもしなかったろう、したかい」

二

ウォーレスは、ふとほほえんで目を上げた。

「君は僕と北西航海路ゲームをしたかな。……いや、むろん、君とは登校の道が別だったね」と、言葉をつづけて「あれは、夢想好きな子どもなら、一日中でもやっているようなゲームだよ。学校へ行くのに北西航路、つまりまだよくわかっていない道を発見するって意図なんだ。学校へ行く道は、わかりきっている。そこで、そのゲームは、わざわざわかりにくい道を見つけることなんだ。十分早く家を出て、学校へはとても着けそうもない方向へ向かって歩き出し、回り回って見知らぬ町々を通って学校へ着くのさ。ところがある日、キャムデン丘の向こう側の、貧民街へ迷い込んで、どうもゲームに負けたらしい。この分では、かなり学校を遅刻するだろうと思いかけたことがあった。僕はやや捨てばちになって袋小路らしい通りを、がむしゃらに歩いたあげく、やっと学校への道を見つけた。それで、希望をふるいおこしてどんどん急いで行った。『まだ間に合うぞ』と、言いながら、こ汚ない店が並んでいる小道を抜けていくと、その店々になんとなくなじみがあるような気がした。すると、見たまえ。あの白い長い塀と、僕を魔法の楽園に導いた緑のくぐり戸が、目の前にあるじゃないか。

たちまち、そのことが、僕の心を打った。すると、やはり、あの楽園は、あの不思議な楽園は夢ではなかったんだ！」

ウォーレスはひと息いれた。

「思うに、緑のくぐり戸についての二度目の経験には、忙しい学生生活と、ただひまだけな子どもの生活とのあいだの違いが、よく現われているようだ。ともかく、この二度目のときには、僕はすぐくぐり戸にはいろうとは思わなかった。わかるだろう――僕は学校に間に合おうと懸命に考えていた――無遅刻の記録をやぶりたくなかったんだ。たしかに、少なくともくぐり戸に触れてみたいという気は起こしたにちがいないし――そうだ、たしかにその気になったはずだ。……しかし、考えてみれば、その時は、学校に間に合おうという決意が圧倒的だったので、それがくぐり戸にひかれる気持をおさえたのだろう。もちろん、僕は自分のこの発見に、すぐ興味を持った——その興味で心をいっぱいにしながら歩いて行った——ただ、歩きつづけた。あのくぐり戸は僕の足を引き止めなかった。駆け過ぎながら、時計を出してみると、まだ十分ほど余裕があった。それで、僕は丘をくだって見なれた町へはいっていった。息を切らせて、学校へ着いた。実際、汗びっしょりだったが、間に合った。教室でコートと帽子をかけたのを覚えているよ……あのくぐり戸のすぐそばを通り、見向きもせずに来てしまったのだ。変な話じゃないか？」

　ウォーレスは何か考えながら僕を見つめて「むろん、その時には、あのくぐり戸がいつもあそこにあるとは限らないなどとは思いも及ばなかった。小学生の空想には限りがあるからね。たぶん、僕は、あのくぐり戸のありかとそこへ戻って行く道がわかったのでとてもうれしかったことと思うよ。だが、僕には学校の勉強があった。あの日の午前中、僕はひどく取り乱していて、不注意だったろうと思う。じきに、また、あの美しい不思議な人たちに会えたらどうしようと思いめぐらしていたからね……妙なことに、楽園のみんなが僕に会うのを喜んでくれるだろうと、それを疑いもしなかった……たしかに、あの朝の僕は、あの楽園が、きびしい学生生活の合い間に休養できる楽しい場所とでも考えていたらしい。

　その日は全然行かなかった。次の日が半休（はんどん）だったので、それを計算に入れていたのかもしれない。それとも、また、授業中不注意だったので罰を与えられて、寄り道するだけの時間の余裕が削られたのかもしれない。それはよく覚えていない。覚えているのは、そんな間にも、あの魔法の楽園のことがひどく気がかりで、ひとりで胸にたたんでおけなかったことだ。

いた、白イタチみたいな顔の子さ」

それで僕はひとに話した——誰だったかな——そう、僕らが《よろけ》と、あだ名をつけていた、白イタチみたいな顔の子さ」

「ホプキンズさ」と、僕が言った。

「そうだ、ホプキンズだ。実は、あれに話したくはなかった。あれに話すのは、何か筋違いのような気がしたが、やはり話したんだ。あれは途中まで帰り道が一緒だった。あれはおしゃべりだから、魔法の楽園のことでも話さなければ、何かほかの話をしなければならないし、ほかの話題を考えるのが僕にはやりきれなかったのだ。そこで、僕は秘密をしゃべってしまった。

ところが、あの男は僕の秘密を人にしゃべった。次の日の休み時間に、気がつくと、僕は六人の上級生に取りかこまれた。みんなは、からかい半分、しきりに魔法の国のことを聞きたがった。あのでかいのフォーセットもいた——君も覚えてるだろう——それから、カーネビイもモーリー・レイノルズもいた。君はきっといなかったんだ。そうさ、いればきっと覚えているだろうからね……

子どもというものは妙な感情の動物だよ。たしかに、僕はひそかな自己嫌悪を感じながらも、その上級生たちの注意をひいたことで少しばかり得意になっていた。ことに、クローショーが、はやしたてたときのうれしさを覚えているな——そら、あのクローショーの兄の方さ、作曲家のクローショーの息子さ——こんなうまい作り話は聞いたこともないと言うのさ。だが、同時に、僕は、自分が本当に神聖な秘密だと信じていることを、軽々しくしゃべることに、心のいたみと、やましさを感じた。あのカーネビイのけだもの奴は、緑のくぐり戸の中の、あの少女のことで、ひどい冗談をとばした——」

強い屈辱感を思い出したらしく、ウォーレスの声が沈んだ。

「僕は聞こえなかったふりをした」と、つづけて「そうだ。そのとき、カーネビイは、いきなり僕のことを、嘘つき小僧とののしり、僕が本当だというと、言い争いになった。それで、僕は、その緑のくぐり戸のありかを知っているし、十分以内に、みんなをそこに案内できると言ってしまった。カーネビイはおそろしく真面目になって、きっと連れて行くんだぞ——その約束を守らなかったらひどい目にあわせるぞと言うんだ。カーネビイに腕をねじられたことがあるかい。あるなら、僕が、どうしたかわかるだろう。僕は本当の話だと誓った。当時、学校には、カーネビイにいじめられる子を助ける者はひとりもいなかった。クローショーだけが一言二言口を出せるぐらいでね。それでカーネビイはいつもみんなに勝って、目的を達すのだ。僕は興奮して耳を真赤にし、少しおびえていた。まったく馬鹿な小僧みたいにふるまったもんさ。その結果、魔法の楽園にひとりで行く代わりに、すぐみんなを案内するはめになっちまった——顔は真赤になるし、耳はかっかとほてるし、目はかすむし、ひどくみじめな恥ずかしい思いでね——なにしろあの六人の連中ときたら、にやにやしておもしろがり、おどしつけるんだからね。

　ところが、あの白い塀と緑のくぐり戸は、どうしても見つからなかった……」

「すると、君は——」

「そうさ、見つからないんだ。できれば見つけたかったさ。

　それに、あとから、ひとりで行けるようになってからも捜したが、どうしても見つからないんだ。どうしても見つからない。今考えてみると、僕はあの学生時代を通して、いつも、あれを見つけようとしていたらしいが、ふたたび、あのくぐり戸にぶつかることができなかった——一度もだ」

「仲間は——それで意地悪したかい」

「ひどいもんさ……カーネビイは、僕が大嘘つきだといって裁判を開いた。僕は嘘つきの刻印を額におされて、それを隠すために、こっそりと家へ戻って二階の自分の部屋に隠れ込んだものさ。くやしさに泣きながら寝入ってしまったが、泣いたのはカーネビイの意地悪に対してではなかった。僕は、あのすばらしい楽園で、もう一度、楽しい午後を過ごしたかったのさ。あのやさしくなつかしい女たちや、きっと待っていてくれる遊び仲間に会いたかったのさ。もう一度やってみたいあの楽しいゲーム、どうしても思い出せないあのゲームのためだったのさ……

僕はかたく信じているが、あの秘密をしゃべりさえしなかったらよかったんだ……その後、僕はつらい時を過ごした——夜は泣き、昼はくよくよしてね。あれから、二学期の間、僕は怠けて悪い成績をとった。覚えてるだろう。きっと君も覚えているはずだ。それが君のせいで——君が数学で僕を追い越したおかげで、僕はまたもりもり勉強する気になったんだ」

三

しばらく、ウォーレスは黙って炉の中の真赤な炎の芯を見つめていた。そして、やがて口を開いた。

「その後、またあの楽園を見つけたのは十七歳のときで、それまでは、全然、僕の前に現われなかった。ところが、それが、三度目に不意に現われたのは——僕がオックスフォード大学の奨学金資格試験を受けるためにパディントンへ向かって、馬車を走らせているときだった。ほんのちらりと見ただけなんだ。僕は二輪馬車の前掛け板によりかかって、シガレットをふかしながら、いっぱし世慣れた人間とでもうぬぼれていたらしい、そのとき、不意に、あのくぐり戸と、あの白い塀があらわれて、なつかしく忘れがたい思いと、まだ手がとどくかもしれないという愛着の念がよみがえった。

馬車はカラカラと走り過ぎた——僕が、あまりびっくりして馬車を止めさせるひまもないうちに、すっかり通り越して角を曲がってしまった。それは妙な瞬間で僕の意志は、あいまいで、ばらばらに働いた。僕は馬車の天井の小窓をたたいて御者に合図しながらも、一方では、腕をおろして懐中時計をひきだしていた。

『はい、旦那（だんな）』と、御者は、きびきび返事した。

『あのう——うん——なんでもない』と、僕は大声で『僕の間違いだ。あんまり時間がないよ。急いでくれ！』御者が馬車を進めた……

僕は奨学金資格に合格した。その通知があった夜、僕は父の家の二階の、小さな僕の勉強部屋で暖炉の火に向かってすわっていた。耳の底には父の賛辞と——めったにほめない父だったがね——堅実な忠告の声が響いていた。僕はお気に入りのパイプをくゆらせ——手のつけられない若いブルドッグみたいに気負って——あの長い白い塀のくぐり戸のことを思い出していた。『馬車を止めていたら』と、考えた。『きっと、奨学金資格試験に落ちたろう。オックスフォードに行きそこなって——将来のすばらしい経歴をだいなしにしてしまっただろう』

僕はすっかり考えこんでしまった。しかし、その時は、僕の将来の出世の道が、魔法の楽園を犠牲にするだけの値打があるものと疑わなかった。

あの楽園でのなつかしい友だちや、すがすがしい雰囲気は、僕にとってはこのうえもなくすばらしく、うるわしいものだったが、その時は何か縁遠いものに思えた。僕はもう現実の世界にしっかり爪をかけていた。別のくぐり戸が口をあけているような気がした――僕の出世のくぐり戸が」

ウォーレスはまた炉の火を見つめた。赤い光りが、ちらりと、その頑張り屋らしい顔を照らし出したが、すぐにまた消えてしまった。

「さて」と、ため息をして「僕は出世のために努力してきた。たくさん仕事をした――たくさんの苦しい仕事をね。だが、あれからずっと、あの魔法の楽園の夢を千度もみつづけた。そして、あのくぐり戸を見た。あれ以後に少なくとも四度は、ちらりと見た。たしかに――四度だ。それからしばらくの間、現実のこの世は非常にすばらしく、興味があり、意義と機会にみちみちているようだったので、あの楽園の消えかかっている魅力は、それに比べて、生ぬるく縁遠いものだった。美しい婦人たちや貴紳たちとの食事へ行く途中で、あのヒョウを可愛がりたがる者なんかいやしないさ。僕はオックスフォードからロンドンへ、前途有望な男として出てきた。そして、それに価するだけのことはいくらか仕とげた。いくらかね――しかし、いくどか失意を味わったこともあった……

二度、恋をした――詳しい話はしないこととするが――でも、ある時、ひとりの女(ひと)のもとへ行こうとしていた。その女は、僕に思いきって会いに来る勇気があるかどうかを疑っていた。

それを僕は知っていた。僕はいいかげんに近道をして、アールス・コート付近の通りなれない道へはいって行った。すると、いきなり、あの白い塀と、おなじみの緑のくぐり戸にぶつかった。

『変だな』と、僕はひとりごとをいった。『この場所はキャムデン丘にあったはずだがな。しかも、どうしてもみつからなかった場所じゃないか――ストーンヘンジ（ウィルトシャーにある古代石柱群で数えるたびに数が合わない）を数えるみたいに。――つまり、僕の不思議な白昼夢の場所じゃないか』。しかし、僕は自分の目的に気をとられて、その前を通り過ぎた。あの日の午後には、くぐり戸は少なくとも僕の気をひかなかった。

だが、ほんの一瞬だけ、くぐり戸を開けてみたい衝動にかられた。たかだか三歩もわきへよればよかったのだ――しかも、くぐり戸がきっと開くことを信じていたんだがね――だが、そのときは、そんなことをしていると、僕の名誉がかかっている約束の時間に遅れるかもしれないと心配していたのだ。あとになって、僕は時間に忠実だったことを、非常にくやんだ――少なくとも、くぐり戸の中をのぞいて、ヒョウに手を振ってやればよかった。しかもそのとき、あれほど捜しても見つからなかったのだから、あとからまた見つけようとしてもだめだとは気がついていたんだよ。たしかに、あのときは辛かったよ……

その後、何年か苦しい仕事がつづき、あのくぐり戸は一度も僕の前に現われなかった。ところがごく最近になって、また現われたんだ。それとともに、僕の世界に薄いかげりのようなものが、おいかぶさってくるような感じがしてきた。あのくぐり戸がふたたび見られないかと思うと、それが、辛い悲しいことに思われはじめた。おそらく、僕は過労で少し参っているのだろう——それとも、話に聞く『四十歳の憂鬱』という奴かもしれない。よくわからないが、しかし、たしかに、近ごろは、いろんな物事から、努力のはげみになるような、すばらしい喜びが消えてしまった。しかもあいにく大事な時にね——新しい政界の動きがいろいろおこってい て——まさに、僕の働きどきなのにね。実に変じゃないか。だが、僕には人生が面倒になりはじめてきた。もうすぐ人生の報酬を受け取れる時になって、それが安っぽく見えはじめた。少し前から、あの魔法の楽園が、むしょうに恋しくなりはじめたんだ。そう——しかも、それを三度も見かけたんだ」

「あの楽園をかい」

「いや——あのくぐり戸をさ。だが、一度もはいらなかった」

ウォーレスはテーブルによりかかって僕の方へ身をのり出し、声に深い悲しみをこめて「三度もチャンスがあったんだよ——三度も。もし今度、あのくぐり戸が目の前に現われたら、きっと、僕ははいるよ。この埃っぽく、暑っくるしく、ひからびてけばけばしい虚栄の世を抜け出すんだ。このわずらわしい無益な苦労をのがれるんだ。僕は行ったきり帰ってこない。今度こそ、あそこにとどまるんだ——そう誓いながらも、いよいよそのときがくると——僕ははいれなかった。

一年のうちに三度もあのくぐり戸の前を通りながら、はいりそこねた。それも去年じゅうに三度だよ。

一度目は、小作人補償法案が即時採決された夜のことで、あれは政府が三票の差で救われたのだ。覚えているだろう。与党の者はもちろん——おそらく反対党の連中も——あの夜、採決になるとは予想していなかった。あの時は、討論が卵の殻みたいにぽしゃったんだ。僕はホッチキスと、彼の従兄弟と一緒に、ブレントフォードで食事をしていた。僕たちは棄権の申し合わせがなかったから、採決になる電話がかかると、すぐホッチキスの従兄弟の自動車でかけつけた。そして、やっと投票に間に合ったのだが、その途中で、あの塀とくぐり戸を通り過ぎた――月光に青白く浮かんでいた。車のライトが当るとあたたかな黄色いしみが浮き出して見えたから、間違いようがない。

『驚いたな』と、僕が叫ぶと『なんだね』と、ホッチキスがきき、『なんでもない』と、僕が答えているうちに、大事な瞬間が過ぎてしまった。

『駆けつけるのに、大きな犠牲を払ったぜ』と、議会へはいりながら党幹事に言うと『みんなそうさ』と、相手は受けて、すたすたと歩み去った。

あのときは、ほかにどうしようもなかったと思う。そして、その次の時は、厳格な老父の枕辺へ、永遠の別れを告げに駆けつけているときだった。そのときもまた、のっぴきならぬ人生の要請だった。だが、三度目は違っていた。つい一週間前に、あのくぐり戸が現われたのだ。思い出しても残念でならない。そのとき、僕はガーカーやラルフと一緒だった――今はもう隠す必要もないことで、それは君も知っているだろうが、あの時、僕はガーカーと話し合いをつけていたのさ。僕らはフロビッシャーの店で食事をとり、肚を割って話し合った。改造内閣での僕の地位の問題が、ずっと、すれすれの線で議題になっていたんだ。そうさ――そうだよ。そりゃ、すっかり話がついた。まだ、吹聴する時期じゃないが、君に隠しておく必要もないよ……そうだよ――ありがとう、ありがとう。そりゃともかくとして、まあ話を聞いてくれたまえ。

ところで、あの晩は、いろいろな問題が、海のものとも山のものとも見当がつかなかったんだ。僕の地位は非常に微妙だった。僕はガーカーから、決定的な言葉をつかもうとして、やきもきしていたが、ラルフがいるので、どうもうまくいかない。僕は頭をフルに働かせて、その場の気軽くさりげない会話運び、あまりむきつけに、自分の問題に触れないように気をつけていた。また、そうする必要があった。というのは、その後のラルフの行動を見ると、僕の要心が正しかったことを証してあまりあるからね。……たぶん、ラルフはケンジントン本通りの先で別れるはずだから、そうしたら、ざっくばらんに切り込んで、ガーカーをびっくりさせてやるつもりだった。人間、時にはこんな小細工に頼らなければならないもんだよ。……まさにその時さ、僕の視野のはずれに、もう一度、あの白い塀と緑のくぐり戸が、道の行手に、まざまざと現われたんだ。

僕はガーカーと話しながらその前を通り過ぎた。みすみす、みすごしたんだ。その前をゆっくり通り過ぎるとき、ガーカーの特徴のある横顔や、高い鼻の上に、前のめりにかぶさりついていたオペラ・ハットや、いく重にも巻いた襟巻の影が、僕やラルフの影法師の先を歩いていったのをまざまざと思い浮かべることができる。

僕は、あのくぐり戸から二十インチもないところを通り過ぎながら『今、おやすみを言って、このくぐり戸にはいっていったら』と、胸のうちで思った『いったい、どういうことになるだろう』そして、ガーカーに、おやすみを言いたくて、うずうずしていた。

だが、僕はほかの問題にとりまぎれていて、そんな自問に答えるどころではなかった。

『そんなことをしたら、僕の気が狂ったと思うだろう』と、僕は思った。『もし、僕が今消えてしまったらどうなる……高名政治家の驚くべき蒸発！　ってとこだな』そんな思いがのしかかった。あの運命の別れ目で、一千もの取るにも足らない俗事が、心の重荷になったのだ」

それから、悲しげにほほえみかけて、ゆっくりと「話はそれまでさ」と、言った。

「話はそれまでさ」と、もう一度くり返して「こんなわけで、チャンスを取り逃がしてしまったのさ。あのくぐり戸は一年に三度も、僕にチャンスをくれたのにね――あのくぐり戸は、平安に通じ、至福に通じ、夢も及ばぬ美しさに通じ、地上の人間が知り得ぬ慈愛に通じているのに、それを僕は拒んでしまったんだよ、レドモンド、だから消え失せてしまったんだ――」

「どうして消えたとわかるんだい」

「わかるさ。わかるよ。今は、僕はもう生き抜くより仕方がないんだ。あの大事なチャンスがいくども訪れたときにも、僕をしっかりと捕えて放さなかった政治の仕事に、かじりつくより仕方がないのさ。君は僕が成功したと言うが――俗で安っぽくて退屈で、はた目がいいだけのものさ。つまらん成功者さ」と、大きな掌でクルミを取り「もし僕を成功者といえるならね」と、クルミを握りつぶし、その手を差しのべて僕に見せた。

「まあ聞いてくれよ、レドモンド。実はこの失望で僕はだめになりかけている。二か月も、そろそろ十週間になるが、僕は緊急、必要な職務以外は、いっさいしていないんだ。僕の心はなだめようのない後悔でいっぱいだ。いく夜も――人目に立つおそれがなくなると――僕は家を出て、さまよい歩く。そうさ、人が知ったらなんと思うだろう。閣僚のひとりが、各省の最も枢要な長官の責にあるものが、たったひとりで、さまよい歩いて――悲しみながら――時には聞こえるぐらい嘆きながら――あのくぐり戸と、あの楽園を捜してまわるなんてね」

四

僕は、今ウォーレスのやや青ざめた顔と、いつになく暗い色をたたえた目を思い出すことができる。今夜は特にありありと思い浮かべる。僕は腰をおろして、あの男の話と口調を思い出している。ソファの上には、あの男の死を伝える記事の出ている昨夜のウェストミンスター・ガゼット紙が、まだのったままだ。今日の昼食時間、クラブでは、あの男の死の噂で、もちきりだった。他のことは何も話さなかった。

昨日の朝早く、あの男の死体が、イースト・ケンジントン駅のそばの深い穴で見つかった。それは、鉄道を南にのばす工事に関連して掘られた二つの縦穴のひとつだった。公衆の立入り防止のために、公道に板囲いをめぐらして、その板囲いには、あの方面に住む労務者の便宜をはかって、小さな木戸口が開けてあった。その木戸口に、鍵がかかっていなかったのだ。二人の工事頭の連絡不十分からの手落ちだったが、ウォーレスは、その木戸口からはいりこんで、縦穴に落ちて死んだのだ。

僕の心は、さまざまな問題と謎につつまれて暗い。

その夜、ウォーレスは議事堂から歩いて帰ったらしい――この前の会期中にも、時々歩いて帰宅していた――

あの男の黒っぽい姿が、深いもの思いに沈みながら、夜更けの人影もない通りを歩いて来る、折から駅のそばの青白い電灯の光りが、あの男の目をあざむいて、あの荒けずりな板囲いを白っぽく見せたのではあるまいか。それで、あの危険な戸じまりのない木戸口が、緑のくぐり戸の記憶をよみがえらせたのではあるまいか。

ウォーレスの言うとおり、あの白い塀の緑のくぐり戸は、やはり実在のものだったのだろうか。

僕にはきめかねる。僕はただあの男が話したとおりに、この物語をしるした。時には、こう思いこむこともある、ウォーレスは、稀しいが前例がなくもない一種の幻覚と、不注意な罠との、偶然の一致が生んだ犠牲者にすぎないかもしれないと。だが、僕は、実は、心の底からそう信じているわけではない。僕が迷信深く、おろかだと考えたければ考えてもいい。だが、実のところ、ウォーレスが、本当に非凡な能力か感覚か何かを持っていて、その何ものかが——僕には何かわからないが——あの白い塀と緑のくぐり戸になって、あの男に、このみにくい世からの脱出口を、まったく別な、もっとずっと美しい世界への秘密な特別な脱出口を提供したのではあるまいか。僕はそれを半ば以上信じている。いずれにせよ、結局は、そんな幻覚があの男を裏切ったのじゃないかと、諸君は言われるかもしれない。だが、はたして、裏切ったのだと言えるだろうか。諸君、この物語から、幻想と想像力に恵まれて、別の世界を夢みることのできる人々の深遠な神秘を汲み取っていただきたい。僕らは、この現実の世界を、公明で、ごく普通なものと思い込んで少しも疑わない。あの板囲いも、縦穴も、当り前なものだと思い込んでいる。僕らの常識では、ウォーレスはこの安定した世界を捨てて、不幸にも暗黒と危険と死の世界へはいっていったのだということになる。

だが、あの男は、果たしてそう考えていただろうか。

解説

タイムマシンの転生

中村融（SF評論家）

アメリカのSF作家サミュエル・R・ディレイニーによれば、「SFは、実在しない物に名前をつける呪術（じゅじゅつ）めいた仕事を負った」という。その最たる例が〝タイムマシン〟だろう。もちろん、時間のなかを自由に行き来する機械のことだが、この名前が世にあらわれたのは一八九四年。〈ナショナル・オブザーヴァー〉という新聞に連載された小説のなかでのことだった。いうまでもなく、その小説がH・G・ウェルズの名作「タイムマシン」であり、その邦訳が本書に収められた中篇である――といいたいところだが、じっさいにはすこしちがう。小説「タイムマシン」の成立については複雑な事情があり、とてもひと筋縄ではいかない。作者の生い立ちにからめる形で、そのあたりについて書いてみよう。

ハーバート・ジョージ・ウェルズは一八六六年九月二十一日、ケント州の地方都市ブロムリーに生まれた。父は小さな雑貨店を営むかたわら、セミ・プロのクリケット選手として収入を得ていたが、生活は苦しかった。ウェルズが十歳のとき、父が骨折のためクリケットをつづけられなくなると、家計はますます悪化。十四歳のときには、ついに一家離散の憂き目にあう。

母親が住みこみの家政婦として働きに出るいっぽう、三男ウェルズもウィンザーの服地商へ年季奉公に出されたのだ（兄ふたりはすでに服地商として独立していた）。しかし、少年ウェルズは商売にまったく身をいれず、わずかふた月で親もとへ送りかえされた。この後も薬屋や服地商の見習い店員となるが、長つづきはしていない。

転機がおとずれたのは一八八三年。サセックス州ミッドハーストのグラマー・スクールで代用教師として採用され、校長の薫陶を受けて科学の道に進むことを決意したのだ。翌年には奨学金を得てロンドンの科学師範学校へ入学。物理、化学、生物学、地質学を学ぶことになった。恩師のひとりに高名な生物学者で進化論者のトマス・H・ハクスリーがおり、ウェルズは生涯にわたる影響を受けたという。

しかし、そのハクスリーが健康上の理由で学校を去ると、ウェルズの興味は学業から政治・文芸活動へと移り、学友たちと語らって討論協会を設立したり、〈科学師範学校誌〉を創刊して編集長をつとめたりした。社会主義者の会合に顔を出すようになったのもこのころからだ。当然ながら学業はおろそかになり、一八八七年には試験に失敗。学位をとれないまま、田舎の学校へ教師として赴任する。だが、肺病を患って喀血し、一年の静養生活を送ることになった。

現在「タイムマシン」として知られている小説の第一稿は、この時期に書かれた。とはいえ、題名は「時の探検家たち」であり、内容は「タイムマシン」とは似ても似つかぬものだった。ウェールズの僻地でモーゼズ・ネポジフェルという名のマッド・サイエンティストが怪しげな実験を繰りかえし、村人たちの焼き討ちにあうといったゴシック風の物語で、時間を航行する機械は〝時のアルゴ船〟と呼ばれており、未来世界の描写はまったく出てこない（邦訳が〈S

Ｆマガジン〉一九九六年十一月号に掲載されているので、ご興味のむきは参照されたい）。この小説は母校の〈科学師範学校誌〉一八八八年四月号から六月号にかけて連載されたが、未完に終わった。当時ウェルズは、さまざまな出版社にエッセイや小説を投稿していたが、ほとんどが没になっており、この小説もほかに発表媒体がなかったのだと推測される。

体力を回復したウェルズは、一八八九年から九二年にかけて教職をつづけるかたわら、文筆家として身を立てる道を模索した。自分のような家柄にも財産にも恵まれない者が、厳格な階級社会で成功するには、それしか道がないと思われたのだ。しかも、文筆家にとっては追い風が吹こうとしていた。一八九一年に月刊大衆誌〈ストランド〉が創刊され、大成功を収めるや、後続の雑誌が雨後の筍のようにあらわれたのだ。この年、ウェルズは教育関係の雑誌にエッセイを発表し、文筆家としてスタートを切ったが、前途は多難だった。同年十月、いとこのイザベラと結婚。しかし、この結婚は最初からうまくいかず、ウェルズは病魔との闘いに加えて、妻との不仲に苦しむようになる。

「タイムマシン」の第二稿と第三稿は、この時期に執筆された。原稿は現存していないが、友人の証言からおおよその内容はわかっている。それによると、第二稿も「時の探検家たち」と題されており、〝時のアルゴ船〟が行き着いた先として、貴族が頽廃的な生活を送る地上と、労働者が重労働に明け暮れる地下に二分された超未来社会が描かれていたという。第三稿では一転して、時間航行に関するエピソードが省略され、最初から超未来における革命物語が展開されていたらしい。こちらのヴァージョンでは、未来の支配階級は、怠惰な生活のために肉体が退化しているという設定だった。どちらのバージョンにものちの名作の萌芽が見てとれる。

一八九三年、ウェルズは生物学の教科書を出版。肺病が再発したこともあって教職をやめ、筆一本で食べていくことを決意する（教え子との不倫関係がスキャンダルになったせいもあるらしい）。さいわいにして原稿も売れはじめ、ウェルズは長年の懸案だった小説の徹底改稿に心血を注いだ。こうしてできあがったのが「タイムマシン」の第四稿であり、発端の舞台はウェールズの寒村からロンドンの邸宅へ、主人公は奇怪な名前のマッド・サイエンティストから無名のタイム・トラヴェラーへと変更された。このヴァージョンは前述のとおり、〈ナショナル・オブザーヴァー〉一八九四年三月十七日号から六月二十三日号まで連載された。しかし、このヴァージョンもわれわれの知る「タイムマシン」ではない。というのも、無署名のうえ、通しタイトルなしで掲載されていたからだ。ウェルズの伝記を著したノーマン＆ジーン・マッケンジーによれば、「おおかたの読者は、それらがタイム・トラヴェルという主題を持つ一連の雑文以上のものであることには、気づいていなかったようである」という。しかも、編集長の交代により、連載は中断。当時のウェルズは赤貧にあえいでいたうえに離婚係争中の身であり、その心中は察してあまりある。

しかし、捨てる神あれば拾う神あり。一八九五年一月に離婚成立。同時に新しく創刊された〈ニュー・レヴュー〉誌上で「タイムマシン」の連載がはじまった。〈ナショナル・オブザーヴァー〉の編集長時代にウェルズの才能を買っていたW・E・ヘンリーが、この作品を引きとってくれたのだ。これが「タイムマシン」第五稿である。このヴァージョンは五月号で完結したが、連載中から大評判となり、新進作家ウェルズの名を一躍世間に知らしめた。

この作品は同年アメリカのホルト社とイギリスのハイネマン社から単行本として刊行された。

それぞれ第六稿と第七稿にあたるが、刊行日が三週間ほど早いホルト版は、ウェルズの校閲ぬきで刊行されたものであり、ハイネマン版が完成稿とされている。

しかし、話はまだ終わらない。「タイムマシン」成功のあと、矢継ぎ早に傑作を発表して大作家となったウェルズは、一九二四年に全二十八巻の著作集が刊行されるにさいして、「タイムマシン」をさらに改稿したのだ。といっても、一部の文章に手を加えただけで、第七稿との大きなちがいはない。最大の相違は章立てで、ハイネマン版が十六章から成っているのに対し、俗にアトランティック版と呼ばれる第八稿は、十二章から成っている。と書けばおわかりのように、本書に収められた「タイムマシン」は、このアトランティック版の翻訳なのである。

ウェルズによる「タイムマシン」の改稿はここで終わったが、われわれは映画という形で新しいヴァージョンを知ることになった。「タイムマシン」の映画化としては、一九六〇年公開のMGM版（邦題『タイム・マシン』）がよく知られている。製作／監督ジョージ・パル、脚色デイヴィッド・ダンカン、出演ロッド・テイラー、アラン・ヤング、イヴェット・ミミュウといった布陣で、十九世紀英国紳士のロマンティックな冒険を描いた作品である。この映画に登場するアール・デコ調のタイムマシンは、映画史に残るデザインとして名高い。

このMGM版映画とウェルズの原作に最大の敬意をはらって作られたのが、二〇〇二年公開のワーナー・ブラザーズ版『タイムマシン』だ。監督のサイモン・ウェルズは、原作者ウェルズの曾孫（ひまご）にあたり、主にアニメーション畑を歩いてきた人物。ドリーム・ワークス製作のアニメ『プリンス・オブ・エジプト』での助監督ぶりが認められ、今回の抜擢（ばってき）となった。脚色にあたったのは、『グラディエーター』で有名なジョン・ローガン。主演は『L.A.コンフィデンシャル』のガイ・ピアース。本作が映画デビューとなるアイルランドの歌姫サマンサ・マンバと名優ジェレミー・アイアンズが脇を固めている。

原作との最大の相違点は、無名だった主人公に名前があたえられ、時間旅行に乗りだす個人的な動機が設定されたことだろう。発端の舞台が、ロンドンからニューヨークに変えられたのもちょっとした驚きだ。しかし、十九世紀の紳士が、古風ないでたちでアンティークな機械に乗って時間を超えるという基本線は変わっていない。製作陣が口をそろえて語っているように、そのヴィジュアル・イメージこそ映画『タイムマシン』の核心だからである。

主人公が漂着する八十万年後の世界にも大幅な変更が見られるが、これはウェルズのべつの作品の要素をとりこんだ結果かもしれない。たとえば、地下種族モーロックは、役割ごとにいくつかの亜種／階級に分かれているが、これはウェルズの長篇『月世界旅行』（一九〇一）に出てくる月人にならったものと思われる。またモーロックが支配者にマインド・コントロールされているという設定は、「タイムマシン」の第三稿に準拠したもの。この点については監督サイモン・ウェルズが、その旨を明言しているのでまちがいない。いずれにせよ、先行作品に敬意をはらったうえで、それを現代的にアレンジしたのが、今回の映画版といえる。

最後になったが、併録された短篇について簡単にふれておこう。

「盗まれた細菌」（一八九四）、「深海潜航」（一八九六）、「奇跡を起こせた男」（一八九八）、「新神経促進剤」（一九〇一）は最初期の科学ロマンス。「くぐり戸」（一九〇六）は、作者の短篇中随一の呼び声も高い中期の傑作。「みにくい原始人」（一九二一）は、文明批評家としての側面が色濃く出たエッセイ風の小品である。ウェルズの多面性がうかがえるだろう。

本書は、昭和四十一年に刊行された角川文庫『タイム・マシン』を一部改題し、再文庫化したものです。

タイムマシン

H・G・ウェルズ　石川 年（いしかわ ねん）＝訳

平成14年 6月25日　初版発行
令和6年 9月20日　8版発行

発行者●山下直久

発行●株式会社KADOKAWA
〒102-8177　東京都千代田区富士見2-13-3
電話　0570-002-301（ナビダイヤル）

角川文庫 12505

印刷所●株式会社KADOKAWA
製本所●株式会社KADOKAWA

表紙画●和田三造

Printed in Japan
ISBN 978-4-04-270306-8　C0197

◆◇◇